Heidebrand

Über den Autor

René Falk wurde 1955 geboren. Er ist ein echter Rheinländer und lebt in Troisdorf, einem Nachbarort von Köln. Schon sehr früh zeigte sich seine Neigung zum Schreiben von Kurzgeschichten, vor allem im Bereich SF und Fantasy. In späteren Jahren richtete sich sein Interesse mehr auf das Genre Krimis & Thriller und bald begann er selbst damit, Kriminalromane zu schreiben. Er legt großen Wert darauf, seine Leser zu unterhalten, und wenn ihm dies mit seinen Geschichten gelingt, hat er sein Ziel erreicht. Die deutschsprachigen Bücher von René Falk werden nicht nur in Deutschland, sondern auch in Italien, Frankreich, Spanien, Großbritannien und den USA gelesen.

Heidebrand

René Falk

Bibliografische Information der Deutschen Nationalbibliothek: Die Deutsche Nationalbibliothek verzeich-net diese Publikation in der Deutschen Nationalbibliografie; detaillierte bibliografische Daten sind im Internet über http://dnb.dnb.de abrufbar.

René Falk
Heidebrand

Umschlaggestaltung: *Bryan Gehrke, Buchcovers.de*

Herstellung und Verlag:
BoD – Books on Demand, Norderstedt

ISBN: 978-3-7528-2073-7

Inhaltsverzeichnis

»Nichts auf der Welt ist so gerecht verteilt wie der Verstand. Denn jedermann ist überzeugt, dass er genug davon habe.«

- René Descartes -

Über dieses Buch

Der freischaffende Journalist Manfred Kornelius wird anstelle der beim *Rhein-Sieg-Echo* in Ungnade gefallenen Irene Leitner in der Nacht zu einem Großbrand nach Altenrath geschickt. Wurde die bis unter das Dach mit Stroh gefüllte Scheune Opfer des Feuerteufels, der seit einiger Zeit sein Unwesen treibt, oder handelt es sich um ein Ablenkungsmanöver? Jedenfalls werden alle verfügbaren Einsatzkräfte benötigt, um einen drohenden Waldbrand zu verhindern. Als die Feuersbrunst unter Kontrolle ist, wird Kornelius vermisst, der den Feuerwehrleuten zuvor ständig auf die Nerven gegangen war. Am nächsten Morgen wird in den Überresten der Scheune eine Leiche gefunden.

Das Ermittlerteam

Tobias Heller, Jg. 1979, studierte nach dem Abitur Kriminalpsychologie an der Universität Bonn, brach dann aber nach drei Semestern das Studium ab und bewarb sich bei der Kriminalpolizei. Er ist 1,85 Meter groß und hat eine sportliche Figur. Das dunkelblonde lockige Haar trägt er schulterlang. Seine bevorzugte Kleidung besteht aus Jeans, Turnschuhen und Lederjacke. Seit 2021 leitet er die eigens für ihn eingerichtete SOKO Rhein-Sieg.

Denise Malowski, Jg. 1981, war die Partnerin von Tobias Heller, bis sie im Jahr 2021 den Dienst quittierte. Sie ist 1,70 Meter groß, schlank und hat grasgrüne Augen. Das hellbraune Haar trägt sie meist aus Bequemlichkeit als Pferdeschwanz. Verheiratet ist sie seit 2015 mit dem Steuerberater Sven Leuchner, ihre Tochter Leonie wurde 2016 geboren und 2021 wurde der elternlose Nicklas adoptiert. Aus persönlichen Gründen nahm sie im Oktober 2022 erneut eine zeitlich befristete Stelle im Polizeidienst an und ermittelt derzeit halbtags an der Seite ihres ehemaligen Partners Tobias Heller in der SOKO Rhein-Sieg.

Martin Weber, Jg. 1978, fing mit dreiundzwanzig Jahren beim Kriminalkommissariat 2 der Siegburger Kriminalpolizei an, das von Melanie Heller geleitet wird. 2021 folgte er dem Ruf ihres Ehemannes Tobias und wechselte in dessen SOKO. Weber steht mit der modernen Technik auf Kriegsfuß, verfügt aber über eine brillante Kombinationsgabe. Er misst 1,75 Meter und seine Haare sind bereits von grauen Strähnen durchsetzt. Seine Frisur wirkt meist, als sei er gerade aus dem Bett gestiegen und er zeichnet sich durch eine extrem legere Kleidung aus, die normalerweise aus ausgelatschten Turnschuhen und verwaschenen Jeans besteht.

Jonas Faber, Jg. 1989, ist mit seinem unfehlbaren Gedächtnis und seinem umfangreichen Fachwissen eine wandelnde Datenbank, womit er sich hervorragend mit seinem Ermittlungspartner Martin Weber ergänzt. Optisch stellt er jedoch einen krassen Gegensatz zu diesem dar, denn seine bevorzugte Kleidung besteht aus Maßanzügen mit Designerhemd und Krawatte. Faber misst 1,89 Meter und ist schlank. Seine dunkelblonden Haare trägt er kurz und er wirkt ständig, als sei er gerade erst beim Friseur gewesen.

Vanessa Fuchs, Jg. 1992, fing ihre Karriere beim Kriminalkommissariat 4 an. Nach nur zwei Dienstjahren dort wurde sie von Tobias Heller für die neue SOKO angeworben, dem ihre hervorragenden Kenntnisse über forensische Analysen und ihre Affinität zu elektronischen Geräten jeglicher Art aufgefallen war. Sie ist mit 1,74 Meter und einer sportlichen Figur recht groß für eine Frau. Das schulterlange naturbraune Haar trägt sie in der Regel zu einem Pferdeschwanz gebunden.

Jasmin Brandt, Jg. 1994, begann ihre Laufbahn ebenfalls im Kriminalkommissariat 4, wo sie mit Vanessa Fuchs ein Ermittlungsteam bildete. Sie gilt als wahre Meisterin der Recherche, weshalb sie eine ideale Ergänzung des SOKO-Teams darstellt. Sie ist nur

1,64 Meter groß und ein bisschen rundlich, was ihrer Vorliebe für Schokoladenriegel geschuldet ist. Die blonden Haare trägt sie meist modisch kurz.

Erik Hagel, Jg. 2000, ist ein Neffe von Hellers früherem Chef Donner. In seinem Abiturjahr 2019 absolvierte er ein Praktikum im Kommissariat seines Onkels und trat später als Kommissaranwärter in den Dienst der Siegburger Kriminalpolizei. Er ist bei einer Größe von 1,82 Metern erschreckend hager. Das schwarze Haar trägt er halblang und ungekämmt. Er ist in forensischen Untersuchungen sehr talentiert und der Assistent von Vanessa Fuchs.

Jürgen Vogel, Jg. 1971, leitet die forensische Abteilung der Kripo Siegburg. Der kauzig wirkende Wissenschaftler liebt seinen Beruf und schwarze Zigarillos über alles. Mit einer Größe von 1,92 Metern und einer extrem hageren Gestalt wirkt er in seinen Bewegungen unbeholfen, ist jedoch in seinem Fachgebiet der forensischen Spurenanalyse eine anerkannte Koryphäe und bei seinen Mitarbeitern und den polizeilichen Ermittlern sehr beliebt.

Rieke Martinen, Jg. 1997, stammt von der Nordseeinsel Amrum und ist neben Amara Jones seit 2022 die zweite Frau in Vogels Team. Ihr Aussehen ist klassisch ›friesisch‹, 1,78 Meter groß, breitschultrig und mit flachsblonden Haaren, die sie bei der Arbeit zu einem Pferdeschwanz bindet. Sie spricht nicht viel, doch wenn sie sich einmal zu Wort meldet, ist ihre Herkunft nicht zu überhören.

Amara Jones, Jg. 1990, ist gebürtige Münchnerin und die einzige Tochter nigerianischer Einwanderer. Sie studierte Mathematik und Informatik, bevor sie in der Forensik der Kripo Siegburg die Stelle der IT-Spezialistin übernahm. Sie hat in beiden Studienfächern einen Master und ein untrügliches Gespür für alles Technische. Ihr unüberhörbarer bayrischer Akzent steht in einem lustigen Kontrast zu ihrer tiefschwarzen Hautfarbe. Sie ist nur 1,57 Meter groß und in den Hüften eine Winzigkeit zu breit. Das schwarze, krause Haar trägt sie kurz, da es ansonsten kaum zu bändigen wäre.

Kapitel 1

Flammendes Inferno

Als ich aus dem Auto stieg, stand mein Nachbar in seinem Vorgarten und starrte mit weit in den Nacken gelegtem Kopf in den azurblauen Dezemberhimmel. Das tat er oft, denn er war einer jener unbelehrbaren Anhänger der Behauptung, die von den Flugzeugen hinterlassenen weißen Streifen seien ›böse‹ Chemikalien. Gesprüht, um das Klima zu verändern oder uns alle zu verdummen. Nun, Letzteres war zumindest bei *ihm* mit Sicherheit nicht nötig. Auch jetzt hielt er sein Handy in der ausgestreckten Hand von sich, um die ›Beweise‹ für eine globale Verschwörung für die Nachwelt zu dokumentieren. Armer Irrer!

Was genau er beruflich machte, wusste ich auch nach den zwölf Jahren nicht, die wir jetzt Nachbarn waren, doch er betätigte sich in seiner Freizeit als eine Art ›Produkttester‹ für ein Online-Versandhaus. Das hatte er mir einmal verraten, weil ich mich über die vielen Pakete gewundert hatte, die er andauernd geliefert bekam. In meinen Augen war er aber nichts als ein bezahlter Dummschwätzer, der vorgab, von allem eine Ahnung zu haben. Bei Haushaltsgeräten und anderem Kram des täglichen Lebens mochte das noch angehen, doch er versuchte sich zusätzlich mit unqualifizierten Buchkritiken, obwohl er weder Literatur noch sonst irgendwas studiert hatte.

Vielleicht lebte er auch davon, denn die Produkte, die ihm wohl kostenlos überlassen wurden, vertickte er anschließend dreist im Internet. »Na, wieder auf der Suche nach bösen Umweltverschmutzern?«, rief ich ihm über den Zaun zu. Ihn von der Unsinnigkeit seines Tuns zu überzeugen, hatte ich mir schon vor Jahren abgewöhnt. Solche Vollpfosten waren für logische Argumente ja nicht empfänglich. Dabei müsste selbst der Dümmste im Grunde begreifen, dass diese Streifen beziehungsweise die hypothetischen Chemikalien, die diese angeblich verursachen sollten, schon vom Volumen her nicht ins Flugzeug gepasst hätten. Vom Gewicht ganz zu schweigen. Kein Flieger würde damit auch nur einen Meter abheben können!

»Kümmern Sie sich gefälligst um *Ihre* Angelegenheiten, Kornelius!«, brummte er unfreundlich, ohne den fast wolkenlosen Himmel auch nur eine Sekunde aus den Augen zu lassen, wo mehrere Flugzeuge ihre weißen Bahnen zogen. Im Licht der untergehenden Sonne waren sie gerade eben noch zu erkennen. Die Streifen sah man aber umso deutlicher, sie bildeten nämlich einen schönen Kontrast zum jetzt dunklen Blau des Himmels. Dass er die Anrede weglie/s, war typisch für ihn. Unsere Abneigung beruhte eindeutig auf Gegenseitigkeit.

»Wie Sie wünschen, Rupert«, sagte ich. Normalerweise verwechselte ich bewusst Vor- und Nachname, doch nicht heute. Diesbezüglich hatten wir sogar was gemeinsam, denn unsere Familiennamen hätte man auch als zweiten Vornamen verwenden können. Ich heiße Kornelius. *Manfred* Kornelius, von Freunden gerne ›Manni‹ genannt. Und ich bin freiberuflicher Journalist und Autor. Ich kehrte soeben von meinem

13

Verleger zurück, der mir die unerfreuliche Mitteilung gemacht hatte, dass er für mein neues Manuskript in der vorliegenden Form keine Verwendung hatte. Falls ich etwas mehr ›Sex and Crime‹ hineinpacken würde, würden wir ins Geschäft kommen, meinte er.

Wirklich sehr witzig! Schließlich schrieb ich keine Belletristik, sondern Ratgeber für das tägliche Leben, und wie ich ein Werk über die Behandlung von Zierpflanzen damit aufpeppen konnte, war mir schleierhaft. Zu allem Überfluss war auf meinem Bankkonto wie immer Ebbe und Weihnachten stand mehr oder weniger vor der Tür, vor allem vor meiner. Wie sollte ich bloß mit den paar Kröten, die ich besaß, bis Ende des Monats auskommen und meiner kleinen Nichte ein schönes Weihnachtsgeschenk besorgen? Ich hatte so auf einen Vorschuss gehofft!

Wie sehr ich diesen nötig hatte, wurde mir spätestens bewusst, als ich die Haustür aufschloss und die ›Bescherung‹ sah, die mein Kater in meiner Abwesenheit angerichtet hatte. Die schöne antike Vase, die ich für meine Schwester – die Mutter besagter Nichte – gekauft hatte, lag in Scherben auf dem Fußboden der Diele, wo ich sie auf der Hutablage meiner Garderobe in trügerischer Sicherheit wähnte. Was für ein fataler Fehler! Dabei hätte ich es eigentlich wissen müssen, denn er hatte seinen Namen nicht von ungefähr. Ich hatte den Schlingel noch keine drei Tage, als er einen Krug zerdepperte, den ich zuvor viele Jahre als Milchtopf verwendet hatte. So nannte ich ihn also Mikesch, nach einem bekannten Kinderbuch. Sprechen konnte *meine* Katze aber nicht.

Ein Blick in den Kühlschrank ließ mich ernsthaft darüber nachdenken, ob es meinem Gewicht guttun würde, heute mal auf das Abendessen zu verzichten. Während Mikesch sich genüsslich schmatzend über sein offenbar leckeres Futter hermachte, widmete ich mich neidisch und mit knurrendem Magen der Post. Wie erwartet, bestand sie aus lauter Rechnungen. Ich überlegte, ob es Alternativen zu meinem Verlag gab. War ich schon tief genug gesunken, um das Buch als Selfpublisher zu veröffentlichen? Aber nein, bis ich das erste Honorar auf meinem Konto hätte, wäre ich längst verhungert, wie eine schnelle Recherche ergab. Das würde meine derzeitige Situation demnach nicht verbessern!

Blieb mir noch der Polizeifunk. Den hörte ich mit meinem All-Band-Radio verbotenerweise immer ab, wenn ich nichts Besseres zu tun hatte oder knapp bei Kasse war. Beides traf momentan definitiv zu. Falls in meiner Nähe etwas Interessantes geschah, wie zum Beispiel ein Banküberfall, wäre ich mit viel Glück als Erster vor Ort und könnte die Story einer Zeitung aus meiner Region verkaufen und eventuell ein paar Euro kassieren. Nach zwei Stunden gab ich enttäuscht auf. Das Schlimmste, was in dieser Zeit passierte, war ein Betrunkener, den die Polizei am Bahnhof aufgegriffen hatte. Was für eine schöne, heile Welt!

Die Abendnachrichten im Fernsehen schaltete ich bereits nach zwei Minuten wieder ab. Natürlich ist es wichtig, was in der Welt vor sich geht, doch kommen die brisanten Meldungen bekanntlich als Erstes. Und wenn nicht Schlimmeres passiert war, als das vorzeitige Ausscheiden der deutschen Nationalmannschaft aus der Fußball-WM, konnte man zufrieden sein. Die gute alte Erde würde sich wohl noch einen Tag länger drehen.

Der Fernsehkrimi erlitt eine Viertelstunde später dasselbe Schicksal, weil gleich der erste Kerl, mit dem die Kommissare es zu tun bekamen, von einem ziemlich bekannten Schauspieler dargestellt wurde. Nach den universellen Gesetzen der Logik musste das am Ende der Mörder sein, da die Hauptrolle sicher nicht an einen völlig Unbekannten vergeben worden war. Ich beschloss daher, hungrig und in Erwartung, dass nichts Schlimmes passieren würde, früh ins Bett zu gehen und für morgen auf ein Wunder zu hoffen.

* * *

Das Wunder kam in der Nacht und kündigte sich zunächst durch ein schrilles Klingeln an, dem augenblicklich ein dumpfes Poltern folgte. Ersteres war der Klingelton des Mobilteils meiner Telefonanlage, der fatalerweise genauso klang wie der Festnetzapparat. Und das Zweite war das Gerät selbst, das jemand von meiner Nachtkonsole gepfeffert hatte. Dieser Jemand konnte nur Kater Mikesch sein, der es gar nicht leiden konnte, wenn das Telefon klingelte.

Im Arbeitszimmer löste er das ›Problem‹, indem er den Telefonhörer von der Gabel schubste, wenn ich nicht dabei war. Hier warf er das ganze Gerät einfach hinunter, der Erfolg war derselbe. In diesem Fall hieß das, mein Mobilteil verteilte sich scheppernd und in Einzelteilen auf dem Fußboden, worauf das Klingeln auf der Stelle erstarb. Was hatte dieser Halunke überhaupt in meinem Schlafzimmer zu suchen?

Ich hatte den Schlingel schon länger im Verdacht, dass er abwartete, bis ich eingeschlafen war, um sich dann auf dem Bett breitzumachen. Jetzt hatte ich den Beweis: Als ich erschrocken aus einem Traum hochfuhr – in dem mein Nachbar Friedhelm Rupert eine tragende Rolle innegehabt hatte, weil er mein Buch in seiner Kritik auf absurdeste Weise verrissen hatte – sprang Mikesch vom Nachttisch und suchte schleunigst das Weite. Ich benötigte ein paar Sekunden, um in die Wirklichkeit zurückzufinden, und wälzte mich dann mit meinem Gewicht von knapp zwei Zentnern aus dem Bett, um mir die Bescherung aus der Nähe anzuschauen.

Ich hatte Glück, es waren nur die Batterien herausgefallen, ansonsten schien das Telefon intakt zu sein. Ein Neues hätte ich mir momentan auch nicht leisten können. Nachdem ich sämtliche Einzelteile gefunden und mühsam zusammengesetzt hatte, leuchtete auf dem Display ein entgangener Anruf auf. Die Nummer kannte ich, es war die der Redaktion vom *Rhein-Sieg-Echo*, für den ich ab und zu schrieb. Mein Blick fiel auf die Zeitangabe: 23:42 Uhr. Nanu, was wollten *die* so spät denn von mir? Ich drückte auf ›Rückruf‹.

»Warum schmeißen Sie mich aus Ihrer Leitung, Kornelius?«, polterte das kräftige Organ des Chefredakteurs besagter Zeitung sofort aus dem Lautsprecher, weshalb ich diesen auf Armlänge von meinem Ohr entfernte, um keinen Hörschaden zu riskieren. Heiner Gruener konnte mühelos gegen ein startendes Flugzeug anbrüllen und war ein Choleriker, wie die meisten seiner Zunft. Offenbar gehörte das Gepolter zum Berufsbild eines Zeitungsredakteurs.

»Mir ist nur das Telefon heruntergefallen«, log ich. »Was rufen Sie überhaupt um diese nachtschlafende

Zeit an? Haben Sie mal auf die Uhr geschaut?« Nicht, dass mir das nicht gelegen käme, aber das musste der Kerl ja nicht wissen. Für Honorarverhandlungen war es allemal besser, wenn der potenzielle Auftraggeber nicht den Eindruck gewann, man habe auf den Anruf gewartet, und eine Kontaktaufnahme um *diese* Zeit ließ darauf schließen, dass es dabei nicht gerade um eine Lappalie ging!

»Ich dachte, Sie hören den Polizeifunk ab?«, blaffte Gruener. »Ist Ihr Empfänger kaputt? Ist ja auch egal, jedenfalls wurde vor zehn Minuten ein Großeinsatz der Feuerwehr in Troisdorf-Altenrath gemeldet. Eine Scheune brennt lichterloh und es besteht die Gefahr eines Waldbrandes. Es könnte Brandstiftung sein! Sie wohnen praktisch um die Ecke, wie wäre es, wenn Sie mir eine hübsche kleine Reportage darüber machen? Mit Fotos natürlich und zum üblichen Honorar!«

»Was ist denn mit Ihrer ›Starreporterin‹? Hat die keine Lust?«, fragte ich vorlaut. Ich war mir vollauf bewusst, dass ich damit womöglich einen dringend benötigten Auftrag verzockte, doch das musste ich jetzt unbedingt wissen! Normalerweise ließ Gruener nämlich nichts auf Irene Leitner kommen, und sie war geradezu versessen auf jede Story, unter die sie ihren Namen setzen konnte. Ich hatte bisher noch niemanden mit einer ausgeprägteren Profilneurose kennengelernt. Bis auf meinen Nachbarn vielleicht. Nächtliche Einsätze bei klirrender Kälte schreckten sie niemals ab, allerdings konnte sie nicht mit einem Fotoapparat umgehen.

»Das geht sie zwar überhaupt nichts an, doch Frau Leitner steht dafür nicht mehr zur Verfügung. Sie hat jetzt einen leitenden Posten als Redakteurin für den Wirtschaftsteil.«

»Dann stimmen die Gerüchte also, dass Ihnen eine Klage in Millionenhöhe droht, falls die Leitner noch ein einziges Wort über diesen Bauunternehmer oder dessen Familie schreibt, der kürzlich unter mysteriösen Begleiterscheinungen beerdigt wurde?«, konnte ich es mir nicht verkneifen. Die Schnepfe schob also jetzt Innendienst. Interessant! »Wenn das so ist, will ich ein doppeltes Zeilenhonorar und fünfzig Euro für jedes Foto!«, witterte ich nun Morgenluft. »Und einen Extrabonus, falls es sich um Brandstiftung handelt!«

»Werden Sie nicht gleich unverschämt!«, brüllte er mir ins Ohr. »Sie bekommen zehn Prozent mehr für den Textteil und zweihundert pauschal für *alle* Fotos! Plus eine Bonuszahlung in gleicher Höhe bei Brandstiftung. Sofern das lückenlos beweisbar ist, könnte ich mir außerdem vorstellen, dass Sie die Exklusivrechte an eventuellen Folgestorys erhalten«, köderte er mich. Mit Erfolg! Wenn alles gutging, konnte ich allein für heute Nacht fünfhundert Euro oder mehr absahnen. Weihnachten wäre gerettet! »Und ich will Fotos von verschwitzen Feuerwehrmännern!«, schob er hinterher. »Das kommt bei den weiblichen Lesern immer gut an! Und jetzt ab mit Ihnen, ich weiß nicht, wie lange die das Feuer noch in Gang halten können!«

»Nur keine Panik!«, beruhigte ich ihn. »Altenrath, sagten Sie? Da bin ich in weniger als zehn Minuten. Ich melde mich spätestens morgen früh bei Ihnen!« Das war ja prächtig gelaufen. Meine Taktik, zu Beginn des Gesprächs wenig Interesse gezeigt zu haben, war voll aufgegangen. Normalerweise war Gruener eher knauserig, was Bonuszahlungen anging. Nachdem er mir vorsorglich die Adresse genannt hatte, packte ich meine Fotoausrüstung zusammen und machte mich auf die Socken. Einen Großbrand dieser Art würde ich aber mit Sicherheit auch ohne Wegbeschreibung finden!

***

Ich sollte mit meiner Einschätzung recht behalten. Als ich mich hinter Heppenberg dem Fahrdamm der A3 näherte, die ich unterqueren musste, glühte der Himmel jenseits der Autobahn in der hellen Feuersbrunst bis hoch zu den Wolken in einem unheilverkündenden Rot. Ich ahnte, wo das war. Das musste die Scheune auf einem Feld an der Flughafenstraße sein. Hinter der Unterführung, in die ich jetzt gerade fuhr, waren es noch fünfhundert Meter. Wohnhäuser waren vermutlich nicht in Gefahr, doch der Waldrand war direkt dahinter und das Holz war durch den regenarmen Sommer garantiert knochentrocken und würde trotz der Kälte wie Zunder brennen.

Das dachten sich die Feuerwehrleute sicher ebenfalls, denn ich hörte die Sirenen mehrerer Löschfahrzeuge, die als Verstärkung hierher unterwegs waren. Während ich meinen Toyota vor der offenbar hastig errichteten Straßensperre an der Seite abstellte, überlegte ich fieberhaft, wie ich das flammende Inferno, das von hier schon gut zu sehen war, medienwirksam in Szene setzen konnte. Eine Feuersbrunst vor nachtschwarzem Hintergrund ist für jeden Fotografen eine Herausforderung, weil es nur Hell und Dunkel gibt. Viel mehr als schattenhafte Brandbekämpfer würde auf den Bildern daher nicht zu sehen sein und die verschwitzen Feuerwehrmänner, die der Gruener so dringend von mir gefordert hatte, würden erst später zu Hause mittels *Photoshop* wirksam in Szene gesetzt werden müssen. Man glaubt ja nicht, was auf Pressefotos alles gefuscht wird!

Es war nicht leicht, sich an den Polizisten vorbeizuschleichen, die am Rande des Areals an der Straße postiert waren und mit Argusaugen darauf achteten, dass niemand die Löscharbeiten behinderte oder sich womöglich unbedacht in Lebensgefahr brachte. Doch die bewachten bloß die Straßenfront, bei einer Fläche von fünf Hektar mit dichtem Wald an zwei Seiten gab es noch genügend Möglichkeiten, sich ungesehen an den Ordnungshütern vorbeizumogeln, was mir auch im Schutz der Bäume problemlos gelang. Vielleicht war ich ja fett, doch in der Nacht ist selbst ein Elefant unsichtbar!

Keine fünf Minuten, nachdem ich meinen Wagen verlassen hatte, stand ich auf der den Bäumen zugewandten Rückseite der brennenden Scheune, wo ein halbes Dutzend Feuerwehrleute ein Übergreifen der Flammen auf den nahen Baumbestand zu verhindern suchten. Mit Erfolg, wie es schien. Obwohl es bis zum Feuer gut dreißig Meter waren, brannte mein Gesicht bereits nach wenigen Sekunden. Ich zog mich einige Schritte weiter zurück, vorher gelangen mir jedoch ein paar Aufnahmen der eine gerade Linie bildenden Brandbekämpfer, die von den Flammen angeleuchtet wurden und Einzelheiten erkennen ließen.

Als ich auf meinem ›Rückzug‹ mit dem Rücken an ein Hindernis stieß, wäre mir vor Schreck fast meine Kamera heruntergefallen. *Halt*, dachte ich. *Ein Baum hier auf dem Feld?* Ich drehte mich langsam um und stand staunend vor einem Feuerwehrmann, der mit vor der Brust verschränkten Armen finster auf mich heruntersah. Und das im wahrsten Sinne des Wortes, denn er war so groß und breit wie ein Baum! Zumindest im Verhältnis zu meinen 1,65 Metern. Der Spitzname ›Kanonenkugel‹, den man mir verpasst hatte, kam nicht von ungefähr! Meine Verwirrung hatte ich aber rasch überwunden. Das war doch ein Motiv! Ich riss die Kamera hoch, die er sofort herunterdrückte. *Dieser Kerl hat Hände wie Schaufeln, damit könnte er ein Feuer durch bloßes Draufschlagen löschen*, kam es mir boshaft in den Sinn.

»Was schleichen Sie hier herum?«, brüllte er mich an, während er gleichzeitig seine Pranke um meinen Arm schraubte und mich wie einen Schuljungen mit sich zog. Seine Stimme war der äußeren Erscheinung absolut angemessen. »Sie sind wohl lebensmüde! Das brennende Gebälk kann jederzeit durch den hohen Innendruck dieses Feuers hochgehen wie ein Vulkan, falls meine Leute das nicht in den Griff bekommen! Und wenn sie dabei auf Komiker wie Sie aufpassen müssen, kann das leicht eintreten! Können Sie sich eigentlich auch nur im Entferntesten vorstellen, was hier los ist, wenn uns das um die Ohren fliegt?«

Seinen Worten glaubte ich zu entnehmen, dass er hier das Sagen hatte. Das war perfekt! Ein Feuerwehrhauptmann kam mir absolut gelegen! Ich zeigte ihm den Presseausweis, nachdem er mich fünfzig Meter vom Brandherd weggezerrt und endlich den harten Griff gelöst hatte, der einem Schraubstock alle Ehre gemacht hätte. Das gab sicher einen Bluterguss, doch das war mir in diesem Moment egal, weil ich nur an die fünfhundert Euro dachte, die mir winkten, wenn ich morgen einen fetten Artikel abliefern konnte. »Sie haben völlig recht«, schmeichelte ich ihm. »Das kann ich mir als Laie beim besten Willen nicht vorstellen! Meine Leser sollen jedoch eine professionelle Darstellung der Löscharbeiten erhalten! Hätten Sie ein paar Minuten für ein Interview?«

* * *

Vier Stunden später war ich mit den Hintergrundrecherchen fertig. Hauptmann Kröger war so freundlich, mir die Brandbekämpfung zu erklären und die Gefahr eines durch Funkenflug entstehenden Waldbrandes auszumalen. Zudem erlaubte er mir, mit den Frauen und Männern der ›Ruhemannschaft‹ zu sprechen und diese zu zitieren. Aufgrund der Gefährlichkeit und Dauer waren vier Löschzüge angerückt, die sich im Stundentakt abwechselten. Fotos durfte ich ebenfalls machen. Die Leute waren zwar von meinen Fragen ziemlich genervt, doch darauf nahm ich, wie alle Reporter, keine Rücksicht. Außerdem waren Journalisten ohnehin als Nervensägen verschrien.

Die einstmals stolze Scheune war jetzt heruntergebrannt und glühte nur noch in einem düsteren Rot. Vereinzelt schlugen zwar Flammen heraus, doch der Einsatz war erfolgreich verlaufen und die Löschzüge machten sich zur Abfahrt bereit. Nur ein Fahrzeug würde laut Feuerwehrhauptmann Kröger hierbleiben und die Nachtwache halten. Eine konkrete Gefahr für den Wald bestand anscheinend nicht mehr. Was jetzt noch von der Scheune übrig war, wollte man offenbar kontrolliert abbrennen lassen. Kröger hatte mir unter Vorbehalt anvertraut, dass wahrscheinlich ein Brandbeschleuniger benutzt worden war. Das Feuer hätte sich seiner Meinung nach ansonsten nicht so schnell ausbreiten können. Also handelte es sich womöglich tatsächlich um Brandstiftung, das war schon mal gut für mein Honorar! Natürlich würde ich das mit dem Vorbehalt in meinem Artikel unerwähnt lassen!

Eine Sache wollte ich jedoch noch erledigen, bevor ich mich im wahrsten Sinne des Wortes vom Acker machte. Ich *musste* eine Nahaufnahme der Scheune haben, die jetzt im näheren Umkreis unbewacht war. Es lagen zwar noch die Schläuche dort und an den Ecken war je einer der Feuerwehrleute postiert, doch die würden mich erst sehen, wenn es zu spät war. Ich machte mir in Gedanken eine Notiz, dass es ›Rohre‹ heißen musste. Schläuche waren in der Vorstellung dieser Leute etwas, womit man den Garten bewässerte. Mein Artikel sollte ja korrekt sein!

Auf jeden Fall war das *die* Gelegenheit! Ich tat, als würde ich mich entfernen, wobei ich dafür sorgte, dass man das mitbekam, schlug dann jedoch einen Bogen und näherte mich der an einigen Stellen noch brennenden Ruine wie zuvor unter den Bäumen von der Rückseite her. Eine Gefahr ging jetzt nicht mehr davon aus. Das dachte ich zumindest.

Es war unheimlich, morgens um 04:00 Uhr allein dort zu stehen, hinter mir nur der düstere Wald, der zum Glück gerettet werden konnte. Ich schaute mich ängstlich um, weil ich ein Geräusch vernommen zu haben glaubte. So hörte es sich an, wenn jemand auf einen trockenen Zweig trat. Und war da nicht ein menschlicher Schatten zwischen den Bäumen? Nein, ich hatte mich wohl geirrt. Ich zückte meine Kamera und ging ein paar Schritte rückwärts, um die richtige Perspektive für das letzte Foto zu finden. Doch bevor ich den Auslöser betätigen konnte, erhielt ich einen mörderischen Schlag auf den Hinterkopf. Dann war nichts mehr.

Kapitel 2

Ein ungewöhnlicher Auftrag

Tobias Heller blickte zufrieden in die Runde, die heute nach zwei Monaten endlich komplett war. Und sogar mehr als das, denn neben dem genesenen Jonas Faber saß auch dessen ›Krankheitsvertretung‹ Denise Malowski mit am Besprechungstisch. Sofern sie ihn nicht verlängerte, würde ihr Vertrag Ende des Jahres auslaufen. Das waren noch vier Wochen, die sie aus Platzgründen jedoch nicht in seinem Kommissariat ableisten würde. Es sei denn, sie hätte sich mit einem Katzentisch in der als Teeküche genutzten Ecke ohne Computer begnügt, was ihrem Kaffeekonsum zuträglich, aber absolut inakzeptabel gewesen wäre. Sie war fast süchtig nach diesem Getränk, wie jeder wusste. Auch jetzt stand ein dampfender Becher vor ihr, der einen betörenden Duft im ganzen Raum verbreitete.

»Ich darf mich zuerst bei euch für den unermüdlichen Einsatz der letzten Woche bedanken«, eröffnete der SOKO-Chef die morgendliche Dienstbesprechung. »Dank euch kann ein kleines Mädchen Weihnachten wieder mit seiner Familie feiern!« Die vierjährige Mia hatte die SOKO zwei Tage in Atem gehalten. Das Kind hatte im Garten gespielt und war weg, nachdem ihre Mutter telefoniert und sie dazu kurz aus den Augen gelassen hatte. Weil die Eltern Geld hatten, ging man zunächst von einer Entführung aus.

Wie sich später herausgestellt hatte, war Mia einer Katze hinterhergelaufen und hatte sich im Labyrinth der nachbarschaftlichen Gärten verirrt. Die alte Frau, bei der sie dann untergekommen war, hatte sich zwar rührend um das Mädchen gekümmert, aber nicht die Polizei gerufen. Die alleinstehende Dame war dement und hatte das Kind für ihre Enkelin gehalten. Es war einer Eingebung von Denise zu verdanken, dass man es schließlich gefunden und ›befreit‹ hatte.

»Ein besonderer Dank gilt dabei selbstverständlich einer bewährten Kollegin, die uns morgen aber leider verlassen wird. Du hast deinem Ruf, jedes abhandengekommene Kind über Kilometer wittern zu können, wieder mal alle Ehre gemacht«, wandte Tobias sich lächelnd an die frühere Ermittlungspartnerin. Ohne Denises untrüglichen Instinkt wären sie wahrscheinlich heute noch hinter einem imaginären Entführer her.

In der Tat schien sie dafür ein Händchen zu haben. Erst vor wenigen Wochen hatte sie fünf Geschwister eines minderjährigen Flüchtlings und dessen beiden Freunden aufgespürt, die auf brutale Weise ermordet worden waren. Die Kinder waren während der Flucht auf dem Mittelmeer abgetrieben und von einem italienischen Seenotrettungskreuzer aufgelesen worden. Für die Recherchen hatte Denise einen Großteil ihrer Freizeit geopfert und war sogar auf eigene Kosten ins Flüchtlingscamp bei Lampedusa gereist, um sie dort abzuholen. Die glücklichen Gesichter der Wiedervereinten waren ihr Belohnung genug, allerdings war sie in der Zwischenzeit von ihrem Vorgesetzten für ihren selbstlosen Einsatz belobigt und entschädigt worden.

»Das hast du wirklich schön gesagt«, gab Denise sarkastisch zurück. Lob war ihr zutiefst zuwider. »Ich bin aber nicht aus der Welt, zumindest vorerst nicht. Die letzten vier Wochen werde ich im Kommissariat deiner Frau sitzen, wie du weißt.« Da sie in Melanies Abteilung vornehmlich mit Internetrecherchen und ähnlichem Bürokram betraut sein würde, war das die richtige Bezeichnung für ihre neue Tätigkeit. Außendienst war mit großer Wahrscheinlichkeit nicht drin. »Und bevor du fragst«, fuhr sie sogleich fort, weil er bereits den Mund geöffnet hatte, »wegen einer dauerhaften Anstellung habe ich mich bisher noch nicht entschieden, rechne aber besser nicht damit. Diese Art von Ermittlungsarbeit liegt mir nicht, wie du ja ebenfalls wissen dürftest!«

»Hier ist momentan auch nicht mehr los«, brachte sich Jasmin Brandt vorlaut in die Diskussion ein. »Du kennst das ja: In der Vorweihnachtszeit sind alle brav, da gibt es für unsereins nicht so viel zu tun. Andererseits befasst sich ein Sonderkommissariat nicht nur mit Mordfällen!«

»Jasmin hat völlig recht«, nickte der SOKO-Chef. »Auch wir jagen ja bekanntlich nicht dauernd irgendwelchen irren Mördern nach. Ich könnte mir jedoch durchaus vorstellen, dass Melanie dich ab und zu an mich ›ausleiht‹, wenn es hier knapp mit Leuten wird. Gerade ist das Wintersemester angebrochen, deshalb kann Erik in den kommenden Wochen nur stundenweise im Kommissariat sein.«

»Ich bin überzeugt, dass ihr beide das schon längst beschlossen habt«, zeigte Denise, dass sie ihn ausgezeichnet kannte. »Da aber momentan hier tote Hose ist und mein Vertrag zum Jahresende ausläuft, wird daraus wohl erstmal nichts. Trotzdem danke für das Angebot, ich werde darüber nachdenken!«

Das Handy enthob Tobias zunächst einer Antwort. Das Gespräch war kurz und alles, was er sagte, war: »Okay, ich bin in zwei Minuten bei Ihnen!«

»War das etwa der oberste Boss?«, wunderte sich Vanessa Fuchs. Diese Schlussfolgerung war die einzig Logische, da das Büro von Kriminaldirektor Albrecht das alleinige infrage kommende Ziel war, das man in der genannten Zeit von hier erreichen konnte. Es lag nur ein paar Meter den Flur herunter. Allerdings kam es selten vor, dass er jemanden zu sich zitierte.

»Ganz recht, und er will mich umgehend in einer dringenden Angelegenheit sprechen, wie er sagte. Es kann also durchaus sein, dass zum Jahresende noch einer den Hut nehmen muss!«, flachste er. Mit einem Rausschmiss rechnete er im Grunde nicht, da die erst im vergangenen Jahr gegründete SOKO eine Aufklärungsquote von fast einhundert Prozent vorzuweisen hatte und Albrecht nicht auf das sogar von der Presse gelobte Zugpferd verzichten würde. Andererseits galt er als extrem launenhaft.

»Da sonst nichts mehr zu besprechen ist, könnt ihr jetzt alle an eure Plätze gehen und euch eine Beschäftigung suchen«, fügte er abschließend hinzu. »Fangt damit an, dass ihr eure Schreibtische aufräumt. Das gilt ganz besonders für dich, Martin«, wandte er sich an Weber, dessen Arbeitsplatz eine einzige Müllhalde war. Er pflegte zum Ärger seines Partners Jonas Faber dauernd zu essen und Krümel und Butterbrotpapier tagelang liegenzulassen.

* * *

Albrechts Vorzimmerdrachen winkte ihn mit der Bemerkung durch, der Kriminaldirektor habe ziemlich schlechte Laune und würde ungeduldig auf sein Erscheinen warten. Er solle sich besser etwas beeilen. Tobias sah auf seine Uhr: Seit dem Anruf waren keine drei Minuten vergangen. Fliegen konnte er ja nicht.

Daniel Albrecht hatte vor ein paar Monaten seinen sechzigsten Geburtstag in großem Rahmen, also mit allen Kommissariaten gefeiert, und sah somit bereits seiner Pensionierung entgegen. Als Tobias den Raum betrat, saß er nicht wie gewohnt hinter seinem voluminösen Schreibtisch, auf dem ein Kleinwagen Platz gehabt hätte. Zumal bis auf das Telefon nichts darauf stand. Stattdessen lief er mit gesenktem Kopf wie ein gefangener Tiger hin und her.

»Ah, da sind Sie ja, Heller!«, rief er erleichtert und beendete gleichzeitig die ruhelose Wanderung durch das Zimmer. Was mochte geschehen sein, dass dieser Mann, den normalerweise überhaupt nichts erschüttern konnte, derart aus der Fassung geriet? Als Leiter des gesamten Polizeiapparates war er mehr Politiker als Polizist. Lag es vielleicht daran? Sägte jemand an seinem Stuhl? Aber was hatte er, Tobias Heller, damit zu tun?

»Was ich Ihnen jetzt sage, darf diese vier Wände nicht verlassen!«, beschwor der Kriminaldirektor ihn, nachdem sie an einem Besprechungstisch in der Ecke Platz genommen hatten. »Die Konsequenzen wären nicht auszudenken!« Albrecht war definitiv von der Rolle, das zeigte schon der Tonfall, mit dem er sprach: Ein wenig schrill und von dem üblichen monotonen

Leiern, mit dem er seine Zuhörer für gewöhnlich zu langweilen pflegte, war keine Spur mehr vorhanden.

»Was immer es sein mag, ich werde absolutes Stillschweigen darüber bewahren«, beruhigte Heller ihn. »Sie können sich auf mich verlassen! Sollte es jedoch mit einer Ermittlung zu tun haben, muss ich meine Leute einweihen, das ist Ihnen hoffentlich klar?«

»Wie? Ach ja, natürlich«, räumte Albrecht fahrig ein. »Darüber hatte ich noch gar nicht nachgedacht. Gehen Sie aber so diskret wie möglich vor! Haben Sie von dem Großeinsatz der Troisdorfer Feuerwehr in der Nacht zum Samstag gehört?«, wechselte er dann scheinbar unmotiviert das Thema. »Nein? Ich dachte, weil Sie ganz in der Nähe wohnen. Ist ja auch egal. Es war nur eine Scheune, die vollständig abgebrannt ist. Keine große Sache, wenn man die Gefahr eines Waldbrandes außer Acht lässt. Das Problem dabei ist, dass man heute bei der Untersuchung der Ursache für das Feuer eine verkohlte Leiche darin gefunden hat!«

»Hätte man uns nicht informieren müssen?«, hob Tobias die Brauen. »Bei ungeklärten Todesfällen ist das Vorschrift! Und was ist daran so schlimm, dass es unbedingt ein Geheimnis bleiben soll?«

»Der Sachverständige ist ein sehr guter Bekannter und hat mich persönlich in Kenntnis gesetzt. Und ich habe die Information zurückgehalten«, gab Albrecht zu. »Ich weiß, das überschreitet meine Kompetenzen, zumal ich … nun ja, irgendwie involviert bin. Die Eigentümer der abgebrannten Scheune sind mit mir verwandt beziehungsweise verschwägert. Wenn das herauskommt, kann ich meinen Hut nehmen!«

Tobias verkniff sich ein Grinsen, weil er genau das noch vor wenigen Minuten zu seinen Leuten gesagt hatte. An den Kriminaldirektor hatte er jedoch nicht dabei gedacht! »Aus dem Verwandtschaftsverhältnis kann man Ihnen keinen Strick drehen«, wählte er seine Worte mit Bedacht. »Und Sie sind nicht unmittelbar mit den Ermittlungen betraut, von denen ich annehme, dass sie die meiner Abteilung übertragen möchten? Dann wären Sie aus dem Schneider, denn nirgendwo steht geschrieben, dass eine Information sofort weitergegeben werden muss, und Sie haben es jetzt ja mir gesagt!«

»Sie haben recht«, gab sich der Kriminaldirektor erleichtert und fiel sofort wieder in seinen leiernden Tonfall. »Es ist alles in bester Ordnung. Ich wollte die Information ja auch nicht dauerhaft unter den Tisch kehren. Es ist nur so, dass ich die Ermittlungen in die Hände eines Mannes meines Vertrauens legen will!«

Nicht, dass du noch auf deiner eigenen Schleimspur ausgleitest, dachte Tobias amüsiert. »Es handelt sich immerhin um eine heikle Angelegenheit«, drangen die Worte Albrechts in seine Gedanken. »Womöglich ist es nur ein tragischer Unfall! Ein Obdachloser vielleicht, der in der Scheune meiner Schwester Zuflucht suchte und von den Flammen überrascht wurde oder eventuell sogar für das Feuer verantwortlich ist.«

»Wir werden das herausfinden!«, nickte der SOKO-Chef. Endlich hatten er und seine Leute etwas zu tun! »Wir machen uns umgehend an die Arbeit. Wie ich Ihnen aber bereits sagte, muss ich meine Mitarbeiter über sämtliche Hintergründe informieren. Anders ist eine erfolgversprechende Ermittlung nicht möglich!«

»Selbstverständlich! Ich bin mir sicher, dass Ihre Abteilung schon bald ein Ergebnis liefern wird, denn Ihre SOKO hat mit Abstand die höchste Erfolgsquote! Ich hätte jedoch eine persönliche Bitte: Ich habe mir erlaubt, die Versetzung von Frau Hauptkommissarin Malowski vorerst auszusetzen. Ohne übertreiben zu wollen, haben Sie gemeinsam erfolgreich die meisten Fälle gelöst. Sie verfügt über große Erfahrung und ich möchte, dass sie ebenfalls mit dieser Angelegenheit betraut wird. Deshalb erhalten Sie schnellstmöglich Möbel und technisches Equipment für einen zusätzlichen Arbeitsplatz von mir. Ich habe mir vorhin erst den Grundriss Ihres Kommissariats angesehen, wenn Sie die vorhandenen Schreibtische umstellen, wird es platzmäßig schon gehen. Ihrer Ehefrau sage ich dann persönlich Bescheid.«

Sieh einer an, wenn es um den eigenen Hintern geht, schüttelt der alte Geizkragen plötzlich finanzielle Mittel aus dem Ärmel, dachte Tobias belustigt. *Falls er aber glaubt, dass ich die zusätzliche Stelle kampflos wieder aufgebe, wenn das hier vorbei ist, hat er sich sowas von geschnitten! Jetzt muss ich es nur noch Denise irgendwie schmackhaft machen!* »Wir fangen umgehend mit den Ermittlungen an«, versicherte er Albrecht, während er sich erhob. Hier war nichts mehr zu bereden und mit viel Glück hatte er seinem Vorgesetzten soeben eine zusätzliche Ermittlerstelle abgeschwatzt. Besser hätte es nicht laufen können! *Melanie wird mir aber den Kopf abreißen, weil ich ihr wieder eine Kraft weggeschnappt habe*, ging es ihm im Hinausgehen siedend heiß durch den Sinn. *Das gibt endlose Diskussionen!*

* * *

»Mir ist reichlich unwohl bei der Sache«, meldete sich Denise vom Beifahrersitz, während Tobias ihren Dienstwagen auf die Flughafenstraße lenkte. In zwei Minuten würden sie am Ziel angelangt sein, oder was davon übrig war. »Ich möchte nämlich nicht schuld sein, wenn es bei euch Stress gibt. Melanie wird nicht gerade begeistert sein, dass du ihr wieder jemanden ausspannst«, wiederholte sie fast wortwörtlich, was er vor einer Stunde gedacht hatte.

»An der Situation hast du keine Schuld«, brummte er. »Keiner von uns hat das, das wird meine liebe Frau hoffentlich einsehen. Kriminaldirektor Albrecht hat das ganz allein zu verantworten und ich will nicht in seiner Haut stecken, wenn er ihr die Botschaft überbringt. Du weißt ja, dass Melanie selbst Vorgesetzten gegenüber kein Blatt vor den Mund nimmt und etwas ungemütlich werden kann, um es harmlos auszudrücken! Er wird sich eine Alternative für sie ausdenken müssen, dabei hat er genug mit sich selbst zu tun. Er hat die Karre in den Dreck gefahren und wir können jetzt sehen, wie wir sie da wieder herausbekommen.«

»So schlimm wird es schon nicht werden. Er hat die Meldung über den Leichenfund mit einer kleinen Verzögerung an uns weitergeleitet, daraus kann man ihm keinen Strick drehen. Anders sieht das aber aus, wenn seine Schwester oder deren Mann was mit der Leiche in ihrer Scheune zu tun haben sollten. Falls die Presse Wind davon bekommt, dass er das womöglich unter den Tisch kehren wollte, ist er geliefert!«

»Wie sollte sie? Außer uns beiden weiß keiner was darüber, und das wird auch so bleiben! Ich vertraue meinen Leuten zwar, doch je weniger Kenntnis davon haben, desto besser. Ich habe Albrecht jedoch gesagt, dass die Tatsache, dass er unser Vorgesetzter ist, auf die Ermittlungen keinerlei Einfluss hat. Das muss er akzeptieren. Er hat es schließlich selbst so gewollt, als er uns darauf angesetzt hat! Wir sind unbestechlich, und das weiß er.«

»Andererseits hast du jetzt ein Druckmittel gegen ihn in der Hand«, überlegte Denise laut. »Das ist auch nicht gerade schlecht!« Tobias lächelte in sich hinein. Oh ja, das hatte er! Und er würde den ›Joker‹ hoffentlich bald einsetzen können! Er stellte den Audi hinter einem PKW der Troisdorfer Feuerwehr ab, in dem ein Mann wegen der Kälte mit laufendem Motor wartete. Aus dem eine Handbreit heruntergelassenen Seitenfenster quoll Zigarettenrauch in die eisige Dezemberluft. Das musste der Brandsachverständige sein, mit dem sich Tobias treffen wollte. »Ein Feuerwehrmann, der in der Nähe einer abgebrannten Scheune raucht, hat schon was!«, bemerkte Denise grinsend, während sie ausstiegen.

Immerhin war die Brandruine dreihundert Meter von hier entfernt, wie Tobias mit einem raschen Blick schätzte. Von der Scheune war nur noch ein riesiger, verkohlter Haufen übriggeblieben. Von dort bis zum Waldrand waren es allerhöchstens fünfzig Meter. Da war es kein Wunder, dass die Löscharbeiten die halbe Nacht gedauert hatten, wie er mittlerweile wusste. Es mussten nur ein paar Funken hinüberfliegen, und viele Hektar Wald hätten in Flammen gestanden! Er schüttelte dem Brandspezialisten zur Begrüßung die Hand. »Ich sehe keine Absperrung. Wurde die Leiche bereits abtransportiert?«, erkundigte er sich bei ihm.

»Das müssen Sie schon Ihren Vorgesetzten fragen, Herr Heller«, antwortete der Mann gestelzt, er hatte sich ihm am Telefon als Günther Köhler vorgestellt. Der Name passte zu seinem Beruf wie die berühmte Faust aufs Auge, fand Tobias. »Ich habe Kriminaldirektor Albrecht heute Morgen über den Leichenfund informiert, alles andere geht mich dann nichts mehr an. Aber nein, die Leiche liegt noch an Ort und Stelle, wo ich sie bei der Begehung fand.«

Denise zog seufzend ihr Handy aus der Tasche, um Rechtsmedizin und die Forensik zu informieren. Das kam davon, wenn sich Leute in Sachen einmischten, von denen sie keine blasse Ahnung hatten! Dabei war ihr Boss nicht immer Kriminaldirektor, irgendwann musste er ›normalen‹ Polizeidienst geschoben haben. Wann war das? Vor dreißig Jahren? Da wäre sie gerne dabei gewesen! Es war zwar fraglich, ob die Forensik hier noch Spuren eines mutmaßlichen Täters finden würde. *In* der Brandruine sicher nicht, nichts sterilisiert besser als ein Feuer. Und in deren Umfeld war von den Löscharbeiten alles großflächig zertrampelt worden. Doch man musste es zumindest versuchen und die Leiche musste auch untersucht werden. Jetzt war zuallererst zu klären, ob ein Verbrechen vorlag.

»Der Feuer ist ja nicht durch eine brennende Zigarette ausgelöst worden«, hörte sie den Brandmeister soeben sagen, als sie das Telefon einsteckte. Vorangegangen war dem eine launige Bemerkung ihres Partners wegen Rauchens an einem Ort wie diesem, wie sie während der Telefonate nebenbei mitbekommen hatte. »Es wurde im Gegenteil definitiv ein Brandbeschleuniger verwendet, wahrscheinlich Benzin.«

»Also Brandstiftung«, konstatierte Tobias Heller. »Die Frage ist dabei nur, ob ein Feuerteufel am Werk war, oder ob sie mit der erklärten Absicht angezündet wurde, belastende Spuren zu vernichten. Können Sie uns auch sagen, ob diese verbrannte Person vor oder nach Legung des Feuers in die Scheune gelangte?«

»Schauen Sie es sich am besten selbst an«, nickte Köhler, holte drei Schutzhelme aus dem Kofferraum und reichte zwei davon an Denise und Tobias weiter. »Wir haben das Gebälk notdürftig abgestützt, sodass ein Betreten mit der gebotenen Vorsicht möglich ist. Ich darf Sie aber bitten, die hier aufzusetzen. Stellen Sie sich ein Bauwerk aus Holz vor, das bis zum Dach mit Heuballen angefüllt war«, instruierte er sie auf dem dreiminütigen Weg zu den traurigen Überresten der Scheune. »Das waren locker fünfhundert Kubikmeter Brennmaterial. Da genügt ein einziger Funken und alles steht in Flammen. Das löscht keiner mehr, vor allem, wenn zwanzig Liter Benzin oder mehr zum Einsatz kommen.«

Die Ermittler verzichteten auf eine Nachfrage, ob er sich dessen sicher war. Sie wussten, dass Spezialisten wie er die Benutzung von Brandbeschleunigern bei Bränden aus gewissen Merkmalen ebenso herauslesen konnten, wie ihre Forensiker in der Lage waren, einen Tathergang zu rekonstruieren. »Hier in dieser Gegend treibt seit einigen Monaten ein Feuerteufel sein Unwesen«, drang Köhlers sonore Stimme in ihre Gedanken. »Es kann sein, dass er auch hierfür verantwortlich ist, allerdings habe ich eine Vermutung, um wen es sich bei der Leiche handeln könnte, die ich bei der Begehung unter den Trümmern fand!«

**

»Um es kurz zu machen: Denise wird uns vorläufig erhalten bleiben und wir haben einen neuen Fall auf dem Tisch!«, informierte der SOKO-Chef seine Leute auf der nach seiner Rückkehr einberufenen Dienstbesprechung. Bis auf Jürgen Vogel, der normalerweise teilzunehmen pflegte, um die Spurenlage zu erläutern oder aktuelle Erkenntnisse darzubringen, waren alle erschienen. Der Leiter der Forensik war noch mit einigen Spezialisten am Tatort. Die Wahrscheinlichkeit, dort etwas zu finden, war zwar sehr gering, doch die Hoffnung darauf umso größer.

Überrascht schienen sie jedoch von der Eröffnung ihres Chefs nicht zu sein, ihren entspannten Mienen nach zu urteilen. Allerdings waren Tobias und Denise einige Stunden außer Haus gewesen und es war eine bekannte Tatsache, dass sich nichts schneller verbreitete als Gerüchte. Die Auflösung war jedoch, zumindest was Denise betraf, wesentlich profaner, wie er sogleich zu hören bekam.

»Das wissen wir«, grinste Jasmin, der ›Frechdachs‹ unter seinen Leuten. »Kaum, dass du und Denise aus dem Haus wart, kam deine Frau hereingestürmt und wollte unbedingt sofort mit dem ›Verräter‹ sprechen. Irgendeine Ahnung, wen sie gemeint haben könnte? Dann sagte sie weiter, dass sie Albrecht wegen Denise auch noch den Marsch blasen würde. Den Rest haben wir uns zusammengereimt.«

»Ich kann überhaupt nichts dafür!«, verteidigte er sich. »Das hat der KD ganz alleine entschieden. Nun muss er sehen, wie er die Suppe auslöffelt, die er sich selbst gebrockt hat. Jedenfalls wird Denise auf seinen

Wunsch zunächst bei uns bleiben und in vorderster Font an unserem neuen Fall mitarbeiten. Und es ist definitiv einer, denn die Faktenlage ist diesbezüglich eindeutig und wir wissen vielleicht sogar schon, um wen es sich bei dem Opfer handelt, obwohl es bis zur Unkenntlichkeit verkohlt ist!« Anschließend berichtete er ihnen ausführlich, was er und Denise auf dem Ortstermin erfahren hatten.

»Es dürfte euch allen klar sein, dass wir bei den Ermittlungen auf das Verwandtschaftsverhältnis der Eigentümer dieser Scheune zum obersten Boss keine Rücksicht nehmen können«, beschwor er seine Leute im Anschluss an die umfangreichen Ausführungen. Dass es sich dabei um Albrechts Schwester handelte, würden sie ohnehin bald herausgefunden haben und der Rest war nicht von Belang. »Da der Mann, den der Brandsachverständige heute Morgen darin fand, laut Doktor de Luca einen schweren Schlag auf den Kopf bekommen hat, ist ein Unfall ausgeschlossen. Er wird sich wohl kaum selbst eins übergebraten, sich dann mit Benzin übergossen und angezündet haben. Wir ermitteln also in einem Mordfall!«

»Wenn das der Reporter vom *Rhein-Sieg-Echo* sein soll, der während der Löscharbeiten dort herumgeschlichen ist«, wandte Vanessa Fuchs ein, »wie ist er dann in die zu diesem Zeitpunkt brennende Scheune gelangt? Und wie konnte der Täter ihm praktisch vor den Augen der Feuerwehrleute eins überziehen und dort drinnen ablegen? Da passt doch irgendwas nicht richtig zusammen. Außer natürlich, es war einer von denen!«

»Was nicht ausgeschlossen ist«, meldete sich Jonas Faber zu Wort. »Es wäre ja nicht das erste Mal, dass einer von der Freiwilligen Feuerwehr aus Langeweile oder Geltungssucht eine Scheune in Brand steckt, um dann bei den Löscharbeiten den Helden zu spielen.«

»Das wird unser erster Ansatzpunkt sein«, nickte Tobias. »Fakt ist jedenfalls, dass Manfred Kornelius kurz nach Mitternacht dort auftauchte, alles fotografierte und die Einsatzkräfte mit Fragen nervte. Das ist auch der Grund, warum man sich so gut an ihn erinnert. Außerdem wurde er unmittelbar am Brandherd gesehen, als die Löscharbeiten gerade erst begonnen hatten. Was läge näher als die Vermutung, dass er es später wieder versuchte und dabei vom Brandstifter überrascht wurde? Und noch etwas: Wenn der Tote *nicht* Kornelius ist, warum erschien dann heute kein Bericht in der Zeitung?«

»Vanessa hat vollkommen recht, Chef«, schüttelte Martin Weber den Kopf. »Das passt alles kausal nicht! Wurde der Mann denn nicht mit Benzin übergossen? Warum sollte der Täter sowas tun, wenn die Scheune bereits lichterloh brannte? Das wäre doch eher etwas für die Brandursache gewesen!«

»Leider lässt die Leiche keine eindeutige Identifizierung mehr zu«, hob der SOKO-Chef die Schultern. »Ihr wisst ja, wie das bei Brandopfern ist, sie schrumpeln völlig zusammen, weil das Körperfett verbrennt. Obwohl Manfred Kornelius als klein und sehr korpulent beschrieben wurde, kann das also nicht zur Identifikation herangezogen werden, oder jedenfalls nicht sicher. Wir müssen darauf hoffen, dass es gelingt, aus dem Inneren der Leiche noch DNA zu extrahieren. In der Brandruine und in deren näherem Umfeld wurde allerdings keine Kamera oder zumindest zerschmolzene Überreste gefunden, vielleicht hat der Täter sie mitgenommen. Kommen wir jetzt zur Aufgabenverteilung!«

»Ich kann nicht, ich muss in die Uni«, meldete sich Erik Hagel erstmals zu Wort. »Ich muss sofort los«, fügte er nach einem Blick auf die Uhr hinzu. »Morgen habe ich aber keine Vorlesung.«

»An dich hatte ich auch nicht gedacht«, beschied Tobias ihm milde lächelnd. »Martin und Jonas: Ihr beide fahrt zur Feuerwache nach Troisdorf und interviewt die Feuerwehrleute dort. Laut Herrn Köhler ist heute dieselbe Mannschaft anwesend, die auch in der Brandnacht Dienst hatte. Jasmin und Vanessa fahren zu den Eigentümern der abgebrannten Scheune und schauen bei Manfred Kornelius vorbei. Er wohnt in Lohmar, also ganz in der Nähe des Tatortes. Vielleicht ist er zu Hause und vollkommen ahnungslos. Vorhin haben wir ihn nicht angetroffen und ans Telefon geht er nicht, das habe ich natürlich versucht. Denise, wir statten dem *Rhein-Sieg-Echo* einen kleinen Besuch ab. Das wollte ich schon immer«, fügte er grinsend hinzu und jeder im Raum wusste, warum. Irene Leitner, die ihnen mit ihren übertrieben reißerischen Berichten seit vielen Jahren das Leben schwermachte, arbeitete dort ebenfalls als Reporterin.

Kapitel 3

Was geschah in der Brandnacht?

»Wenn ich Melanie über all die Jahre nicht besser kennen würde, könnte man denken, dass ihr Auftritt, von dem Jasmin vorhin berichtete, nach einer Menge Stress für euch beide aussieht«, bemerkte Denise, die diesmal das Steuer des Dienstwagens übernommen hatte. Die Redaktion vom *Rhein-Sieg-Echo* befand sich im Industriegebiet der Kreisstadt und war somit nur ein paar Minuten entfernt.

»Ja, sie ist unbestritten sehr impulsiv«, gab Tobias zurück. »Im Grunde ihres Herzens weiß sie aber, dass das nicht allein meine Schuld ist. Außerdem war Mel seinerzeit damit einverstanden, dass ich Martin von ihr übernommen habe, sie nahm allerdings an, dass sie sofort einen adäquaten Ersatz für ihn bekommen würde. Leider stehen aber die guten Ermittler nicht gerade Schlange bei ihr.«

»Ach!«, grinste sie. »Woran das wohl liegen mag?«

»Melanie wird von ihren Kollegen oft falsch eingeschätzt!«, verteidigte Tobias seine Frau leidenschaftlich. »Sie ist ein Raubein, das stimmt schon. Aber das ist nur ihre äußere Fassade, mit der sie ihre Unsicherheit zu überspielen versucht. Wenn man sie erstmal besser kennt, weiß man ihre Loyalität und Aufrichtigkeit zu schätzen. Und sie lässt niemals etwas über ihre Leute kommen!«

»Mir musst du das nicht erzählen, Tobi! Ich würde auch gerne in ihr Kommissariat gewechselt sein, aber der KD hatte ja etwas anderes mit mir vor. Doch der Verlust ist für Melanie ja nicht so groß, wie es auf den ersten Blick ausschaut. In ein paar Wochen wäre ich sowieso wieder weg gewesen.«

Nicht, wenn ich das verhindern kann, dachte Tobias bei sich, ließ es jedoch sicherheitshalber unkommentiert und wechselte schnell das Thema. Eine selbstbewusste Frau wie Denise in ihrer Meinungsbildung zu manipulieren, war unmöglich. Sie musste von alleine darauf kommen. »Die von Vanessa und Martin vorgebrachten Vorbehalte sind zwar in der Sache korrekt«, räumte er ein, »doch es ist bisher im Grunde nur eine Vermutung von mir, dass die Leiche mit Benzin übergossen wurde. Ein Brandbeschleuniger kam laut dem Sachverständigen auf jeden Fall zum Einsatz, ob das jedoch auch für den Toten gilt, wissen wir nicht, das muss die Autopsie klären. Bis dahin gehen wir davon aus, dass es sich um Manfred Kornelius handelt.«

»In diesem Fall wäre der Journalist nichts weiter als ein Kollateralschaden«, überlegte seine Partnerin. »Das heißt, wenn wir nach wie vor von einem Feuerteufel ausgehen, dessen Tat dann irgendwie aus dem Ruder lief. Doch sollte sich herausstellen, dass dieser Mann *gleichzeitig* mit der Scheune verbrannte, sieht die Sache schon anders aus!«

»Weil es dann jemand anderes sein muss, und die Scheune womöglich *seinetwegen* angezündet wurde«, nickte Tobias. »In dem Fall wartet eine Menge Ermittlungsarbeit auf uns alle. Zuallererst müssten wir die Identität der Leiche klären. Das wird schwierig!«

»Vielleicht war es ja die Leitner, die ihm eins übergebraten hat«, lachte Denise, während sie den Dienstwagen in eine Parklücke vor dem Redaktionsgebäude bugsierte. »Aus Rache, weil er ihr die Story direkt vor der Nase weggeschnappt hat.«

»So schön die Vorstellung auch ist, scheint mir das nun wirklich an den Haaren herbeigezogen. Dennoch werden wir die Dame befragen, falls wir sie antreffen. Darauf freue ich mich jetzt schon!«

Sie trafen sie an. Irene Leitner war sogar die erste Person, die ihnen beim Betreten des Redaktionsgebäudes über den Weg stolperte. Und das im wahrsten Sinne des Wortes, denn sie kam mit gesenktem Kopf aus einem gläsernen Büro und fiel sofort über einen großen Karton, den jemand direkt vor der Tür abgestellt hatte. Tobias konnte sie gerade noch reaktionsschnell auffangen, bevor sie böse gestürzt wäre. Als sein Blick an ihr vorbei auf die Glastür fiel, aus der sie getreten war, traute er seinen Augen nicht. In großen Lettern war dort ›Irene Leitner, Redaktion Wirtschaftsnachrichten‹ zu lesen!

»Sind wir etwa die Karriereleiter hinaufgefallen?«, fragte er mit einem anzüglichen Grinsen im Gesicht. Es war allgemein bekannt, dass die beiden sich nicht ausstehen konnten. »Und dazu noch ein derart wichtiges Ressort! Gratuliere!«

»Sieh an, *das dynamische Duo*!«, zischte sie boshaft, nachdem sie sich von ihrem Schrecken erholt und die Ermittler erkannt hatte. »Und ich hatte gedacht, der *intelligente* Teil von euch hätte sich längst zur Ruhe gesetzt. Wie man sich doch irren kann, war wohl eine Fehlinformation!«

Tobias ließen die Hasstiraden dieser Frau kalt. Im Gegenteil glaubte er jetzt, ein Motiv für die zunächst von Denise lediglich im Scherz geäußerte Vermutung einer Tatbeteiligung zu sehen. Diese krankhaft karrieresüchtige Person war eindeutig auf das Abstellgleis geschoben worden – wenn auch bei höherem Gehalt – und ein anderer hatte ihren früheren Job bekommen. Und der war vermutlich tot, da läuteten gleich sämtliche Alarmglocken in ihm! Und auch bei Denise, wie er an einem zusammengekniffenen Auge seiner Partnerin erkannte.

»Wir haben jetzt einen Termin bei Ihrem Chefredakteur«, informierte sie Irene Leitner mit mühsam erzwungener Ruhe, bevor Tobias sich zu einer unbedachten Äußerung hinreißen lassen konnte. Die Frau war auch ihr zutiefst zuwider, doch mit unprofessionellem Verhalten war niemandem geholfen. »Danach hätten wir ebenfalls einige Fragen an Sie, ich darf Sie daher bitten, sich bis dahin zu unserer Verfügung zu halten. Es wäre wirklich besser für Sie, wenn Sie noch hier sind, wenn wir mit Herrn Gruener fertig sind!«

Damit ließ sie die nunmehr dringend Tatverdächtige mit sprachlos offenem Mund einfach stehen und zog Tobias, der ihr nur zu bereitwillig folgte, mit sich zum Büro des Chefredakteurs am anderen Ende der weitläufigen Halle. Hier rannten Journalistinnen und Journalisten nach einer komplizierten Choreografie zwischen den scheinbar wahllos verteilten Tischen hin und her und tauschten untereinander Informationen aus. Tobias hielt Ausschau nach einem kleinen, kugelrunden Mann, als den man ihm den vermissten Reporter beschrieben hatte. Vergebens.

Es war nicht leicht, ohne Kollisionen hindurchzugelangen, doch irgendwie schafften sie es, die dreißig Meter ohne Blessuren zu überwinden. Denise fiel auf, dass diese Leute bei einer Annäherung jedes Mal die Richtung um eine Winzigkeit korrigierten, um einen Zusammenstoß mit ihnen zu vermeiden. Dabei kam sie sich fast vor wie Moses, der das Rote Meer teilte. Interessant, offenbar folgte das Treiben einer eigenen Gesetzmäßigkeit. Sie war jedoch mit ihren Gedanken bereits einen Schritt weiter: Was würde sie im Büro des Chefredakteurs erwarten?

* * *

Zur selben Zeit, als sich die beiden Hauptkommissare durch den Strom der herumwuselnden Journalisten kämpften und dabei gleichzeitig nach Manfred Kornelius Ausschau hielten, taten das zwei Kommissarinnen einige Kilometer weiter nördlich ebenfalls. Jasmin und Vanessa standen vor dem kleinen Einfamilienhaus am Ortsrand Heppenbergs, einem etwas größeren Stadtteil von Lohmar, das ihm gehörte, und klingelten soeben an der Haustür. Getreu der Vorgabe des Chefs, vordringlich die Identität des Brandopfers zu klären oder wenigstens auszuschließen, hatten sie den Besuch bei ihm vorgezogen. Die Eigentümer der abgebrannten Scheune liefen ihnen ja nicht weg.

Kornelius war gemäß der eingeholten Einwohnermeldeauskunft geschieden und lebte alleine hier, das Häuschen machte auf sie jedoch nicht gerade einen bewohnten Eindruck. Aus dem Inneren drang kein einziger Laut und an den Fenstern waren überall die Rollläden herabgelassen. Als nach dem dritten Klingeln keine erkennbare Reaktion erfolgte, wandten sich die

Ermittlerinnen achselzuckend ab. Dann war hier wohl niemand, was die Vermutung zu bestätigen schien, bei dem Brandopfer handele es sich womöglich um Manfred Kornelius.

Als sie zu ihrem Wagen zurückgingen, sahen sie im Vorgarten des Nachbarhauses einen Mann stehen. Er hatte den Kopf weit in den Nacken gelegt und hielt ein Handy in den fast wolkenlosen Himmel. Augenscheinlich hatte er es auf die weißen Kondensstreifen abgesehen, die von vier oder fünf Flugzeugen erzeugt wurden und sich in einem bizarren Muster kreuzten. Vanessa machte mit dem Zeigefinger eine kreisende Bewegung an ihrer Schläfe. *Wieder so ein Spinner, der in einer im Grunde harmlosen und logisch erklärbaren Angelegenheit eine weltweite Verschwörung sieht*, sollte das heißen.

Jasmin sah eher die praktische Seite. Sie hatten es hier zumindest mit einer Art menschlichem Wesen zu tun, welches ihnen unter Umständen etwas zum Verbleib des Nachbarn sagen konnte. Sofern er auch mal was anderes machte, als die Nase in den Himmel zu halten. »Entschuldigen Sie bitte«, rief sie in seinen Rücken. »Haben Sie einen Augenblick? Wir hätten da eine Frage!« Gleichzeitig zog sie ihren Dienstausweis aus der Tasche und hielt ihn hoch, sodass der Mann ihn sofort sah, wenn er sich zu ihnen umdrehte. Was er nach ein paar Sekunden auch tat.

»Polizei?«, fragte er überflüssigerweise, nachdem er ihren Ausweis und den von Vanessa einer ausgiebigen Prüfung unterzogen hatte. »Sie wollen sicher zu Kornelius. Der ist nicht da!«

Ach was! Darauf waren wir selbst gekommen, dachte Vanessa, wobei sie ein genervtes Augenrollen gerade noch unterdrücken konnte. Sie musterte den Mann jenseits des Zauns mit unverhohlener Neugierde: Ein langer Kerl, sicher mindestens 1,90 Meter, dabei dürr wie eine Bohnenstange. Zotteliges, blondes Haar über einem blasierten Gesichtsausdruck. Altersmäßig war er wahrscheinlich in den vierzigern. »Können Sie uns sagen, wo wir ihn finden oder wann Sie ihn das letzte Mal gesehen haben?«, fragte sie in betont neutralem Tonfall. Immer freundlich bleiben, lautete die Devise. Auch wenn es manchmal schwerfiel.

»Meinen Nachbarn hab ich am Freitagnachmittag das letzte Mal gesehen«, brummte er, ohne nachzudenken. »Seinem Gesichtsausdruck nach zu urteilen, kam er von seinem Verleger, der anscheinend wieder mal eins seiner bescheuerten Bücher abgelehnt hatte. *Zimmerpflanzen leicht gemacht*, oder so. Haben nicht viel miteinander geredet.«

»Herr Kornelius ist Schriftsteller?«, mischte sich Jasmin jetzt ein. »Wir haben die Information, dass er als Reporter beim *Rhein-Sieg-Echo* angestellt sein soll. So wurde es uns jedenfalls berichtet.«

»Er arbeitet nebenher freiberuflich für alle möglichen Zeitungen«, zuckte der Mann mit den Schultern. Vorgestellt hatte er sich ihnen noch nicht. »Von dem, was er als Autor verdient«, malte er Gänsefüßchen in die Luft, »wird er sicher nicht leben können.«

»Und Sie haben ihn seither nicht mehr zu Gesicht bekommen?«, vergewisserte sich Jasmin sicherheitshalber noch einmal. »Was ist denn mit seinen Rollläden? Waren die zwischendurch oben, Herr …?«

»Rupert«, beantwortete er die stumme Aufforderung. Er schaute sie dabei mit wichtiger Miene an, als wäre allein sein Name eine Offenbarung. »Friedhelm Rupert. Und nein, die waren die ganze Zeit unten. Ich halte mich tagsüber oft hier draußen auf, es wäre mir aufgefallen, wenn er sie zwischendurch hochgezogen hätte! Was will denn die Polizei von ihm, steckt er in Schwierigkeiten?«, konnte er seine Neugier jetzt doch nicht mehr zügeln. Eine Spur Schadenfreude glaubte Vanessa ebenfalls in seinem Gesicht zu erkennen. Es ging in dieser Nachbarschaft vermutlich nicht gerade sehr harmonisch zu, doch verdächtig erschien Rupert ihr nicht.

Sie schickte ihrer Partnerin einen fragenden Blick, den Jasmin mit einem Kopfnicken beantwortete. Sie waren sich demnach einig, dass hier nichts mehr zu holen war. Im Grunde hatten sie aber genug erfahren. »Haben Sie vielen Dank für Ihre Zeit, Herr Rupert!«, ließ sie die Frage unbeantwortet. Es ging ihn ohnehin nichts an. Sie holte ihr Handy hervor, um Tobias eine SMS mit dem Ergebnis des Ortstermins zu senden. Er würde sicher was damit anfangen können.

* * *

Endlich hatten Tobias und Denise das andere Ende der Halle erreicht und wandten sich aufatmend dem ebenfalls gläsernen Büro links von ihnen zu, nur um festzustellen, dass keiner darin saß! In dem Gewusel hatten sie das zuvor nicht gesehen, sonst hätten sie sich den Weg hierher sparen können. Hatte Gruener ihre Verabredung vergessen oder war ihm was dazwischen gekommen? Denise sah auf die Uhr.

»Der Chef lässt sich entschuldigen«, vernahmen sie eine Stimme von rechts. »Er wird in einer halben Stunde aber zu Ihrer Verfügung stehen.« Ihre Köpfe ruckten synchron herum. Das Mädchen, das zu ihnen gesprochen hatte, war zu jung für eine Journalistin, vielleicht war sie eine Praktikantin oder Assistentin. Und um zu wissen, dass sie die erwarteten Besucher waren, musste sie keine hellseherischen Fähigkeiten besitzen. Das konnte sie mühelos an den Pistolen in ihren Holstern sehen.

Tobias sah sich um, konnte aber keine Stühle oder andere Möglichkeiten ausmachen, sich die Wartezeit einigermaßen bequem zu vertreiben. Auf Besuch war man hier anscheinend nicht eingerichtet, was bei der allgemeinen Hektik, die in diesem Betrieb herrschte, im Grunde verständlich war. Der einzige Unterschied zum Aktienmarkt war wahrscheinlich, dass da mehr Menschen herumliefen und Meldungen schrien. »Wir könnten die Zeit dazu nutzen, uns die Leitner vorzuknöpfen«, schlug er vor. Der Signalton einer SMS, der aus seiner Lederjacke drang, enthob Denise zunächst einer Antwort. Er hielt ihr stumm das Telefon hin, nachdem er die Nachricht gelesen hatte. Sie war von Vanessa und sehr aufschlussreich.

Kornelius ist kein Angestellter vom Echo, sondern freischaffend! Er wurde seit Freitagnachmittag nicht mehr gesehen. Rollläden sind nicht bewegt worden. V.

»Dann ist er tot!«, kommentierte Denise die Mitteilung emotionslos. »Das war aber zu erwarten, oder? Und dass unser Mann als Freiberufler an einer Story dran war, die normalerweise von einer rücksichtslosen und uns bestens bekannten Reporterin *dieser* Zeitung bearbeitet worden wäre, die dazu offenbar in Ungnade gefallen ist, lässt diese Sache in einem ganz neuen

Licht erscheinen. Knöpfen wir uns die Leitner vor, sie ist ab sofort unsere Hauptverdächtige!«

»Sie ist unsere *einzige* Verdächtige«, grinste Tobias. »Ihr Motiv ist zwar etwas schwach, doch mehr benötigen Menschen mit einer ausgeprägten Profilneurose wie der ihrigen vielleicht nicht.« Mit diesen Worten setzte er sich in Bewegung. Dieses Mal jedoch würden sie den etwas längeren Weg an den Wänden entlang nehmen, wo jetzt kein Betrieb war. Das war auf jeden Fall weitaus weniger gefährlich. Er hatte noch keine drei Schritte getan, da kam die nächste Kurzmitteilung herein, diesmal von Martin. »Das geht ja Schlag auf Schlag«, brummte er und zeigte seiner Partnerin das Telefon.

> Einer der Feuerwehrmänner will in der Brandnacht eine wasserstoffblonde Frau herumschleichen gesehen haben. Sichtung nicht von Kolleg*innen bestätigt. M.

»Das wird immer besser«, nickte Denise zufrieden, nachdem sie die knappe Meldung gelesen hatte. Der Platz für Kurzmitteilungen war bekanntlich begrenzt und *WhatsApp* war schon seit geraumer Zeit für den dienstlichen Gebrauch untersagt. »Wie viele wasserstoffblonde Frauen von der Presse kennen wir, und seit wann befleißigt sich ausgerechnet Martin einer gendergerechten Ausdrucksweise? Bei ihm ist dann wohl doch nicht alles verloren. Dummerweise habe ich der Leitner gesagt, was sie erwartet. Komm, die schnappen wir uns, bevor sie abhaut!«

Ihre diesbezügliche Befürchtung erwies sich aber als unbegründet, denn als die Ermittler das Büro der Redakteurin für Wirtschaftsnachrichten erreichten, saß diese an ihrem Schreibtisch und sah ihnen mit finsterer Miene entgegen. Entweder war Irene Leitner trotz aller Verdachtsmomente tatsächlich unschuldig oder zu dumm zum Weglaufen. Oder zu hochmütig. Oder beides. Tobias' Blick fiel jedoch zuerst auf den hypermodernen, sicher sündhaft teuren Fotoapparat in einem Regal zu ihrer Linken. Er hatte die Leitner nie zuvor mit einem solchen Teil gesehen, dafür war ihr ›ständiger Begleiter‹ Volker Grohmann zuständig gewesen. War das seine Kamera? Wo steckte er überhaupt?

In Ermangelung einer Sitzgelegenheit – der einzige Stuhl war mit einem dicken Stapel Bücher belegt – bauten sich die Ermittler vor ihrem Schreibtisch auf. Weder Denise noch Tobias hatten vor, sich mit dieser Person länger als nötig aufzuhalten. Obwohl sie ihr bekannt waren, zeigte Denise den Dienstausweis vor. Es war Vorschrift, sich verdächtigen Personen gegenüber vor einer Vernehmung als Polizeibeamte auszuweisen und sie wollte keinen Verfahrensfehler riskieren. Ihr Partner bewunderte inzwischen den Fotoapparat im Regal. Dafür würde er wahrscheinlich ein Monatsgehalt hinblättern müssen, überlegte er.

Tobias rief sich ins Gedächtnis, was er über sie wusste. Viel war es nicht, wenn man bedachte, dass sie der Kriminalpolizei und vor allem ihm mit ihren reißerischen und zum Teil sogar beleidigenden Artikeln seit langem das Leben schwermachte. Der Erste dieser Art, von dem er Kenntnis hatte, war aus dem Jahr 2004, auch beim *Rhein-Sieg-Echo* erschienen. Sie musste demnach günstig gerechnet wenigstens Mitte bis Ende vierzig sein, was unter der ganzen Schminke nicht zu erkennen war. Sie war zweimal geschieden, ihr derzeitiger Familienstand war ihm nicht bekannt. Wasserstoffblond und hochgewachsen, jedoch von eher knochiger Statur, war sie beinahe ein Zerrbild der ebenfalls meist schlecht gelaunten Rechtsmedizinerin Martina de Luca, nur um eine Spur gemeiner.

»Sie wissen von dem Großeinsatz der Feuerwehr in der Nacht zum Samstag?«, kam Denise Malowski ohne Umschweife sofort zum Thema. Ein zögerndes Kopfnicken mit verknifferem Gesichtsausdruck war die einzige Antwort, die sie erhielt. »Natürlich wissen Sie davon«, fuhr sie mit jener klirrenden Stimme fort, für die sie gefürchtet war, »denn Sie wurden bei den Löscharbeiten gesehen, wir haben einen Zeugen! In Anbetracht der Tatsache, dass ein dort recherchierender Kollege von Ihnen seitdem verschwunden ist, kommt mir das recht merkwürdig vor. Was haben sie uns dazu zu sagen?« Die Leiche erwähnte sie bewusst nicht, da dies Täterwissen war. Sollte Irene Leitner sich diesbezüglich verplappern, wäre sie überführt.

»War es da nicht dunkel? Dann wünsche ich Ihnen viel Erfolg damit, das auch zu beweisen!«, giftete sie, indem sie sich weit nach vorne beugte. »Bis dahin gilt wohl die Unschuldsvermutung. Im Übrigen war ich zu Hause in meinem Bett. Allein!«

Tobias, der noch vor dem Regal stand, verbiss sich einen Kommentar und zog stattdessen Gummihandschuhe aus einer der vielen Taschen seiner Motorradlederjacke, um sie sich beiläufig überzustreifen. Dann griff er mit spitzen Fingern, um ja keine Spuren zu verwischen, behutsam nach dem Gerät und drehte es auf den Kopf. »Ist das Ihre Kamera?«, erkundigte er sich im

Plauderton bei Irene Leitner, ohne sich zu ihr umzudrehen.

»Äh, ja. Das ist meine. Seien Sie vorsichtig damit!«

»Ja, die war bestimmt nicht ganz billig. Haben Sie sie gebraucht gekauft, oder weswegen sind auf dem Boden die Initialen M.K. angebracht? Wie *Manfred Kornelius* zum Beispiel?« Jetzt drehte er sich ruckartig um und hielt ihr die Kamera mit dem Boden voran direkt vor das Gesicht. Sie starrte die verräterischen Buchstaben stumm mit großen Augen unverwandt an. Nie zuvor hatte er diese Frau dermaßen sprachlos erlebt, doch es war weniger spaßig als gedacht.

»Das Modell verfügt über Bluetooth«, fuhr er fort. »Damit kann man die geschossenen Fotos über eine Handy-App direkt in eine Cloud speichern, wussten Sie das?« Denise starrte ihn nun ebenso sprachlos an. Für ihren wenig technikaffinen Kollegen war dieses Wissen geradezu phänomenal! Allerdings sollte sie später erfahren, dass es auf dem Gehäuse stand. »Des Weiteren werden wir auf den Bildern sowohl einen Zeitstempel finden, als auch sehr wahrscheinlich die Geo-Koordinaten. Wenn also Fotos von diesem Feuerwehreinsatz darauf gespeichert sein sollten, müssten wir uns ernsthaft fragen, wie seine Kamera in Ihren Besitz gelangt ist!«

»Außerdem werden Fingerabdrücke des ursprünglichen Besitzers darauf zu finden sein«, nickte Denise mit einem Seitenblick auf die Handschuhe, die Tobias übergestreift hatte. Jetzt war ihr auch klar, warum er das getan hatte: Irgendetwas an der Kamera musste seinen Argwohn geweckt haben! »Ich muss Sie bitten, mir nun Ihr Handy auszuhändigen. Unsere Experten werden ein Bewegungsprofil davon anfertigen, dann wird sich herausstellen, wo Sie in dieser Nacht *wirklich* waren!«

Man konnte förmlich zusehen, wie es hinter der Stirn der Journalistin arbeitete. Bei aller Skrupellosigkeit, die sie bei ihrer Arbeit an den Tag legte, war sie nicht dumm. Aus der Nummer kam sie nicht wieder heraus, das wusste sie. Was ihr blieb, war zuzugeben, was man ihr beweisen konnte. »Okay, Sie haben mich erwischt«, sagte sie leise. »Aber die Kamera habe ich gefunden, sie lag einfach da! Von einem … wie hieß der Mann noch? Von dem habe ich noch nie gehört!«

Denise Malowski nestelte an ihrer Koppel, um die Handschellen davon zu lösen. »Frau Leitner«, begann sie förmlich, »hiermit nehme ich Sie unter dem dringenden Tatverdacht fest, Manfred Kornelius getötet zu haben!« Während sie hinter die Verdächtige trat, um ihr die vorgeschriebenen Handfesseln anzulegen, sah sie diese bis unter die Haarwurzeln erbleichen, sodass Gesicht und Frisur annähernd dieselbe Farbe aufwiesen. Ihr Blick fiel an Leitner vorbei auf Tobias, der diesen mit einem Stirnrunzeln beantwortete. Sie wusste, was ihn umtrieb: Dies war wohl mit Abstand die schnellste Festnahme in ihrer gesamten gemeinsamen Laufbahn!

Kapitel 4

Was ist das denn jetzt?

Tobias Heller pfefferte die heutige Ausgabe seiner
›Lieblingstageszeitung‹ derart schwungvoll über den
Besprechungstisch, dass die hinten sitzende Vanessa
Fuchs reaktionsschnell zugreifen musste, um sie am
Herunterfallen zu hindern. Gleich auf der Titelseite
prangte, für alle sichtbar, ein großformatiger, in der
schon gewohnten Weise besonders reißerisch aufge-
machter Leitartikel mit einem großen Foto, der nicht
den geringsten Zweifel daran aufkommen ließ, dass
das *Rhein-Sieg-Echo* es trotz der gestrigen Festnahme
der ehemaligen ›Starreporterin‹ Irene Leitner wieder
mal geschafft hatte, ihre Ermittlungen erfolgreich zu
torpedieren, wenngleich diesmal nicht absichtlich.

»Ich nehme an, das haben alle gelesen?«, grollt er.
Die Frage war im Grunde überflüssig, denn sämtliche
Ermittler im Besprechungsraum zeigten schon durch
ihre verkniffenen Gesichter, dass sie um die weitrei-
chenden Konsequenzen wussten, die sich aus diesem
Bericht ergaben. Das galt selbstverständlich in ganz
besonderem Maße für Denise Malowski, die für die
Festnahme der gestern überraschend als Tatverdächtige ermittelte Journalistin verantwortlich zeichnete.
Derweil gab Vanessa der soeben ›geretteten‹ Zeitung
wortlos einen Schubs, der sie zu ihrem Chef zurückbe-
förderte. Der hielt sie jetzt demonstrativ hoch.

Der Feuerteufel schlug wieder zu!

Troisdorf. Freitagnacht brannte in Troisdorf-Altenrath eine Scheune, bis unter das Dach mit leicht entflammbarem Stroh gefüllt, bis auf den Grund nieder. Die Besatzung von insgesamt vier Löschzügen war viele Stunden unermüdlich im Einsatz, wobei die tapferen Frauen und Männer der Feuerwehr ein Übergreifen der hoch in den Dezemberhimmel lodernden Flammen auf den nahen Stadtwald letztlich verhindern konnten. War dies wieder das Werk des Feuerteufels, der seit Wochen in dieser Gegend sein zündelndes Unwesen treibt? Die Verwendung eines Brandbeschleunigers sei nicht gänzlich auszuschließen, so Hauptmann Kröger, sondern im Gegenteil anzunehmen. Lesen Sie den kompletten Bericht mit zahlreichen Bildern der gefahrvollen Löscharbeiten und umfangreichen Interviews auf Seite 3. (*kor*)

»Dieser Zeitungsartikel wurde, wie ihr bestimmt bereits unschwer erraten haben dürftet, von Manfred Kornelius verfasst«, verkündete Tobias seinen Leuten überflüssigerweise. »Derselbe Mann, den wir gestern den ganzen Tag vergeblich gesucht haben, schließlich für tot hielten, und für dessen ›Ermordung‹ wir eine unschuldige Person eingesperrt haben. Irene Leitner ist übrigens bereits wieder auf freiem Fuß, da sie die ihr zur Last gelegte Tat offensichtlich nicht begangen haben kann.«

Tobias hatte bei Dienstbeginn in der Redaktion nachgefragt und von Gruener, den sie gestern nicht mehr gesprochen hatten, alles Wissenswerte zu dem Artikel erfahren. Danach hatte Kornelius den Chefredakteur aus dem Krankenhaus angerufen, kurz bevor er und Denise dort aufgetaucht waren. Das war auch der Grund für dessen Abwesenheit gewesen. Er hatte Kornelius abgeholt, der in der Brandnacht mit einer Kopfwunde und einer Gehirnerschütterung eingeliefert worden war. Das Hospital hatte er gegen den Rat der Ärzte verlassen. Durch einen heftigen Schlag auf den Kopf hatte der Journalist einen vorübergehenden Gedächtnisverlust erlitten, der sich gestern Morgen überraschend gebessert hatte.

»Na, so ganz unschuldig kann sie aber nicht sein«, wandte Denise ein. »Immerhin hatte sie Kornelius' Kamera in ihrem Besitz und einige der darauf gespeicherten Fotos wurden in der Brandnacht geschossen, wie wir jetzt spätestens nach diesem Zeitungsbericht wissen. Wie warst du eigentlich darauf gekommen, dass es nicht ihre war?«

»Hast du die Leitner denn schon mal mit einem Fotoapparat gesehen?«, konterte er. »Die trat immer mit diesem fetten Kerl auf, der für sie die Fotos machte. Deshalb hießen die bei uns bekanntlich *das nervtötende Duo*. Für einen Laien ist das Teil aber viel zu kompliziert und auch zu teuer. Außerdem sah ich Rußpartikel auf dem Gehäuse, die nur von einem Feuer stammen konnten. Doch da der rechtmäßige Eigentümer dieser Kamera noch lebt, können wir sie nicht einsperren. Wir könnten sie allenfalls wegen Körperverletzung drankriegen, darum wird sich die Staatsanwaltschaft kümmern. Da es sich dabei nicht um ein Antragsdelikt handelt, ist es völlig unerheblich, ob der Geschädigte Anzeige erstattet.«

»Die eigentliche Frage muss doch lauten, warum unsere beiden ›Meisterdetektive‹ anscheinend nichts von einem Krankentransport für Kornelius wissen?«, wandte Jasmin Brandt mit anklagend auf Jonas Faber und Martin Weber gerichtetem Zeigefinger ein. »Sie haben gestern immerhin stundenlang auf der Feuerwache herumgefragt. Wer hat den RTW gerufen? Das muss doch einer von denen gewesen sein!«

»Ja, warum wusstet ihr es nicht?«, wiederholte der SOKO-Chef mit einem unwilligen Stirnrunzeln. »Wir hätten uns damit eine Menge Ärger ersparen können! Jasmin hat recht. Einer der Feuerwehrleute wird den Krankenwagen ja schließlich gerufen haben, und die Krankentransporte werden meines Wissens sowieso von der Feuerwache abgerechnet. Das muss demnach dort bekannt sein!«

»Das ist schnell gesagt«, brummte Martin. Seine Frisur, wenn man das von grauen Strähnen durchsetzte Gestrüpp auf seinem Kopf so nennen durfte, stand auch heute in sämtliche Richtungen ab. Woran er keine Schuld hatte, da sein Haar aus unzähligen, teils gegenläufigen Wirbeln bestand, die kein Kamm dieser Welt bändigen konnte. Für den gelben Fleck an seinem Hemdkragen war er dagegen verantwortlich. Er bestand aus Senf und war das Resultat eines der am

Arbeitsplatz verputzten Butterbrote, die er sich von zu Hause mitbrachte. Sehr zum Missfallen seines Partners, der in einem seiner sicher sündhaft teuren Maßanzüge neben ihm saß und zu dem Fleck missbilligend den Kopf schüttelte.

»Als man Kornelius fand, waren wahrscheinlich alle Löschzüge bis auf einen schon abgerückt«, fuhr der Hauptkommissar fort. »Und die Besatzung genau *dieses* Zuges, der nach den Löscharbeiten wegen der drohenden Waldbrandgefahr die Brandwache stellte, war gestern nicht anwesend, weil auf einem Einsatz! Wie hätten wir außerdem nach etwas fragen können, wovon wir keine Kenntnis hatten?«

Bei der Befragung auf der Feuerwache hatte sich für die Ermittler ein rundes Bild der Geschehnisse in der Brandnacht ergeben. Jedenfalls, was die Aktionen des Reporters anbelangte, der während der gesamten Löscharbeiten dort herumgeturnt war und die Ruhemannschaften und den Hauptmann mit Fragen gelöchert hatte. Kornelius war laut Angaben des Einsatzleiters wenige Minuten nach ihnen dort aufgetaucht, was den Verdacht erhärtete, er habe den Funk abgehört. Brandoberinspektor Kröger, wie der Dienstgrad des ›Hauptmanns‹ lautete, hatte Kornelius kurz nach Mitternacht unmittelbar am Brandherd aufgegriffen und von dort weggeschleift. Zuletzt gesehen hatte er den Reporter, als er sich vom Acker machte. Zumindest dachten das zu diesem Zeitpunkt alle.

»Okay, das lasse ich gelten«, nickte Tobias. »Haken wir es also unter ›dumm gelaufen‹ ab. Was sagt die Spurenlage?«, wandte er sich anschließend an Jürgen Vogel. Der Leiter der Forensik saß mit der üblichen, gelangweilt wirkenden Miene neben Erik Hagel, dem Kommissaranwärter. Doch für seine Mimik konnte er ebenso wenig wie Martin für seine Frisur: Sein langes ›Pferdegesicht‹ mit ausgeprägten Tränensäcken und ›Hamsterbacken‹ ließ kaum einen anderen Ausdruck zu. Dazu kam die übliche phlegmatische Sprechweise, als er zu reden begann.

»Das ist ebenfalls schnell gesagt«, benutzte Vogel dieselben Worte wie Weber zuvor, jedoch setzte seine schleppende Sprechweise sie ins Absurde. Da er keine Unterlagen mit in diese Besprechung gebracht hatte, waren die Ermittler ohnehin von einem negativen Ergebnis der Tatortuntersuchung ausgegangen. Der Forensiker galt allgemein als sehr zerstreut und war ohne schriftliche Aufzeichnungen hilflos. »Wie ihr euch sicher alle vorstellen könnt, hat das Feuer im Innenraum der Scheune nicht viel für uns übriggelassen, was bei Temperaturen von mehr als tausend Grad Celsius auch nicht weiter verwunderlich ist. Ich bin jedoch mit Brandinspektor Köhler einer Meinung, dass es seinen Anfang dort nahm, wo der Tote lag.«

»Wir haben die verkohlte Leiche selbst gesehen«, warf Tobias an dieser Stelle ein. »Köhler meinte, sie sei mit Benzin übergossen und angezündet worden. Womöglich war der Scheunenbrand nur eine Art von Kollateralschaden und der Anschlag galt in Wahrheit dem Brandopfer.« Er nickte Erik auffordernd zu, der heute die Protokollführung übernommen hatte und diesen Punkt gewissenhaft notierte. Das war eine der Neuerungen, die der SOKO-Chef kürzlich eingeführt hatte, um die Aufmerksamkeitsschwelle seiner Leute bei Besprechungen zu erhöhen. »Sonst hast du nichts für uns?«

»Nicht im direkten Umfeld der Brandruine, wie du dir denken kannst. Dort wurde im Zuge der Löscharbeiten alles zertrampelt und nachhaltig unter Wasser gesetzt. Wir haben aber unter den ersten Bäumen am Waldrand etwas gefunden, das sind bis zur Scheune knapp fünfzig Meter. Und zwar handelt es sich dabei um Sohlenabdrücke von zwei Menschen, Schuhgröße 42 und 44. Zu eurer Verdächtigen passt keiner davon, die hat kleinere Füße. Die Spuren deuten darauf hin, dass einer den anderen einige Meter unter die Bäume geschleift hat, nachdem er ihn zuvor wahrscheinlich hinterrücks niedergeschlagen hatte. Etwas Blut, das von einer Kopfwunde herrühren könnte, haben wir jedenfalls sicherstellen können. Außerdem einen Ast, an dem ebenfalls etwas davon haftet und der wahrscheinlich die Tatwaffe darstellt.«

»Das könnte ein Indiz dafür sein, dass es sich beim Angriff auf Kornelius um eine Spontantat handelte«, überlegte Jonas. »Der mutmaßliche Brandstifter hielt sich nach dem Anzünden der Scheune weiter in der Nähe auf, um die Löscharbeiten zu beobachten. Solch ein Verhalten ist für Feuerteufel nicht einmal ungewöhnlich. Das würde auch bedeuten, dass keiner der Feuerwehrleute dafür infrage kommt.«

»Die scheiden sowieso aus«, erinnerte Martin ihn an ihre gestrigen Vernehmungen in der Feuerwache. »Die Löschgruppen hatten sich zu jeder Zeit gegenseitig im Blick, deshalb kann es von denen ohnehin keiner gewesen sein! Wir haben zwar nur mit dem anwesenden Stammpersonal sprechen können, da es sich um eine Freiwillige Feuerwehr handelt, doch ich denke, dass die Aussagen repräsentativ waren.«

»Ich wollte es ja nur noch einmal erwähnt haben, du Schlaumeier!«, brummte sein Partner ungehalten. Die beiden ewigen Streithähne konnten einfach keine Gelegenheit ungenutzt lassen, sich zu beharken. »Ich hatte noch sagen wollen, sofern der Herr mich nicht dauernd unterbrechen würde, dass der Mann in der Scheune vielleicht ein müder Wanderer war, der dort die Nacht verbringen wollte. Es war schließlich kalt.«

»Anhand der von Jürgen skizzierten Spurenlage ist die Leitner meines Erachtens aus der Nummer raus«, meldete sich Jasmin schnell zu Wort, bevor die zwei sich wieder in endlosen Diskussionen verloren. »Sie war wohl einfach zur falschen Zeit dort.«

»Ja, das denke ich auch«, stimmte Denise ihr zu. »Zumal sie mir die Stelle, wo sie die Kamera gefunden haben will, einigermaßen genau beschrieben hat. Das muss ein paar Meter von dort entfernt gewesen sein, wo die Sohlenabdrücke entdeckt wurden.«

»Da Herr Kornelius nachweislich noch unter den Lebenden weilt und ich mir bei Irene Leitner bei aller Gemeinheit, zu der sie fähig ist, für die Tat kein Motiv vorstellen kann, konzentrieren wir uns jetzt ohnehin auf etwas ganz anderes«, beendete Tobias den Disput. »Die Möglichkeit eines müden Wanderers oder Land-streichers, die Jonas vorhin erwähnt hat, werden wir daher priorisieren. Allerdings wissen wir noch nicht mit Gewissheit, woran der Mann starb und wie lange er dort lag, als die Scheune angezündet wurde.«

Er überlegte kurz, bevor er die Aufgaben verteilte: »Solange wir keinen direkten Bezug der beiden Taten zueinander erkennen können, gehen wir davon aus, dass es sich dabei ebenso gut um einen Landarbeiter der Besitzer handeln könnte. Jasmin und Vanessa: Ihr werdet den Leuten heute den Besuch abstatten, den ich gestern nach der Festnahme leichtfertig verhindert habe.« Tatsächlich hatte er die Kommissarinnen zurückbeordert, nachdem Irene Leitner sich als dringend tatverdächtig erwiesen hatte. Er hatte der allgegenwärtigen Innenrevision halt keinen Anlass geben wollen, ihn der sinnlosen Ressourcenverschwendung zu beschuldigen. Zu diesem Zeitpunkt waren Jasmin und Vanessa auf dem Weg zum Hof der Familie Trost gewesen. »Denise und ich vernehmen Kornelius, der sich hoffentlich noch an Einzelheiten zu dem Überfall auf ihn erinnern kann. Der Rest hält sich bis auf weiteres im Kommissariat zur Verfügung!«

* * *

Alles an Manfred *Cannonball* Kornelius war kugelrund. Der Kopf, fast kahl mit einem schütteren Haarkranz, und der Körper sowieso. Nicht umsonst hatte man ihm in Kollegenkreisen den mehr als treffenden Spitznamen ›Kanonenkugel‹ verpasst, wie Tobias bei seinem Telefonat mit dem Chefredakteur vom *Rhein-Sieg-Echo* erfahren hatte. Allerdings passte der Name auch auf seinen Charakter, denn man sagte dem quirligen Reporter nach, mit der Heftigkeit eines solchen Geschosses aufzutreten, und wenn er einmal in Fahrt geraten war, hielt ihn so schnell nichts auf.

Jetzt aber zierte ein blütenweißer Verband seinen kugelrunden Schädel, der exakt wie ein Turban gewickelt war und dem kleinen Mann zusammen mit dem indischen *Dhoti*, den er trug, ein exotisches Aussehen verlieh. Andererseits sah das traditionelle Gewand an ihm durch die geringe Körpergröße und die enorme

Leibesfülle eher witzig aus. Da medizinische Kopfverbände normalerweise nicht auf diese Weise angelegt wurden, zeichnete Kornelius wohl für diese Variante persönlich verantwortlich, sagte man ihm doch eine gewisse Exzentrik nach. Seine Glatze war jetzt natürlich wegen des ›Turbans‹ nicht zu sehen, aber Denise und Tobias hatten sich vor ihrem Aufbruch ein Foto besorgt.

»Den habe ich mir heute Morgen extra gekauft«, lachte Kornelius, als er die Blicke der Kommissare auf sein exotisches Gewand gerichtet sah. »Ich fand ihn irgendwie angemessen und er passt hervorragend zu meiner ›Kopfbedeckung‹, oder? Sie sind bestimmt die Herrschaften von der Kriminalpolizei. Aber kommen Sie doch herein, drinnen kostet es genauso viel und es ist gemütlicher!« Mit seinem unermüdlichen Redeschwall ließ er ihnen keine Gelegenheit, selbst etwas zu sagen. Denise steckte den gezückten Dienstausweis mit einem Schulterzucken wieder ein und folgte ihm mit Tobias ins Innere des Hauses. Den Nachbarn, der nebenan im Vorgarten stand und sein Handy gen Himmel richtete, beachteten sie nicht weiter. Jasmin und Vanessa hatten ihnen schon gesagt, dass er nicht alle Nadeln an der Tanne hatte.

* * *

»Und als ich wieder zu mir kam, lag ich in einem Krankenhausbett und konnte mich an nicht viel erinnern«, schloss Kornelius seine detaillierte Erzählung ab. Tobias musste neidlos zugeben, dass er eine Begabung dafür hatte. Denn obwohl sein Bericht lang und ausschweifend gewesen war, war er nicht langweilig und sie hatten förmlich an seinen Lippen gehangen.

Wie er ihnen gleich zu Beginn im Vertrauen verraten hatte, versuchte sich Kornelius auch als Autor, allerdings schrieb er ausschließlich Ratgeber und ähnlichen Kram, mit dem nichts zu verdienen war.

»Sie sollten statt Ihrer Ratgeber lieber Kriminalromane schreiben«, riet Tobias ihm daher. »Sie haben nämlich das Talent dafür und man kann richtig fette Kohle damit machen. Und Sie haben ihren Angreifer wirklich nicht erkannt?«, kam er sofort zum Thema zurück. »Ihre Erinnerung scheint ja wieder lückenlos zurückgekehrt zu sein.«

»Wofür ich auch sehr dankbar bin! Nein, erkannt habe ich ihn nicht. Er hat sich von hinten angeschlichen. Kurz vorher glaubte ich aber, einen menschlichen Schatten unter den Bäumen gesehen zu haben. Geräusche wie von zertretenen Zweigen gab es auch, doch bei dem Lärm, den das Feuer und die Löschzüge veranstaltet haben, war ich mir da nicht sicher.«

»Kennen Sie Irene Leitner, eine Kollegin von Ihnen beim *Rhein-Sieg-Echo*?«, ergriff Denise Malowski das Wort. »Könnte sie es gewesen sein? Wir haben Grund zu der Annahme, dass sie ebenfalls dort war.«

»Die Bohnenstange? Nein, die war das auf keinen Fall! Wenn es sich dabei nicht nur um einen Schatten handelte, war das bestimmt ein Kerl, ziemlich breit in den Schultern und er hatte etwa Ihre Größe, Frau Kommissarin. Leider hat er anscheinend die Kamera mitgehen lassen, aber zum Glück waren meine Fotos bereits in die Cloud hochgeladen und die Interviews hatte ich mit dem Handy aufgezeichnet.«

»Was das angeht, habe ich eine höchst erfreuliche Information für Sie«, lächelte Denise. »Ihre Kamera ist unversehrt und wurde von uns sichergestellt. Sie erhalten sie zurück, sobald gesichert ist, dass es sich nicht doch um ein Beweismittel handelt.«

»Das ist eine wirklich gute Nachricht! Das Teil war nicht billig und eine neue Kamera dieser Preisklasse kann ich mir derzeit nicht leisten. Hätte ich gewusst, dass da einer in der abgebrannten Scheune lag! Mann, das ist eine Sensation! Steht diese Information unter Verschluss oder darf ich darüber berichten? Als ›Freischaffender‹ bin ich auf jede Gelegenheit angewiesen, was zu verdienen, und mein Bankkonto ist sozusagen blank!« Das war eine Sache, an der Kornelius noch zu arbeiten hatte: Sobald er anfing zu reden, sprudelten die Worte aus ihm heraus, ohne Punkt und Komma.

»In unserem Land herrscht Pressefreiheit«, sagte Tobias. »Es wäre mir jedoch recht, wenn Sie Ihre diesbezüglichen Berichte mit uns absprechen würden. In einer Mordermittlung gibt es Details, die besser nicht publik gemacht werden, weil sie nur der Täter wissen kann. Bei einer Veröffentlichung ginge uns damit ein Trumpf verloren. Im Gegenzug würden wir Sie gerne mit Informationen versorgen. Deal?« Mit der Leitner hätte Tobias so nicht reden können, doch Kornelius machte einen vernünftigen Eindruck auf ihn.

»Abgemacht!«, rief der quirlige, jedoch auf seine Art sehr sympathische Reporter erfreut und streckte begeistert die Hand aus, in die Tobias einschlug. Wer wusste, wozu die neue ›Partnerschaft‹ noch gut war? Hätte er geahnt, was er damit losgetreten hatte, hätte er vermutlich anders darüber gedacht.

Die Gedanken seiner Partnerin schienen sich in ähnlichen Bahnen zu bewegen, denn Denise sagte auf dem

Rückweg zum Wagen leise zu ihm: »Hältst du es wirklich für eine gute Idee, ihm Informationen zuzuschustern? Zugegeben, er macht einen vernünftigen Eindruck, aber wir kennen ihn doch überhaupt nicht! Was ist, wenn er unser Vertrauen missbraucht?«

»Wir sagen ihm nur das, was für die Öffentlichkeit bestimmt ist«, beruhigte er sie. »Wir hätten ihn aber weitestgehend unter Kontrolle und schlimmer als die Leitner kann er schließlich auch nicht sein. Es würde mich jedoch wirklich brennend interessieren, was sie angestellt hat, dass man sie aus dem Verkehr gezogen hat. Nicht, dass ich traurig deswegen wäre!«

»Das kriegen wir heraus«, grinste sie, während sie sich anschnallte. »Kornelius scheint etwas darüber zu wissen, wenn ich seinen Gesichtsausdruck richtig interpretiere, als vorhin die Sprache darauf kam. Ich werde ihn bei Gelegenheit ein wenig ausquetschen!«

* * *

Zwei Kilometer westlich traten eine Stunde später Vanessa und Jasmin auch aus einem Wohngebäude, das neben einigen Stallungen, Schuppen und Gattern für Schweine und Hühner zum Anwesen der Familie Trost am Stadtrand Altenraths gehörte. Der Anzahl der Nutztiere nach zu urteilen, warf deren Bauernhof einen nicht geringen Gewinn ab. Davon zeugten auch die landwirtschaftlichen Maschinen auf dem Grundstück, die in einem ausgezeichneten Zustand waren. Viel erfahren hatten die beiden Kommissarinnen in den zwei Stunden jedoch nicht.

Vermisst wurde anscheinend niemand, allerdings beschäftigte der Betrieb vornehmlich Saisonarbeiter, die nur zu den Erntezeiten benötigt wurden, und die

Letzte lag mehrere Monate zurück. Die Stammmannschaft war jedenfalls laut Auskunft der Bäuerin vollständig und von der Familie fehlte niemand. »Nicht, dass die das am Ende noch selbst angezündet haben«, äußerte Jasmin eine Vermutung. »Es wäre nicht das erste Mal, dass man den eigenen Laden niederbrennt, wenn die Geschäfte nicht gut laufen und die Entschädigung der Versicherung dürfte mehrere hunderttausend Euro betragen! Der Tote war dann sicher nicht beabsichtigt. Immerhin war es finstere Nacht, als das Feuer ausbrach.«

»An finanzielle Probleme glaube ich nicht«, widersprach Vanessa. »Du hast den Hof selbst gesehen, da quillt das Geld förmlich aus allen Ritzen! Allein die Saat- und Erntemaschinen dürften einige Millionen wert sein. Und dann die vielen Tiere! Außerdem war da bekanntlich ein Brandbeschleuniger im Spiel, also wird die Scheune von innen angezündet worden sein! Dabei wäre ein dort drinnen schlafender Mensch aber bestimmt aufgefallen, der zudem laut der Rechtsmedizinerin vorher eins übergezogen bekam!«

»Jedenfalls sind wir heute der Identität des Opfers keinen Schritt näher gekommen. Wenn die DNA kein Licht in diese Sache bringt, wird es schwierig, einen Täter zu finden. Ohne ein Motiv ist das nämlich fast unmöglich, wie du weißt. Und das wiederum hängt in der Regel von der Opfer-Täter-Beziehung ab. Damit hätten wir eine Gleichung mit lauter Unbekannten, das hat mich schon im Matheunterricht gestört.«

»Sei nicht immer so ungeduldig! Wir befinden uns immerhin erst am Beginn unserer Ermittlungen. Wer weiß, vielleicht haben der Chef und Denise schon was herausgefunden!«, beendete Vanessa die Diskussion, während sie den Dienstwagen mit einem Druck auf die Fernbedienung entriegelte. Der Audi ›zwinkerte‹ mit einem zweimaligen Aufblenden der Scheinwerfer freundlich zurück. Das Augenpaar hingegen, welches sie aus einer dunklen Lücke zwischen zwei Häusern auf der anderen Straßenseite beobachtete, bemerkten sie nicht.

Kapitel 5

Sonnige Aussichten

Als die beiden jungen Frauen auf die Straße traten, quetschte ich mich schnell in einen Spalt zwischen zwei Häusern. Ich hatte nicht die geringste Ahnung, woher die schmale Lücke kam, denn normalerweise baute man entweder Wand an Wand oder mit einem Abstand von drei Metern zur Grundstücksgrenze. So lauteten die Bauvorschriften. Doch die Häuser hier in der Gegend waren hunderte Jahre alt und damals war den Leuten sowas egal. Für meine Leibesfülle war der Spalt allerdings eine Herausforderung.

Weshalb ich mich vor ihnen versteckte, wusste ich ebenfalls nicht, denn ich tat nichts Verbotenes. Oder jedenfalls *noch* nicht. Dass die zwei von der Kriminalpolizei waren, erkannte ich hingegen an den Pistolen in ihren Holstern und an dem Wagen, in den sie jetzt schwatzend einstiegen. Heller und Malowski waren auch mit einem solchen schwarzen Audi erschienen. Die hatten mich vor einer Stunde verlassen und mir zum Abschied sonnige Aussichten vermittelt. Wenn alles gut lief, hatte ich für die nächsten Wochen oder sogar Monate finanziell ausgesorgt.

Nicht nur, dass ich mit diesem Heller einen Deal abgeschlossen hatte, der mir künftig Informationen aus erster Hand bescheren würde. Gruener hatte mir außerdem die Exklusivrechte für eine wöchentlich erscheinende Artikelserie zu dem Scheunenbrand am Wochenende in Aussicht gestellt, als er erfuhr, dass ich von einem Unbekannten niedergeschlagen wurde und die Polizei in einem Mordfall ermittelte. Da kam mir der Kontakt zur Kripo gerade recht! Das für den heute erschienenen Bericht gezahlte Gehalt war um einiges höher ausgefallen als erhofft, sodass ich aus purem Übermut den indischen *Dhoti* gekauft hatte, über den sich Heller und Malowski amüsiert hatten. Natürlich war mir ihre Belustigung nicht entgangen, aber ich hatte mir nicht allein deswegen was anderes angezogen und den Verband abgenommen, bevor ich das Haus verließ. Stattdessen trug ich eine Kappe, um das Pflaster an meinen Hinterkopf zu kaschieren.

Die beiden gaben mir Rätsel auf. Die Eheringe an ihren Fingern sagten mir, dass sie verheiratet waren, allerdings nicht miteinander. Ich konnte auch keine sexuellen Spannungen erkennen, obwohl die Hauptkommissarin unbestritten eine sehr attraktive Frau war. Für sowas hatte ich nämlich eine empfindliche Antenne! Trotzdem gingen sie mit einer Vertrautheit miteinander um, die man selbst bei alten Ehepaaren nicht oft fand. Es schien, dass jeder der beiden immer wusste, was der andere dachte. Dazu mussten sie nur einen Blick tauschen. Ich erinnerte mich daran, dass die Leitner sie einmal in abfälliger Weise *das dynamische Duo* genannt hatte. Das traf es noch am besten!

Jedenfalls war ich aus einem spontanen Impuls heraus in mein Auto gestiegen und auf direktem Weg hierhergefahren, gleich nachdem die zwei gegangen waren. Ich hatte ihnen nur versprochen, keine ungenehmigten Informationen zu veröffentlichen. Es war nie die Rede davon, dass ich nicht selbst hinter ihrem Rücken ermittelte! Die beiden Kommissarinnen, die offenbar gerade dasselbe getan hatten, überraschten mich zwar, doch konnte sich ihre Anwesenheit auch als nützlich erweisen! In mir reifte ein dreister Plan. Wenn ich Krimis schreiben wollte, wie Heller spaßeshalber vorgeschlagen hatte, brauchte ich Futter, und wo bekam ich das schneller, als an einem Ort, der mit der Leiche unmittelbar zusammenhing? Auf welche Weise, hoffte ich heute in Erfahrung zu bringen. Ich wartete vorsichtshalber, bis der Wagen aus meinem Blickfeld verschwunden war und zwängte mich aus dem engen Versteck.

* * *

Der Trick bestand darin, die Erwartungshaltung von Menschen zu erfüllen, mit denen man es zu tun hatte. Dies und ein dreistes Auftreten, gepaart mit dem ungefragten Vortragen von Insiderwissen, hielt die meisten davon ab, sich rückzuversichern. Natürlich war ich nicht so einfältig, zu glauben, dass eine für Sekundenbruchteile vorgezeigte Monatskarte für den Bus anstelle einer Polizeimarke und ein erfundener Name mein Gegenüber auch nur einen Augenblick zu täuschen vermochte, wie man das in Filmen immer sah. Hier musste ich subtiler vorgehen.

»Guten Tag! Ich hatte eigentlich gehofft, meine beiden Kolleginnen noch hier anzutreffen!«, überfiel ich die Frau, die mir die Tür geöffnet hatte. Stämmig, Anfang fünfzig, mit einem rosigen Gesicht. Wahrscheinlich die Bäuerin. »Sie sind vorausgefahren und wir wollten uns hier treffen, um die weiteren Aktionen miteinander abzustimmen. Eine kleine, blonde Kommissarin, ungefähr in meiner Größe, nur nicht so breit, und eine Brünette, etwa so groß«, zeigte ich mit der Hand zehn Zentimeter über meinem Kopf an. In ihren Augen leuchtete es zustimmend auf und ich wusste sofort, dass ich gewonnen hatte. Was war ich doch für ein böser Junge!

»Die Kommissarinnen Brandt und Fuchs sind vor kaum fünf Minuten zur Tür hinaus«, nickte sie. »Sie haben Ihre beiden Kolleginnen nur um Haaresbreite verpasst.« Sie schaute dabei auf eine Uhr, die in der Diele hing. »Wenn Sie sich etwas beeilen, können Sie sie noch einholen!«

Ich tat, als wäre mir die Angelegenheit unheimlich peinlich. »Wissen Sie, das Problem ist, dass ich noch zu einem anderen Termin muss, der mit diesem hier unmittelbar zusammenhängt. Wenn ich jetzt erst ins Kommissariat zurückfahren muss, verliere ich einen ganzen Tag und mein Vorgesetzter wäre nicht gerade begeistert darüber. Ich habe es also etwas eilig, daher wäre ich Ihnen verbunden, wenn ich Ihre Zeit noch einmal kurz in Anspruch nehmen dürfte, auch wenn Sie das alles schon meinen Kolleginnen gesagt haben sollten. Ich halte Sie auch bestimmt nicht lange auf!« Meine Rechnung ging auf: Die Frau trat zur Seite und winkte mich höflich herein. Die Mitleidstour funktionierte immer, ich musste nur verhindern, dass Heller Wind davon bekam! »Wäre vielleicht besser, wenn Sie das kleine Missgeschick meinem Vorgesetzten gegenüber nicht erwähnen würden«, murmelte ich daher im Vorübergehen in der richtigen Dosis Zerknirschtheit.

Die Bäuerin – ich kramte im Gedächtnis und erinnerte mich daran, dass sie Monika Trost hieß – lotste mich in eine gemütliche, im Landhausstil eingerichtete Wohnküche, und unvermittelt sah ich mich mit einem Problem konfrontiert: Ich hatte beim Anblick der Kommissarinnen ja spontan beschlossen, hier die ›Schussliger-Polizist-Nummer‹ abzuziehen, um so an Informationen zu gelangen. Einen detaillierten Plan hatte ich deshalb nicht. Wie verhielt sich ein Kriminalbeamter eigentlich? Bestimmt nicht, wie es in den Filmen gezeigt wurde, denn dort wurden diese Leute immer total überzogen dargestellt und diesbezüglich hatte ich mein Kontingent bereits ausgereizt.

»Wollen Sie nicht Ihr Mobiltelefon einschalten, um alles aufzuzeichnen, was ich sage?«, kam die Bäuerin mir unerwartet zu Hilfe. »Ihre Kolleginnen haben das so gemacht, oder können Sie sich das alles merken?« Ihrer Miene gemäß, mit der sie mich dabei musterte, zog sie Letzteres stark in Zweifel. Ein weiterer Punkt für meine schauspielerischen Fähigkeiten, doch ich durfte es nicht übertreiben!

»Äh, ja, klar«, nuschelte ich und tat, wie geheißen. Das hätte mir auch einfallen können! »Kommen wir zuerst zu diesem schrecklichen Ereignis in der Nacht zum Samstag. Wann genau haben Sie erfahren, dass man eine verbrannte Leiche in der Scheune gefunden hat, und haben Sie irgendeine eine Ahnung, um wen sich dabei handeln könnte?«

»Wie ich Ihren Kolleginnen bereits sagte, beschäftigen wir für die Ernten vornehmlich Saisonarbeiter. Die wenigen Kräfte mit Daueranstellung sind alle auf dem Hof und sonst kann ich mir beim besten Willen nicht denken, wer das gewesen sein sollte. Allerdings werden solche Scheunen im Winter gerne von Landstreichern als Unterschlupf genutzt. Mit dem vielen Stroh darin kann man es sich schon richtig gemütlich einrichten. Vielleicht hat man zusätzlich ein Lagerfeuer gemacht, das dann aus dem Ruder gelaufen ist. Das habe ich übrigens Ihre Kolleginnen vergessen, zu fragen: Woher wissen Sie, dass es ein Mann war? Die Leiche soll doch verkohlt gewesen sein!«

Ja, woher eigentlich? Das würde ich Heller fragen müssen, nahm ich mir ganz fest vor. »Unsere ... äh ... Rechtsmediziner können sowas aus gewissen ... äh ... Merkmalen erkennen«, rettete ich mich in eine Standardfloskel. Ich hatte nicht die geringste Ahnung, ob das möglich war, hatte es aber mal irgendwo gelesen. Allerdings wurde nirgends mehr Unsinn verzapft als in Kriminalromanen, vom Bericht der Regierung zur Lage der Nation einmal abgesehen. Doch so in etwa musste es sein, denn Heller und Malowski hatten mir gegenüber ständig von einem Mann gesprochen. Das heißt, so explizit auch nicht, es waren eher männlich besetzte Begriffe wie ›er‹ oder ›ihm‹ gewesen, wie sie oft aus Bequemlichkeit verwendet werden.

»Hören Sie mir noch zu? Erst machen Sie einen auf Superwichtig und dann träumen Sie herum!«, drang die kräftige Stimme der Bäuerin in meine Gedanken. Tatsächlich hatte ich das nicht. Sie hatte irgendetwas über ihren Ehemann und einen Sohn erzählt. Sicher nichts Wichtiges und ich wollte mir jetzt keine Blöße geben. Aber ich hatte ja noch die Aufzeichnung. Und über die Scheune hatte sie ebenfalls was gesagt, doch *das* musste ich mir *unbedingt* später anhören! Aber zuerst musste ich hier weg, denn bei meinem ›Glück‹ hatten die Kommissarinnen vorhin etwas vergessen zu fragen und waren in genau diesem Augenblick auf dem Weg hierher. Wenn sie mich erkannten, wäre ich aufgeflogen und außerdem war hier ohnehin nichts zu holen, wie ich mir selbst gegenüber eingestand.

»Äh, ja!«, beeilte ich mich, zu sagen, steckte mein Telefon ein und erhob mich von meinem Stuhl. »Ich fürchte, ich habe Ihre Zeit bereits über Gebühr beansprucht. Für den Augenblick genügt mir das Gehörte. Haben Sie vielen Dank, Frau Trost. Sie haben mir das Leben gerettet!« Stattdessen wollte ich der Scheune, oder was davon jetzt noch übrig war, einen weiteren Besuch abstatten. Sie war nur hundert Meter von hier entfernt, das konnte ich zu Fuß erledigen. Zumal ich den Wagen vorhin dort abgestellt hatte.

Ich wusste zwar noch nicht so recht, was ich mir davon erhoffte, aber ich konnte mir vielleicht in aller Ruhe die Aufzeichnung meiner ›Befragung‹ anhören. Irgendetwas hatte die Bäuerin darüber gesagt, und es könnte wichtig sein. Wenn nicht für die Aufklärung dieses Falles, dann eventuell für die geplante Artikelserie. Dumm war nur, dass ich meine Kamera noch nicht zurückhatte. Dann würde ich meine Fotos eben mit dem Handy machen, auch wenn ich das zutiefst verabscheute!

* * *

Fünf Minuten später stand ich erschüttert vor den Überresten eines einstmals stolzen Bauwerks. Es war eine recht große Scheune gewesen, daher waren drei der Wände aus Gründen der Statik bis in eine Höhe von vier Metern gemauert, wobei Stahlträger an den Ecken herausragten, die das schwere Dach getragen hatten. Dieses lag jetzt in Form von Asche und Holzkohle zusammen mit dem riesigen, hölzernen Tor am Boden. Dazwischen gab es zahlreiche Balken, die das flammende Inferno auf wundersame Weise überlebt hatten und ›nur‹ stark angekokelt waren. Wie Mahnmale ragten die vom Ruß geschwärzten Mauern und Stahlträger daraus hervor. Das Feuer hatte deshalb derart wüten können, weil etwa fünfhundert Kubikmeter Stroh darin aufgestapelt gewesen waren. Und natürlich durch das Benzin.

Da praktisch nichts mehr übrig war, das mir auf den Kopf hätte fallen können, traute ich mich nach einigen Sekunden, den ›Innenraum‹ zu betreten, ging aber mit Vorsicht zu Werke. Die Wände hatte man von innen mit Balken abgestützt, um einen Einsturz zu verhindern. Über mir war der Himmel und unten breitete sich der Boden als eine einzige geschwärzte Fläche vor mir aus, die das verbrannte Stroh und Holz zurückgelassen hatte. Ein heller Fleck in der Mitte fiel besonders auf. Dort musste die Leiche gelegen haben. Die Stelle war kleiner, als man von einem ausgewachsenen Mann erwarten sollte, doch ich hatte gelesen, dass sich ein Körper zusammenkrümmte, wenn er großer Hitze ausgesetzt wurde, wie in einer Embryonalhaltung.

Die Position weckte meine Neugier. Warum lag der Mann so weit drinnen, als die Scheune angezündet wurde? Es musste einen Grund dafür geben! Für den Täter war das mit einer großen Gefahr verbunden, da er nach dem Anzünden noch mehr als zehn Meter bis zum rettenden Tor zurückzulegen hatte. Es sei denn, er hatte mit dem restlichen Benzin eine feuchte Spur wie eine Lunte gelegt! Ich musste mir unbedingt bald anhören, was die Frau Trost vorhin über die Scheune gesagt hatte, doch erst wollte ich mir schnell diesen Fleck ansehen und einige Fotos davon machen.

Als ich näher herantrat, fiel mir etwa einen halben Meter von der Stelle, wo der Kopf der Leiche gelegen haben mochte, ein merkwürdiger Gegenstand auf. Er war flach, rechteckig und schimmerte silbern. Er sah aus wie eines der Zigarettenetuis, wie man sie früher benutzte. Hatte man das bei der Tatortuntersuchung übersehen? Ich vermochte es mir beim besten Willen nicht vorzustellen, zumal es in der Glut geschmolzen wäre. Demnach musste es nachträglich an diesen Ort gelangt sein!

Mein Herz machte förmlich einen Satz, als ich mir der Konsequenz aus diesem Fund bewusst wurde. Ich war ganz nah an etwas dran, das spürte ich! Aber das hier war eine Nummer zu groß. Ich erinnerte mich an das Versprechen, das ich Heller gegenüber abgegeben hatte, und tastete in meiner Tasche nach dem Handy. Meine Nerven waren dermaßen angespannt, dass ich erschrocken herumfuhr, als ich direkt hinter mir ein schleifendes Geräusch hörte. Den Mann, der vor mir stand und drohend ein Holzstück über seinem Kopf schwang, konnte ich im Gegenlicht nur schattenhaft erkennen. Aber ich war ihm schon begegnet, dessen war ich mir sicher!

»Ich kenne Sie doch irgendwoher!«, entfuhr es mir trotz der Gefahr, in der ich schwebte. Warum konnte ich nie mein vorlautes Mundwerk halten? Viel Zeit, es zu bereuen, ließ mir der ›bekannte Unbekannte‹ aber nicht, und er gab auch keine Antwort. Oder jedenfalls nicht verbal. Stattdessen sah ich das armlange Holzstück starr vor Schreck sehenden Auges wie in Zeitlupe auf meinen Kopf heruntersausen und ich spürte einen bekannten stechenden Schmerz, der mir sofort die Sinne raubte. Schlagartig wurde es erneut dunkel um mich. Diesmal vielleicht für immer!

Kapitel 6

Ein schwerwiegender Fund

»Bevor wir in die heutige Tagesordnung eintreten, habe ich euch eine wichtige Mitteilung zu machen!«, erhob Tobias seine Stimme. Er wirkte ungewöhnlich ernst, was Jasmin und Vanessa dazu veranlasste, ihre geflüsterte Unterhaltung, die sich sowieso wie üblich um Klatsch und Tratsch drehte, zu unterbrechen und sich ihm ebenfalls zuzuwenden. Die Aufmerksamkeit der anderen hatte er spätestens mit seinen nächsten Worten.

»Ich erhielt vor wenigen Minuten eine Nachricht, dass es erneut einen Überfall auf Manfred Kornelius gegeben haben soll«, fuhr er fort. »Genaueres ist mir derzeit nicht bekannt, nur so viel, dass es wieder an oder in der Scheune passiert sein könnte. Dort wurde er zumindest von einem Passanten gefunden. Er hat den mutmaßlichen Anschlag knapp überlebt, ist aber immer noch ohne Bewusstsein. Das Krankenhaus hat uns vorsorglich über die Einlieferung informiert, da womöglich ein Gewaltverbrechen vorliegt. Sie sind in solchen Fällen zu einer Meldung verpflichtet, wie ihr wisst.«

»Das ist ein schwerwiegender Fund«, äußerste sich Martin Weber dazu. »Und das sage ich jetzt nicht nur, weil Manfred Kornelius das spezifische Gewicht und das Aussehen einer Kanonenkugel hat! Die Tatsache, dass er genau da erneut überfallen wurde, wo es kurz zuvor bereits der Fall war, muss uns zu denken geben! Andererseits ist er womöglich auch einfach bloß ein gewaltiger Pechvogel.«

»Aber wie kann es sein, dass er von dem Passanten gesehen werden konnte?«, übertönte Denise mühelos das auf seine Worte folgende erregte Gemurmel der anderen. »Diese Scheune ist locker dreihundert Meter von der Straße entfernt, wovon ich mich selbst überzeugen konnte. Auf diese Entfernung kann das doch kein Mensch erkennen!«

»Wir werden auch das herausfinden!«, knurrte der SOKO-Chef. »Es ist sogar jetzt unsere vordringlichste Aufgabe, da es mit unserem Fall zusammenhängen könnte und Kornelius den Täter diesmal möglicherweise erkannt hat. Wir werden uns aufteilen. Denise, du hast hoffentlich etwas länger Zeit, da heute Mittwoch ist.« An diesen Wochentagen war das Steuerberaterbüro nachmittags geschlossen, sodass Sven die Kinder versorgen konnte. Denise nickte nur stumm dazu und zückte das private Handy, um ihrem Mann eine entsprechende Nachricht zu schicken.

»Fein, dann wäre das schon mal geklärt. Du wirst mit mir gemeinsam ins Krankenhaus fahren. Sofern Manfred Kornelius ansprechbar sein sollte, befragen wir ihn zu diesem Vorfall, und wenn nicht, kann uns der behandelnde Arzt vielleicht weiterhelfen. Zumindest, was die Art der Verletzung betrifft. Vanessa und Jasmin: Ihr beide stattet der Person einen Besuch ab, der oder die gestern Nachmittag den Notarzt gerufen hat. Den Namen erhaltet ihr von der Notrufzentrale. Erik ist heute den ganzen Tag in der Uni und fällt aus diesem Grund aus, deshalb fahren Martin und Jonas in die Rechtsmedizin, wo heute die Brandleiche unter das Messer kommt. Eine gründliche Autopsie ist nach Lage der Dinge wohl nicht zu erwarten, doch ich will die Ergebnisse umgehend auf dem Tisch haben!«

»Jürgen wird nicht gerade hocherfreut sein, schon wieder da herumwühlen zu müssen«, grinste Jasmin. »Du schickst doch die KTU hin, nehme ich an?«

»Natürlich, aber da muss er durch. Denise und ich werden ihm jedoch auf dem Rückweg vom Krankenhaus vielleicht ein wenig Gesellschaft leisten, da ich mir den alten und neuen Tatort genauer anschauen möchte. Nichts gegen die tüchtigen Forensiker, doch das Auge eines Kriminalisten sieht oft andere Dinge als ein Spurensucher. Vor allem interessiert es mich, was dieser Unglücksrabe da schon wieder zu suchen hatte. Womöglich hat er etwas herausgefunden, das uns bisher entgangen war, und wenn wir ein wenig Glück haben, sehen wir es dieses Mal auch. Wenn er uns doch nur vorher informiert hätte!«

* * *

»Was soll das heißen, ›*die Brandleiche lässt keine gründliche Autopsie zu*‹?«, fauchte Dr. Martina de Luca den Hauptkommissar wütend an. Martin duckte sich automatisch unter ihrem flammenden Blick. Hätte er doch nichts gesagt! Sein Partner hielt sich wohlweislich im Hintergrund. Niemand, der noch seine Sinne beisammen hatte, legte sich mit der streitsüchtigen Rechtsmedizinerin an! Wenn Jonas in der Zeit, die er bei der SOKO war, eines gelernt hatte, dann das. Aber Martin konnte natürlich den Mund nicht halten!

»Auch wenn dieser Körper etwas ›durch‹ ist, um es salopp auszudrücken«, fuhr sie mit einem tückischen Funkeln in den Augen fort, »heißt das nicht, dass er mir nicht seine Lebensgeschichte offenbart! Zumindest den für Sie relevanten Teil«, fügte sie einschränkend hinzu. »Ich habe bereits einige Untersuchungen vorgenommen, doch dazu kommen wir später. Üben sie sich in Geduld, denn die *gründliche* Leichenschau wird wie gewohnt etwa anderthalb bis zwei Stunden dauern!« Mit diesen Worten drehte sie sich brüsk um und ließ Jonas und Martin einfach stehen.

Na, das ist ja ein Herzchen, dachte Martin, während er sich mit Jonas ein paar Meter abseits aufstellte. *Bei einer Brandleiche von durchgebraten zu sprechen, kann auch nur einer Pathologin einfallen!* Er hatte es noch nicht mit vielen ihrer Zunft zu tun bekommen. Doch anscheinend sahen sie in einer Leiche ein Objekt und nicht den Menschen, der sie einmal gewesen war. Das war nachvollziehbar, da man diese Arbeit ansonsten wahrscheinlich nicht machen konnte. Neben sich sah er seinen Partner breit grinsen, als das enervierende Geräusch der Knochensäge ertönte. Offenbar dachte er dasselbe.

* * *

Das von der Stelle, wo man Kornelius aufgefunden hatte, nächstgelegene Krankenhaus war unbestritten das *Helios Klinikum*, weshalb man den Journalisten dort hingebracht hatte. Da Tobias Heller von dort den Anruf erhalten hatte, musste er nicht lange herumtelefonieren und dass man ausgerechnet ihn über die Einlieferung informiert hatte, mochte an der Visitenkarte liegen, die er ihm gestern zum Abschied überreicht hatte. Sollte es so sein, musste Kornelius gleich nach ihrem Besuch das Haus verlassen haben, um die Scheune erneut aufzusuchen. Was könnte ihn derart spontan zu dieser Aktion veranlasst haben? Obwohl die Klinik nicht weit vom Kripogebäude entfernt war, hatten er und Denise den Dienstwagen genommen, den er in diesem Moment auf dem Besucherparkplatz abstellte.

Denise schien ähnliche Gedanken zu hegen. »Was wohl der Grund für seine Anwesenheit an der abgebrannten Scheune gewesen sein mag?«, bemerkte sie, während sie den Gurt löste. »Ich glaube auch nicht, dass es einfach nur Pech war, dass er dort innerhalb von drei Tagen schon wieder überfallen wurde.«

»Natürlich nicht«, brummte er. »Du weißt, was ich von solchen ›Zufällen‹ halte, nämlich nichts! Dieser Unglücksvogel ist dem Täter mit großer Wahrscheinlichkeit gleich zweimal über den Weg gelaufen. Fragt sich nur, was der da zweimal gewollt hat. Beim ersten Mal lag seine Tat Stunden zurück und diesmal sogar mehrere Tage!«

»Dafür gibt es nur eine Erklärung«, nickte Denise beim Aussteigen. »In der Brandnacht wollte man sich vergewissern, dass die Scheune auch wirklich bis auf den Grund niederbrennt, und gestern war er oder sie dort, weil eventuell was vergessen wurde. Irgendwas, das uns einen Hinweis geben könnte. Wer sagt uns denn, dass man nicht sogar *dreimal* dort gewesen ist, vielleicht, um sich davon zu überzeugen, dass alles planmäßig verlaufen ist? In der Brandnacht wurde man ja durch Kornelius gestört!«

»Kornelius hat in der Nacht höchstwahrscheinlich einen Mann gesehen«, erinnerte Tobias sie an dessen Aussage. »Wir können uns das Herumeiern mit der genderkorrekten Sprache also sparen. An oder in der Scheune gab es demnach gestern irgendwas zu sehen, ich frage mich jedoch, wie das Kerlchen Wind davon bekommen hat! Lass uns hineingehen, vielleicht ist er ja mittlerweile aufgewacht.«

∗ ∗ ∗

Auch Jasmin Brandt und Vanessa Fuchs hatten es nicht sehr weit, denn die Frau, die gestern den Notruf gewählt hatte, wohnte am Südrand der Nachbarstadt Lohmar. Über die B56 war das eine Fahrt von knapp zehn Minuten. Dass sie erst jetzt losgefahren waren, lag daran, dass sie zuerst von der Notrufzentrale den richtigen Anruf erfragen und dann die dazugehörige Adresse in der Einwohnermeldedatenbank ermitteln mussten. Sie hatten das Kommissariat zeitgleich mit dem Chef und Denise verlassen, die ebenfalls vorher noch irgendetwas zu erledigen gehabt hatten. Martin und Jonas dagegen waren sofort nach Bonn aufgebrochen und würden jetzt der Pathologin dabei zusehen, wie sie die Leiche aufschnitt. Beneidet wurden sie für dieses zweifelhafte Privileg von niemandem.

Andrea Jansen war eine groß gewachsene Frau von kräftiger Statur, ohne jedoch unförmig zu wirken. Im Gegenteil machte sie auf die Kommissarinnen einen extrem sportlichen Eindruck, was sich im Gesprächsverlauf auch bestätigen sollte. Gemildert wurde ihre herbe Erscheinung durch ein rundliches Gesicht, aus dem zwei haselnussbraune Augen hinter einer Designerbrille freundlich auf ihre Besucherinnen blickte.

Laut Einwohnerauskunft war sie einundvierzig Jahre alt, wirkte jedoch deutlich jünger, was an ihrer modischen Kleidung und einer vorteilhaft gestylten Frisur liegen mochte.

»Ich hatte Sie bereits erwartet!«, begrüßte sie die Ermittlerinnen mit einer warmen, kräftigen Stimme, nachdem sie sich ihr vorgestellt hatten. »Sie kommen doch sicher wegen der Meldung, die ich gestern über den Notruf abgegeben habe? Wie geht es dem armen Mann? Hat er es überlebt? Was für eine schreckliche Geschichte. Zum Glück kam ich rechtzeitig dazu, um womöglich Schlimmeres zu verhindern!«

Vanessa und Jasmin tauschten einen bedeutsamen Blick aus. *Diese* Information war neu für sie, doch im Grunde wussten sie ohnehin nichts über den Vorfall. »Das klingt so, als seien Sie Zeugin eines Überfalls auf den Mann gewesen«, hakte Jasmin sofort nach. »Was genau haben Sie denn gesehen?«

»Gehen wir hinein«, schlug Frau Jansen vor. »Das wird vielleicht eine längere Geschichte und im Sitzen lässt es sich besser unterhalten.« Ohne eine Antwort abzuwarten, drehte sie sich auf dem Absatz um und ging voraus in ein harmonisch eingerichtetes Wohnzimmer. Sie sahen sich beeindruckt um. Diese Möbel waren nicht von einem Discounter! Was war die Frau nochmal von Beruf?

»Mein Mann ist Innenarchitekt«, lächelte sie, als hätte sie ihre diesbezüglichen Gedanken gelesen, und machte mit der linken Hand eine einladende Geste zu den gemütlich aussehenden Sesseln. »Aber nehmen Sie doch bitte Platz!«

Im Folgenden berichtete sie ihnen, dass sie gestern im Rahmen ihrer täglichen Jogging-Tour wie immer an dem Feld vorbeigekommen war, wo am Wochenende dieses schreckliche Feuer gewütet hatte, dessen Widerschein bis zu ihr nach Hause zu sehen gewesen war. Dabei sei ihr ein PKW aufgefallen, der davor am Straßenrand abgestellt war, obwohl in der Nähe kein Gebäude stand, wo der Besitzer hätte sein können. Es war auch niemand weit und breit zu sehen.

»Als ich später auf dem Rückweg wieder an dieser Stelle vorbeikam, parkte der Wagen immer noch da, aber diesmal war der Kofferraum weit offen und ein Mann lief mit einem Kanister zu der Brandruine. In Anbetracht dessen, was in der Zeitung über das Feuer zu lesen war, nämlich, dass es Brandstiftung gewesen sein soll, erschien mir das sehr verdächtig«, schloss sie ihren Bericht ab. »Ich rief ihm daher nach, was er dort zu suchen hätte. Daraufhin ließ er den Kanister fallen und rannte in den Wald. Als er fort war, bin ich dann selbst dahin, um nachzuschauen. Da lag dieser Mann blutend inmitten der ehemaligen Scheune und ich habe sofort den Notruf gewählt.«

Vanessa hielt ihr das Handy mit einem Foto von Manfred Kornelius hin. »War das der Mann mit dem Kanister?«, erkundigte sie sich sicherheitshalber. Das ging zwar im Grunde aus den Ausführungen hervor, da sie den Reporter blutend vorgefunden hatte, doch für die Fallakten musste alles genauestens dokumentiert werden.

»Nein, aber das ist der Mann, den ich blutend auf dem Erdboden liegend gefunden habe«, schüttelte sie erwartungsgemäß ihren Kopf. »Er sah schlimm aus, hatte eine tiefe, klaffende Wunde am Schädel und ich dachte zuerst, er wäre tot! Der andere Mann, also der mit dem Kanister, war kräftig, die Größe konnte ich auf die Entfernung schlecht einschätzen, größer als der da war er jedoch auf jeden Fall. Kurze Haare. Und nicht besonders sportlich. Als er in den Wald rannte, sah das aus wie bei einer Ente!«

Vanessa sah erneut zu Jasmin, die ihre stumme Frage mit einem angedeuteten Nicken beantwortete. Wie es schien, hatte der Unbekannte Kornelius zuerst niedergeschlagen, dann einen Kanister aus dem Auto geholt, um ihn ebenso zu verbrennen wie sein erstes Opfer. Wobei das mit dem Benzin nicht bestätigt war. Das würde hoffentlich die Autopsie ergeben, der ihre männlichen Kollegen gerade beiwohnten. Und sofern es sich dabei um denselben Täter handelte, was laut Kornelius' Beschreibung jedoch der Fall sein dürfte. Dies hier sah aber nach einer Spontantat aus! »Erinnern Sie sich an das Kennzeichen von diesem Auto?«, fragte sie ohne große Hoffnung.

»Besser, ich habe es fotografiert!«, lächelte sie und reichte ihr das Handy. Vanessa übertrug das Bild per Bluetooth auf ihr eigenes, bevor sie es ihr mit einem dankenden Kopfnicken zurückgab. Die Frau war eine ungewöhnlich aufmerksame Zeugin, denn nicht viele waren so umsichtig. Jetzt musste das Auto nur noch auf den Täter zugelassen sein!

»Ich denke, wir haben alles Wissenswerte zu dem Vorfall erfahren«, sagte sie zu Frau Jansen, nachdem sie eine kurze Zusammenfassung der Fakten an ihren Chef geschickt hatte. Tobias wollte doch zum Tatort, dabei würden ihm diese Informationen nützlich sein. »Wenn

Ihnen noch etwas Wichtiges einfallen sollte, lassen Sie es mich wissen!« Sie schob ihr eine Visitenkarte über den Tisch. »Sie haben uns sehr geholfen, Frau Jansen«, versicherte sie ihr zum Abschied, hob dann aber dozierend den Finger. »Allerdings muss ich Sie zu Ihrer eigenen Sicherheit ersuchen, in Zukunft etwas vorsichtiger zu sein! Der Täter hätte sich noch in der Nähe aufhalten können und Sie als gefährliche Mitwisserin auch aus dem Verkehr ziehen wollen! Sie haben im Grunde sehr viel Glück gehabt!«

Dass ihr entschlossenes Eingreifen womöglich ein Menschenleben gerettet hatte, behielt Vanessa wohlweislich für sich. Das hätte diese Frau nur ermuntert, es wieder zu tun. Die einzig korrekte Vorgehensweise ist in solchen Fällen, die Polizei zu rufen. Es sei denn, es besteht eine akute Lebensgefahr und man ist nicht allein.

* * *

Tobias Heller kannte Dr. Rüdiger Schreiber, den lebhaften Stationsarzt der Inneren Abteilung, noch von einem seiner letzten Besuche. Es war erst wenige Wochen her, dass er hier den einzigen Überlebenden der menschenverachtenden Treibjagd einer rechtsradikalen Gruppierung getroffen hatte, die sich einen Spaß daraus gemacht hatten, Asylanten mit Pfeil und Bogen quer durch den Wald zu jagen. Schreiber war ein kleiner, quirliger Mann, der anscheinend ständig in Bewegung war, was seine hagere Gestalt erklärte. Auch jetzt trat er – unbemerkt, wie er glaubte – von einem Bein auf das andere, während er mit ihm und Denise Malowski über seinen Patienten sprach.

»Herr Kornelius hat einen sehr starken Schlag mit einem stumpfen Gegenstand oberhalb seines rechten Ohres an den Schädel erhalten«, führte der Arzt aus. Sie standen noch vor der Tür zur Intensivstation, in die sie zuvor einen kurzen Blick geworfen hatten. Der unglückliche Hobby-Detektiv lag leblos und bleich mit einem Kopfverband, der an seine eigene Kreation erinnerte, in seinem Bett. Nur ein leise piepsender Vital-Monitor zeugte davon, dass noch Leben in ihm war.

»Er hatte bereits von einem ähnlichen Vorfall eine leichte Gehirnerschütterung davongetragen und das Krankenhaus kurz zuvor auf eigene Verantwortung verlassen. Gegen meinen ausdrücklichen Rat!«, fuhr der Mediziner in vorwurfsvollem Ton fort, als mache er die Ermittler persönlich dafür verantwortlich. »Er hätte gar nicht draußen herumlaufen dürfen! *Dieser* Schlag gab ihm jetzt sozusagen den Rest. Er verursachte ein massives Schädel-Hirn-Trauma, weshalb wir ihn in ein künstliches Koma versetzt haben.«

»Wie groß sind seine Überlebenschancen?«, wollte Denise als Erstes von dem Arzt wissen. Auch, wenn die Aufklärung eines Mordfalles vorrangig zu behandeln war, ging ihr das Schicksal ihres bisher einzigen Tatzeugen menschlich sehr nahe.

»Das ist schwer zu sagen«, hob er bedauernd die Schultern. »Nicht hoch, fürchte ich. Näheres kann ich Ihnen frühestens nach der für nachher angesetzten Operation sagen. Ich warte nur noch auf den angeforderten Hirnspezialisten. Wenn alles gut ausgeht … vierzig Prozent, denke ich! Aber kommen Sie doch in mein Büro, dann gebe ich Ihnen mit, was er in seinen Taschen hatte. Viel war es nicht, nur etwas Bargeld, ein

Handy und eine Visitenkarte von Ihnen«, wandte er sich an Tobias. »Das war auch der Grund, weshalb ich Sie persönlich informiert habe. Wir kannten uns ja bereits von der Angelegenheit mit Herrn Faisal! Mit seinem Telefon können Sie vielleicht etwas anfangen, allerdings ist der Akku leer.«

Fünf Minuten später waren sie mit ihrer mageren Ausbeute auf dem Weg nach draußen zu ihrem Auto. »Da fehlt ein Wohnungsschlüssel«, murmelte Tobias vor sich hin, während er die Sachen in seiner Tasche verstaute. »Wer geht denn ohne aus dem Haus?«

»Dann fehlt der Wagenschlüssel ebenfalls«, nickte Denise, die über ein ausgezeichnetes Gehör verfügte. »Er wird die Strecke von mehr als zwei Kilometern ja kaum zu Fuß zurückgelegt haben, bei seinen kurzen Beinen!« Und das meinte sie völlig wertfrei.

Der Signalton einer eingehenden SMS enthob ihn zunächst einer Antwort. Er griff in die Jackentasche, förderte das eben erst verstaute Handy von Manfred Kornelius zutage, bemerkte seinen Irrtum und zog stattdessen sein eigenes Mobiltelefon unter den spöttischen Blicken seiner Partnerin aus der Gesäßtasche seiner Jeans. Er las die Nachricht mit gefurchter Stirn und reichte es an Denise weiter, die es mit der Bemerkung »Wir sind wohl gerade etwas unkonzentriert« grinsend entgegennahm.

»Danach sollte Kornelius wahrscheinlich ebenfalls angezündet werden«, fasste Denise zusammen. »Zum Glück wurde der Täter durch die Zeugin gestört. Und wir haben durch sie ein Kennzeichen. Soll ich schnell eine Halterfeststellung machen?«

»Das wird nicht nötig sein«, brummte Tobias. »Ich weiß, wem der Schlitten gehört. Wir beide haben ihn gestern erst gesehen. Es handelt sich um den Wagen von Manfred Kornelius!«

* * *

Tobias' nahezu unfehlbares Gedächtnis hatte ihn auch diesmal nicht im Stich gelassen. Als sie an dem Feld ankamen, und er den Audi hinter dem VW-Bus der Forensik abstellte, sah er sofort, dass er richtig gelegen hatte: Einige Meter weiter stand der dunkelblaue Toyota von Kornelius mit offenem Kofferraum am Straßenrand. Er hatte erst gestern direkt dahinter geparkt, als er mit Denise bei ihm zu Besuch war. Von dem Mann im Schutzanzug der Forensik, der kopfüber darin herumkramte, sahen sie nur die Beine und den Hintern, doch es bestand aufgrund seiner langen Stelzen und der sich an ihm vorbei in den Himmel kräuselnden Rauchwolken kein Zweifel darüber, dass es sich um Jürgen Vogel handelte.

Der leidenschaftliche Raucher hatte immer einen Vorrat seiner geliebten schwarzen Zigarillos bei sich, die er außerhalb des Kommissariats nahezu ständig in seinem Mundwinkel wälzte und seine Aussprache zu einem Nuscheln verkommen ließ. Meist waren sie nicht angezündet, da rauchen und forensische Untersuchungen nicht unbedingt zusammenpassten oder offenes Feuer aufgrund anderer Umstände verboten war. »Wer ermahnt uns andauernd, keine Tatorte zu kontaminieren?«, sagte Tobias und schlug ihm leicht auf die Schulter. »Oder hast du da drin vielleicht dein Feuerzeug verloren?«

»Verdammt!«, fluchte Vogel. Er war erschrocken hochgefahren und hatte sich an dem direkt über ihm schwebenden Kofferraumdeckel den Kopf gestoßen. Jetzt blickte er in Tobias' grinsendes Gesicht, was ihn erst recht auf die Palme brachte. »Müsst ihr euch so anschleichen?«, machte er seinem Ärger Luft. »Und falls es den Herrn interessiert: Ich nehme hier Fingerabdrücke, denen wird ein bisschen Asche und Rauch sicher nicht schaden!«

»Aus welchem Grund suchst du hier nach Fingerabdrücken?«, mischte sich Denise jetzt ein. Vor allem, um die Wogen zu glätten. Der phlegmatische Wissenschaftler fuhr nicht oft aus der Haut, und meist beruhigte er sich schnell. »Das ist der Wagen des Opfers, von dem wirst du hier bestimmt haufenweise Spuren finden!«

»Weil wir dort hinten einen vollen Benzinkanister gefunden haben!«, wies er lässig mit der Hand zu der Brandruine. »Und weil der Kofferraum dieses Autos offen war und hier nirgendwo ein Reservekanister zu sehen ist! Wäre doch interessant zu wissen, wie *dieser* dahin gekommen ist, oder? Kornelius wird ihn wohl kaum selbst dorthin geschleppt haben. Wozu auch?«

Tobias und Denise wechselten einen einvernehmlichen Blick. Sie dachten beide dasselbe: Wenn nicht Kornelius den Reservekanister aus dem Kofferraum genommen hatte, musste es der Täter gewesen sein! Und das ließ die Tat in einem neuen Licht erscheinen, da es sich dadurch nicht um Vorsatz gehandelt haben konnte. Denn dann hätte er das Benzin selbst mitgebracht! Ohne es zu ahnen, gelangten sie zum selben Schluss wie Jasmin und Vanessa. Immer vorausgesetzt, das erste Opfer kam ebenfalls auf diese Weise ums Leben, was aber bislang nicht erwiesen war. Sie warteten daher mit Spannung auf das Ergebnis der Autopsie.

»Habt ihr denn sonst noch etwas Interessantes entdeckt?«, wollte Tobias wissen. Er war jetzt wieder ernst, die Zeit für Späße war vorbei. Immerhin galt es einen Mord aufzuklären, und jetzt war beinahe ein zweiter dazugekommen. Wenn sie bloß wüssten, was dieser Journalist hier zu suchen gehabt hatte! Er war sich sicher, dass darin die Lösung des Falles lag, doch Kornelius konnten sie ja nicht befragen.

»Ein paar Sohlenabdrücke«, brummte Vogel. »Ist ja auch nicht ganz einfach, bei dem ganzen Ruß und der Asche keine zu hinterlassen. Von drei verschiedenen Personen. Wir müssen noch herausfinden, von wem alles. Ich schätze, zwei sind von Kornelius und demjenigen der oder die ihn gefunden hat. Dann wird die dritte Spur vom Täter sein. Außerdem haben wir das Holzstück, mit dem zugeschlagen wurde. Es ist voller Blut, und mit etwas Glück finden wir auch DNA des Täters daran!«

* * *

Auch in der Pathologie waren Martin und Jonas begierig zu erfahren, wie die namentlich immer noch unbekannte Brandleiche ums Leben gekommen war. Sie blickten beinahe zeitgleich auf die Uhren an ihren Handgelenken: Fast zwei Stunden waren vergangen, lange konnte es nicht mehr dauern. Dem Geschehen am Sektionstisch, wo Dr. Martina de Luca mit ihrer Assistentin Krystina Nowak zugange war und halblaut Diagnosen mit ihr austauschte, hatten sie kaum Beachtung geschenkt und ihre Blicke auf die blitzsaubere und vor allem absolut unblutige Einrichtung in ihrer unmittelbaren Nachbarschaft gelenkt. So wäre ihnen beinahe entgangen, dass es still geworden war und die hagere Pathologin sich in ihrer ganzen Länge von 1,78 Metern vor ihnen aufbaute.

»Die Herrschaften haben sich in der Zwischenzeit gut unterhalten, hoffe ich?«, knurrte sie mit finsterer Miene. Dass sie darauf keine Antwort erwartete, war klar. Die eigenwillige Rechtsmedizinerin italienischer Abstammung war allgemein dafür bekannt, extrem ungehalten zu werden, wenn sie das Gefühl bekam, man nähme ihre Arbeit nicht genügend ernst. Martin fragte sich nicht zum ersten Mal, ob sie verheiratet war. Andererseits war ihm das nicht wichtig genug, es zu recherchieren. Es hieß jedoch, sie verhielte sich Frauen gegenüber weitaus weniger unfreundlich und behandele sie sogar mit einem gewissen Respekt. So hatten es ihm einmal Jasmin und Vanessa berichtet, die beide schon das ›Vergnügen‹ gehabt hatten.

»Wenn ich Ihr Augenmerk dann auf das Ergebnis der Leichenschau richten dürfte?«, fuhr sie fort, ohne auf eine Antwort zu warten. »Sogar Sie werden sich denken können, dass ein Todeszeitpunkt nicht mehr zu bestimmen war, jedoch hat die Autopsie genügend andere Erkenntnisse gebracht. Ich fange mal mit der Wichtigsten an: Der Mann erhielt einen Schlag mit einem stumpfen Gegenstand auf den Hinterkopf, der aber wohl nicht todesursächlich gewesen sein dürfte. Zumindest nicht, wenn er rechtzeitig in Behandlung gekommen wäre.«

»Er hätte also gerettet werden können«, überlegte Jonas. »Dann lag vielleicht gar keine Tötungsabsicht seitens des Täters vor?«

»Das wiederum halte ich für ausgeschlossen, Herr Faber!«, lächelte sie schmallippig. »Denn nicht lange nach dem Schlag starb das Opfer in den Flammen. Es ist eindeutig durch eingeatmete Rußpartikel belegt, die ich in seiner Lunge fand. Und noch etwas anderes habe ich bestätigen können!« Sie machte eine bedeutungsvolle Pause, bevor sie mit der sehnlichst erwarteten Information herausrückte: »Im Körpergewebe und in den Atemwegen befinden sich Verbrennungsrückstände einer Kohlenwasserstoffverbindung. Also wahrscheinlich Benzin. Vor allem die Ablagerungen im Gewebe lassen keinen anderen Schluss zu als den, dass der Körper zuvor damit übergossen wurde!«

* * *

Denise stieg in ihren himmelblauen Smart Cabrio, der während ihrer Zusammenarbeit mit Tobias in Donners Kommissariat für viel gutmütigen Spott seitens ihres Partners gesorgt hatte. Am lustigsten war es immer gewesen, wenn mal die Zeit drängte und sie ihn auf dem Weg zu einem Tatort zu Hause abgeholt hatte. Der große Kerl wusste in dem kleinen Auto nie, wo er seine Beine hintun sollte. Sie wollte gerade den Motor anlassen, um nach einem langen Tag endlich den verdienten Heimweg anzutreten, als ein Bild vor ihrem inneren Auge erschien. Das eines Fressnapfes, den sie bei ihrem Besuch bei Kornelius gesehen hatte! So etwa musste es Tobias gehen, wenn sich sein eidetisches Gedächtnis meldete.

Kornelius hat eine Katze, schoss es ihr durch den Sinn. Sie startete den Motor und lenkte den Wagen auf die Straße, fuhr jedoch nicht auf die B8 nach Troisdorf, sondern zur Autobahn. Wenn die Katze in seiner Wohnung eingesperrt war, würde sie verhungern, bis ihr Besitzer aus dem Koma erwachte. Wenn das jemals der Fall sein sollte! Sie musste unbedingt nachschauen. Wie sie in die Wohnung kam, wusste sie noch nicht, da würde sie sich im Zweifel etwas einfallen lassen müssen.

Das Problem löste sich eine Viertelstunde später von selbst. Als sie vor dem Haus einparkte, sah sie schon von weitem ein orangerotes Fellbündel vor der Tür sitzen und fordernd daran kratzen. Im Näherkommen hörte sie auch das klägliche Maunzen des Tieres. »Na, komm her, Mikesch«, sagte sie und nahm den Kater vorsichtig auf, was er sich widerstandslos gefallen ließ. Seinen Namen hatte sie auf dem Futternapf gelesen.

Mikesch war bei weitem nicht der Erste seiner Art, der auf diese Weise ein neues Zuhause bei ihr erhielt. Auch Caruso, ihr eigener Kater, war ein Findling und Hund Sammy ebenfalls, er war ihr im vergangenen Jahr zugelaufen. Streng genommen galt das auch für den adoptierten Nicklas. Sven hatte recht: Offenbar zogen Streuner sie magisch an. Sie drückte den hoffnungsvoll schnurrenden Stubentiger fest an sich und stieg erleichtert wieder in ihr kleines Auto. In diesem Moment war ihre Familie auf insgesamt sieben Individuen angewachsen.

Kapitel 7

Wo sind die Zusammenhänge?

»Fassen wir das wenige kurz zusammen, das wir bisher wissen«, begann Tobias Heller, nachdem alle ihre Plätze eingenommen hatten und das Stühlerücken verstummt war. Er öffnete ein neues Dokument in seiner ›Denkbrett‹ genannten Falldatenbank. Um ihn herum waren nur verdrießliche Mienen zu sehen, was aber kein Wunder war: Drei Tage unermüdlicher Ermittlungsarbeit hatten nichts gebracht. Oder fast nichts. Und so waren seine Leute an diesem Donnerstagmorgen wenig zuversichtlich, dass sich daran in nächster Zeit etwas ändern würde. Zu dürftig war die Faktenlage. Für die erfolgsverwöhnten Ermittler war es beinahe eine Niederlage, am vierten Tag mit leeren Händen dazustehen.

»Wir wissen auf jeden Fall schon mal, dass zwei der Sohlenabdrücke von Kornelius und Jansen sind«, ließ sich Vogel jetzt vernehmen. Dankenswerterweise hatte die Zeugin, die den bewusstlosen Journalisten gefunden hatte, ihnen die Laufschuhe, die sie an dem Tag getragen hatte, für einen Abgleich überlassen. Dasselbe mit Kornelius' Schuhen zu machen, war ebenfalls kein Problem, da die Klinik um die Ecke lag. »Anhand der Spuren ist es sicher, dass alle Beteiligten sich direkt am Fundort der Brandleiche aufgehalten haben. Und zwar nacheinander.«

»Kannst du uns auch was zur Reihenfolge sagen?«, fragte Erik neugierig. Er hatte heute keine Vorlesung und war begierig, an den Ermittlungen mitzuwirken. Beifälliges Gemurmel ringsumher und hier und dort ein bekräftigendes Kopfnicken ließ darauf schließen, dass die Antwort im Interesse aller lag.

»Nicht eindeutig. Fest steht nur, dass Frau Jansen als Letzte dort war, da ihre Abdrücke die der anderen teilweise überlagern, und es entspricht ja auch ihrer Aussage. Mit einer Wahrscheinlichkeit von, sagen wir neunzig Prozent, war Kornelius aber zuerst dort.«

»Das ist ein wertvoller Hinweis«, nickte der SOKO-Chef, nachdem er die Information notiert hatte. »Wir können davon ausgehen, dass es sich in etwa folgendermaßen abgespielt hat: Kornelius suchte aus einem unbekannten Grund noch einmal die Brandruine auf. Zeitmäßig muss das eine Stunde, nachdem wir ihn verlassen hatten, gewesen sein. Jemand, wahrscheinlich unser Brandstifter, folgte ihm oder war zufällig kurz darauf aus einem ebenfalls unbekannten Grund dort. Er sah ihn herumschnüffeln und schlug ihn mit einem herumliegenden Holzstück nieder. Anschließend nahm er ihm die Wagenschlüssel ab und holte aus dem Auto den Reservekanister, um den lästigen Mitwisser ein für alle Mal auszuschalten.«

»Ich kann bestätigen, dass der Kanister aus diesem Wagen genommen wurde«, meldete sich der Forensiker wieder ungefragt zu Wort. Bei seiner normalerweise eher mundfaulen Art war das fast unheimlich. »Wir fanden Fingerabdrücke des Eigentümers darauf. Leider gab es keine vom Täter, der wohl Handschuhe getragen hat, denn angefasst hat er ihn ja!«

»Laut Zeugenaussage war es so«, warf Vanessa ein. »Ich habe aber noch etwas anderes: Als ich vorhin die Schuhe von Kornelius abholen wollte, konnte ich ein paar Worte mit dem behandelnden Arzt sprechen. Im Zuge der Operation wurde alles genauestens fotografisch dokumentiert, auch die Kopfwunde. Laut Herrn Doktor Schreiber muss der Täter direkt vor seinem Opfer gestanden und das Holzstück in der rechten Hand gehalten haben. Er wird von sich aus gesehen nach links ausgeholt und mit Schwung zugeschlagen haben. Tiefe und Form der Verletzung lassen keinen anderen Schluss zu, sagte der Arzt. Die Operation ist komplikationslos verlaufen, soll ich ausrichten. Man wird ihn aber erst frühestens in einer Woche aus dem künstlichen Koma aufwecken.«

»Übrigens hat Kornelius ein Haustier«, gab Tobias seine neuesten Kenntnisse zum Besten. »Einen Kater, der auf den Namen Mikesch hört. Der arme Kerl wäre wahrscheinlich verhungert, wenn Denise ihn nicht gestern in einer höchst dramatischen Aktion gerettet hätte!« Denise streckte ihm die Zunge heraus. War ja klar, dass er sich darüber lustig machte, dass sie sich um ihre Mitgeschöpfe sorgte, selbst wenn es nur eine Katze war! Auch sie hatte ein Recht auf Leben!

»Der unbekannte Tote wurde laut Doktor de Luca ebenfalls im Stehen niedergeschlagen«, nahm Martin das Gesagte zum Anlass, seine Erkenntnisse beizusteuern. Tobias nickte zufrieden dazu. Das *Brainstorming* war bereits in vollem Gange, seine Leute warfen einander höchst erfolgreich die Bälle zu. »Allerdings von hinten«, fuhr Weber fort. »Was eventuell darauf schließen lässt, dass er seinen Mörder kannte.«

»Weil dieser sich nicht unbemerkt hätte anschleichen können«, fügte Jonas hinzu. »Immerhin hatte er bis zu seinem Opfer über zehn Meter zurückzulegen, das wäre von diesem auf jeden Fall bemerkt worden! Es wäre möglich, dass er ihn kannte und ihm arglos den Rücken zuwandte.«

»Weil das Opfer aufrecht stand, konnte es ja nicht geschlafen haben!«, nickte Tobias und notierte auch das. »Das ist ein sehr guter Einwand! Kornelius muss den Angreifer gesehen haben, doch ihn können wir ja vorläufig nicht fragen. Er liegt noch im Koma.«

»Ist das nicht eine recht merkwürdige Art, zuzuschlagen?«, wunderte sich Denise. »Bei Kornelius, meine ich! Habe ich das jetzt richtig verstanden: Der Angreifer stand vor ihm, mit dem Holz in der rechten Hand, und holte nach links aus, um seinem Opfer an den Kopf zu schlagen? Wer handelt denn so? Wenn er das Holz beidhändig gehalten hätte, würde mich das an einen Abschlag beim Baseball erinnern!«

»Das ist ein guter Einwand«, meinte Tobias erneut und notierte das ebenfalls sorgfältig. »Und bei dieser Art, zuzuschlagen hält man eine Schlagwaffe sicher automatisch beidhändig, würde ich meinen. Das ist womöglich der erste brauchbare Hinweis zum Täter! Den Bericht der Leichenschau habt ihr schon hochgeladen, wie ich festgestellt habe«, wandte er sich dann an Jonas und Martin. »Hier ist besonders erfreulich, dass nicht nur bestätigt wurde, dass unser Mann mit Benzin übergossen und angezündet wurde, sondern ebenfalls, dass Martina de Luca Gewebe extrahieren konnte, das eine DNA-Analyse zulässt. Damit können wir mit ein wenig Glück hoffentlich bald seine Identität klären. Apropos: Was machen eigentlich deine diesbezüglichen Untersuchungen der Holzscheite?«, wandte er sich an Jürgen Vogel.

»Meine Expertin für solche Analysen ist mit Hochdruck dabei«, antwortete er. Alle wussten, wen er meinte, denn es gab nur zwei Frauen in seinem Team. Während Amara Jones für alles zuständig war, das mit Elektronik zu tun hatte, war die erst in diesem Jahr für den ausgeschiedenen August Weise eingestellte Rieke Martinen für die Spurenanalyse da. »Das wird noch etwas dauern«, fügte er hinzu. »Rieke hat im Augenblick einen Haufen Arbeit zu erledigen, und die von gestern ist noch ganz frisch!« Auffallend war, dass Vogel heute weder einen Spickzettel noch sonstige Unterlagen mitgebracht hatte, obwohl er allgemein als vergesslich bekannt war. »Dafür hat Amara etwas sehr Interessantes auf dem Handy gefunden«, merkte er an, nachdem er eine soeben eingegangene SMS gelesen hatte.

»Kannst du sie fragen, ob sie jetzt sofort kurz in die Besprechung kommen kann?«, bat Tobias den Forensiker mit mühsam erzwungener Ruhe. Er kannte die IT-Spezialistin. Sie würde sich nicht auf diese Weise melden, wenn die Entdeckung nicht mindestens eine mittlere Sensation wäre!

»Man könnte meinen, die Scheune wäre verhext!«, flachste Jasmin, um die Zeit bis zum Erscheinen der IT-Spezialistin zu überbrücken. Es war still im Raum geworden, und das war etwas, was die junge Frau gar nicht mochte. »Überlegt doch mal: Da wird ein und dieselbe Person *zweimal hintereinander* am selben Ort niedergeschlagen! Wie wahrscheinlich ist *das* denn?«

»Eben!«, konterte Tobias humorlos. »Es ergibt nur dann einen Sinn, wenn es sich in beiden Fällen um ein und denselben Täter handelt! Hören wir uns jetzt aber an, was Amara hat«, nickte er der IT-Spezialistin zu, die gerade zur Tür hereinkam.

* * *

»*Hören Sie mir noch zu? Erst machen Sie einen auf Superwichtig und dann träumen Sie herum!*«, drang Monika Trosts unverkennbare Stimme aus dem Lautsprecher. Unverwechselbar zumindest für die beiden Kommissarinnen, die bereits das Vergnügen mit der Eigentümerin der Scheune gehabt hatten. Was sie bisher zu hören bekommen hatten, war in höchstem Maße aufschlussreich, wenn auch nicht neu, weil die Bäuerin ihnen dasselbe gesagt hatte. Interessant war jedoch die offenkundige Tatsache, dass Kornelius laut Zeitstempel der Sprachaufnahme kurz nach Vanessa und Jasmin dort erschienen war und sich als Kollege von ihnen ausgegeben hatte, wie es schien. Amara Jones hatte den Mitschnitt auf dem Handy gefunden, nachdem sie es aufgeladen und dann die PIN gehackt hatte, was eine ihrer leichteren Übungen war. Doch die eigentliche Sensation stand den Zuhörern noch bevor.

»Ich kann es nicht fassen, dass dieser Mensch die Dreistigkeit besitzt, sich als Kriminalbeamter auszugeben!«, ereiferte sich Vanessa, während Kornelius sich soeben überraschend verabschiedete. Frau Trost hatte ihn mehrmals mit ›Herr Kommissar‹ angeredet, was den Verdacht eines Amtsmissbrauchs nahelegte. »Er muss gesehen haben, wie wir beide aus dem Haus kamen, und hat dann einen auf ›zu spät kommender Kollege‹ gemacht«, vermutete sie und ahnte nicht, wie richtig sie damit lag. Amara stoppte derweil die Wiedergabe.

»Ich frage mich, was ihn dazu bewogen hat, derart überstürzt seine ›Vernehmung‹ abzubrechen«, überlegte Jasmin. »Irgendwas muss ihm aufgefallen sein, aber die Frau hat ihm nichts anderes gesagt als uns, und da war nichts Auffälliges dabei!«

»Bis auf die Sache mit der Scheune«, widersprach ihre Partnerin. »Dass sie im Frühjahr von Grund auf erneuert werden sollte, hat sie uns gegenüber nicht erwähnt! Warum wohl? Das wäre nämlich ein erstklassiges Motiv für eine Brandstiftung! ›Warm renovieren‹ nennt man das! Ich könnte mir gut vorstellen, dass so etwas ein ziemliches Sümmchen verschlingt, doch wenn es von der Versicherung bezahlt wird ....«

»Dass ihr Mann und ihr Sohn auf einer Landwirtschaftsmesse waren beziehungsweise sich auf einem Wochenendtrip befanden und sie sich keine Sorgen darüber gemacht hatte, dass einer von ihnen der Tote in ihrer Scheune hätte sein können, hatte sie uns aber ebenfalls gesagt. Beide hatten sich vor und nach dem Brand telefonisch bei ihr gemeldet und haben somit ein Alibi. Ich glaube auch nicht, dass diese Information zum überstürzten Aufbruch unseres ›Kollegen‹ geführt hat!«

»Das eigentlich Interessante kommt ja erst noch!«, mischte sich Amara Jones jetzt in die Diskussion ein. »Unser Hobbydetektiv hat wahrscheinlich vergessen, die Sprachaufzeichnung zu stoppen, als er aus dem Haus ging. Sie lief also weiter, bis der Akku leer war. Mit anderen Worten heißt das: Wir haben zumindest eine akustische Version des Tatverlaufs!« Anschließend setzte sie die Wiedergabe mit einer theatralischen Geste fort.

In den nächsten fünf Minuten waren Geräusche von Schritten zu hören und ein leises Gemurmel des Handybesitzers, der offenbar auf dem Weg zu seinem neuen Ziel irgendwelche Überlegungen anstellte. Zu verstehen war jedoch nichts davon. »Es scheint, als hätte er seinen Wagen vor dem Besuch bei Frau Trost bei der Scheune geparkt und liefe jetzt zu Fuß dorthin zurück«, interpretierte Tobias. »Haben wir eine reelle Chance, dieses Gemurmel verständlich zu machen?«

»Damit fange ich gleich anschließend an«, gab sie sofort zurück, anscheinend hatte sie mit dieser Frage gerechnet. »Wenn es mir gelingt, die Umgebungsgeräusche weitgehend auszufiltern und seine Stimme entsprechend zu verstärken, könnte ich ein paar Satzfetzen extrahieren. Versprechen kann ich aber nichts, und es wird auch einige Tage dauern. Doch passt jetzt auf, denn hier ist der entscheidende Moment!«

Sofort wurde es still im Raum. »*Ich kenne Sie doch irgendwoher!*«, hörten sie Manfred Kornelius gerade sagen. Seine Stimme klang wie von jemandem, der soeben einen Geist gesehen hat. Eine Antwort erhielt er nicht, zumindest nicht verbal, denn im nächsten Moment ertönte ein dumpfes Schlaggeräusch, dann ein Ächzen, und ein schwerer Körper fiel polternd zu Boden. Kurz darauf lief jemand eilig davon.

»Würdest du bitte bis kurz vor die Stelle zurückspulen, wo Kornelius was sagt?«, forderte Tobias die IT-Spezialistin auf. Sie tat, wie geheißen und wenig später hörten sie alle, was ihm wohl aufgefallen war: Ein schleifendes Geräusch ertönte, bevor Kornelius sprach.

Amara hatte mitgedacht und den Ton etwas aufgedreht. »Hier hat der Täter offenbar den Knüppel aufgehoben, mit dem er zugeschlagen hat«, überlegte der SOKO-Chef. »Wie es scheint, hat Kornelius ihm zu dem Zeitpunkt den Rücken zugekehrt und sich dann umgedreht. Jede Wette, dass er etwas entdeckte, was dem Täter ganz und gar nicht recht war! Habt ihr an der Stelle etwas gefunden, das dort nicht hingehört und das beim ersten Mal nicht da lag?«, erkundigte er sich bei Vogel, obwohl dieser es bestimmt erwähnt hätte. Doch sicher konnte man bei ihm nie sein.

»War nur eine Frage«, hob er beschwichtigend die Hände, weil der Forensiker ihn böse ansah. »Halten wir zum Schluss noch fest, dass sowohl die Tatsache, dass der Täter das Holz, mit dem er zuschlug, nicht mitgebracht, sondern am Tatort aufgelesen hatte, als auch eine geplante Verwendung des Benzinkanisters aus Kornelius' Auto nicht auf Vorsatz hindeuten. Das war eine Spontantat! Was wir jetzt dringend benötigen, ist eine Erklärung für seine Anwesenheit dort und was Kornelius da noch zu finden hoffte. Ich bin für jeden Vorschlag dankbar, und sei er noch so ungewöhnlich. Das ist aber eher was für den Innendienst. Macht euch an die Arbeit!«

* * *

Während sich seine Ermittler weisungsgemäß ans Werk machten, um sämtliche Indizien und sonstige Informationen noch einmal auszuwerten, die sie in den vergangenen Tagen zu dem Mordfall zusammengetragen hatten, als der die Tat jetzt offiziell eingestuft wurde, war Tobias getreu der Anweisung *seines* Vorgesetzten, mit Denise ›an vorderster Front‹ zu agieren, mit ihr nach Troisdorf-Altenrath gefahren.

Nachdem Irene Leitner aus dieser Nummer heraus war und sonst niemand ein erkennbares Motiv hatte, blieben nur die Eigentümer der Scheune übrig. Ob es einen Bezug zum Opfer gab, war ohne Kenntnis über dessen Identität nicht möglich, doch es musste jetzt irgendwie weitergehen. Sogar Friedhelm Rupert, den Nachbarn von Kornelius, hatten sie überprüft, aber der hatte für die zweite Tat ein Alibi. Und da man von *einem* Täter ausging, fiel er zunächst ebenfalls weg.

Mit der aufgetauchten Sprachaufzeichnung war ihnen aber ein wichtiges Instrument zur Einordnung der Ereignisse in die Hände gefallen. Aufgrund des Zeitstempels der Aufnahme hatte Amara Jones ihnen auf die Sekunde genau sagen können, wann diese gestartet worden war, sodass nach dem kompletten Abhören eine Zeitschiene erstellt werden konnte, die sogar das Auftauchen der Zeugin Jansen und das Erscheinen des Notarztes beinhaltete. Damit war derzeit Erik beschäftigt.

Der Rest von ihnen versuchte, durch telefonische Befragung der Anwohner in einem großzügig bemessenen Umkreis der Scheune Zeugen aufzutreiben, die in der Brandnacht oder am Tag davor etwas gesehen haben könnten. Damit würden sie bis zum Feierabend beschäftigt sein. Einen entsprechenden Aufruf in der Zeitung hatte Tobias ebenfalls erwogen, mehr konnte man momentan nicht tun. Sollte es Amara jedoch gelingen, der Aufzeichnung weitere Informationen zu entreißen, sähe die Sache schon anders aus. Das Talent dazu besaß die junge Frau zweifellos. Die Frage war nur, ob es solche Informationen überhaupt gab!

»Wenn es einer von denen gewesen ist, käme die ganze Belegschaft infrage«, sagte Denise, während sie über den Hof zum Wohngebäude gingen. Tatsächlich passten von Größe und Statur her ein halbes Dutzend Männer, denen sie begegneten, auf die Beschreibung von Kornelius. Zudem diese nicht sonderlich detailliert ausgefallen war. Das war zu erwarten gewesen, denn die Arbeit auf einem Bauernhof war nichts für Schwächlinge.

»Ich glaube zwar nicht, dass die Treue zu ihren Arbeitgebern ausreicht, einen Mord zu begehen, aber wir werden nachher trotzdem alle nach Alibis für die beiden Tatzeiten befragen«, nickte Tobias. »Fingerabdrücke und Speichelproben erhalten wir ohne einen ausreichenden Tatverdacht nur auf freiwilliger Basis, zumal wir derzeit keine Vergleichsproben haben. Ich hoffe allerdings, dass Jürgen da noch was findet. Für jetzt konzentrieren wir uns auf die Bäuerin, mit der Jasmin und Vanessa ja schon gesprochen haben, und deren Ehemann und den Sohn. Die werden mittlerweile sicher wieder zu Hause sein.«

Er sollte recht behalten, doch alle anderen Überlegungen erwiesen sich schon zwei Minuten später als Makulatur. Als sie von einer Bediensteten in die ›Gute Stube‹ geleitet wurden – was für sich allein auf einen gewissen Wohlstand schließen ließ – waren Mutter, Vater und Sohn einträchtig beisammen. Doch keiner von ihnen passte auf die von Manfred Kornelius und Andrea Jansen abgegebene Beschreibung, wobei der eine seinen Angreifer in der Nacht nur schattenhaft, aber aus der Nähe zu sehen bekommen hatte, und die andere zwar bei Tag, jedoch aus zweihundert Metern Entfernung. Vor Gericht hätten diese Aussagen allein keine Beweiskraft.

Monika Trost thronte förmlich am Kopfende eines überlangen Tisches. Mehrere dicke Aktenordner und eine aufgeschlagene Kladde, die wie ein Kassenbuch aussah, ließen darauf schließen, dass sie in eine Art ›Vorstandssitzung‹ geplatzt waren. Und wer hier das Sagen hatte, war nicht zu übersehen. Ihr Ehemann Hermann hockte mit verkniffener Miene zwei Meter entfernt, ihm gegenüber flegelte sich Sohn Olaf in seinem Sessel. Alle drei hoben bei ihrem Eintreten synchron die Köpfe und die Hausherrin schaute sie über ihre Lesebrille hinweg strafend an.

»Sie schon wieder?«, eiferte sie sich. »Machen Sie jetzt einen auf diesen Inspektor aus dem Fernsehen, der auch ständig bei den Leuten auf der Matte steht?« Tobias und Denise waren zum ersten Mal hier, doch dass sie von der Polizei waren, mochte sie an deren Pistolen erkannt haben. Aber das wiederum warf die Frage auf, weshalb sie Kornelius diese Nummer überhaupt abgekauft hatte! Oder war das womöglich eine Finte gewesen? Ein rascher Seitenblick zeigte Tobias, dass Denise offenbar ähnliche Gedanken durch den Kopf gingen. Man musste wachsam sein!

Sie kennt Martin noch nicht, dachte er amüsiert. *Er macht bekanntlich gerne einen auf Columbo!* »Es haben sich noch einige Fragen zum Brand auf ihrem Grundstück ergeben«, sagte er, nachdem er sich ordnungsgemäß ausgewiesen und Denise ebenfalls namentlich sowie dienstgradmäßig vorgestellt hatte. »Wie sie ja wissen, starb in dem Feuer ein Mensch. Wir ermitteln daher jetzt in einem Mordfall!«

»Das sagten Ihre Kommissarinnen auch, und der andere, der kurz darauf aufkreuzte, ebenfalls! Wie oft muss ich mir das noch anhören? Ich werde mich bei meinem Bruder über Sie beschweren, wenn Sie mich und meine Familie nicht endlich in Ruhe lassen! Für das Feuer wird der Brandstifter verantwortlich sein, der in der Gegend seit Monaten sein Unwesen treibt. Setzten Sie Ihre offenbar überschüssige Energie dafür ein, *ihm* das Handwerk zu legen! Ist es *meine* Schuld, wenn sich jemand unsere Scheune ausgerechnet in der Brandnacht als Ruhelager aussucht? Ich wünsche Ihnen einen guten Tag. Wir haben zu tun, Sie finden doch sicher alleine hinaus!«

* * *

»Haben Sie trotzdem vielen Dank, Frau Schneider. Sollte Ihnen noch etwas einfallen, haben Sie ja meine Nummer!«, sagte Vanessa, bevor sie die Verbindung unterbrach. Sie hakte diesen Anruf auf ihrer Liste ab, und zwar in des Wortes doppelter Bedeutung, denn er war ebenso ergebnislos verlaufen, wie die vierundzwanzig zuvor. Zum Glück hatte Tobias ihnen Headsets besorgt, was das Telefonieren etwas erträglicher machte. Die Gespräche ihrer Partnerin direkt gegenüber und die von Martin und Jonas, die jenseits der Stellwand ihr Schicksal teilten, hatte sie während der vergangenen Stunde weitgehend ausgeblendet. Doch nun verharrte ihr Finger über dem Ziffernfeld ihres Telefons, weil Jasmin ihre Stimme anhob. Bei ihr war das ein hörbares Zeichen höchster Erregung.

»Ach, tatsächlich?«, hörte sie soeben ihre Freundin sagen. »Am Freitag? Aha, ich verstehe! Haben Sie jetzt etwas Zeit? Ich würde gerne zu Ihnen kommen, und wir könnten uns in Ruhe unterhalten. Fein, dann bis nachher!«

»Hört sich nach einem Treffer an«, vermutete sie. Jasmin sah jetzt aus wie eine Katze, die am Sahnetopf genascht hatte. Fast wie von selbst ging ihre Hand zu dem Schokoriegel, den sie als Belohnung für getane Arbeit neben dem Telefon deponiert hatte, schob ihn dann jedoch entschlossen zur Seite.

»Keine Zeit zum Naschen!«, schalt sie sich selbst. »Du hast recht, wir haben einen Zeugen! Greif dir den Mantel, wir fahren sofort dorthin! Endlich kommen wir heraus aus dieser Bude!« Nebenan hörten sie ihre männlichen Kollegen telefonieren. »Du kommst doch ohne uns zurecht?«, fragte Jasmin den Kommissaranwärter. Erik nickte nur, ohne von seiner Arbeit aufzuschauen. Er hatte einen Kopfhörer auf und hörte sich die Sprachaufnahme von Kornelius' Handy an. Sowas war genau die richtige Aufgabe für ihn und sie würde ihn noch eine Weile beschäftigen.

Die achtzehnminütige Fahrt führte sie logischerweise nach Altenrath, denn ihre Liste mit den heute abzutelefonierenden Rufnummern war ja aus diesem Ort. Allerdings lag das Haus von Gernot Walden, mit dem Jasmin gesprochen hatte, am anderen Ende des Heidedorfes in einer Straße mit dem merkwürdigen Namen ›Rambusch‹, beinahe einen Kilometer von der Scheune entfernt. Was der Mann wohl gesehen hatte, so weit abseits vom Tatort? Sie würden es in wenigen Augenblicken erfahren!

Das Erste, was ihnen auffiel, als Walden ihnen die Haustür öffnete, war die Schrotflinte, die in der Diele neben ihm an einem Haken hing. Reflexartig gingen ihre Hände synchron zu ihren Dienstwaffen. »Keine Sorge«, hob er beschwichtigend die Arme. »Sie ist gar nicht geladen und ich habe außerdem eine Genehmigung dafür! Ich habe sie nach der Jagd heute früh nur noch nicht wieder weggeschlossen. Es besteht keine Gefahr«, lächelte er sie an. »Treten Sie ruhig näher!«

Walden war in den fünfzigern und von schlaksiger Gestalt, die zusammen mit dem zerzausten blonden Haar, das ihm ständig ins Gesicht fiel, einen jungenhaften Eindruck hinterließ. Als ihr Täter kam er nicht infrage, wie Vanessa in Gedanken beiläufig notierte. Es war wohl eine Art Berufskrankheit, alle Menschen, mit denen sie es in Rahmen einer Ermittlung zu tun bekam, auf diese Weise zu taxieren.

Ihr überraschend aufgetauchter Zeuge war freiberuflicher Werbedesigner und Jäger, wie er ihnen auf dem Weg ins Wohnzimmer sagte. Letzteres erklärte zumindest die Schrotflinte. In dem Wald hinter der Scheune hatte er eine Jagdpacht, und genau dieser Umstand führte auch zu seiner Beobachtung, die er am Freitag in den Abendstunden dort gemacht hatte.

»Ich war unterwegs, um uns einen Festtagsbraten zu schießen«, erläuterte er ihnen. »Die beste Jagdzeit für Fasane ist in den frühen Morgenstunden oder am Abend. Und bevor Sie fragen: Diese Vögel dürfen das ganze Jahr über geschossen werden! Bis Weihnachten sind es zwar noch ein paar Tage, aber Fasane sollten vor ihrer Zubereitung gut durchgehangen sein, dann ist das Fleisch ganz zart.«

»Ich hab da mal was in einem Film gesehen«, warf Jasmin interessiert ein. »Stimmt es, dass man sie am Hals aufhängen muss, bis sie von allein herabfallen? Ich fand das ziemlich gruselig, ehrlich gesagt!«

»Das ist ein Ammenmärchen, Frau Brandt«, zeigte er wieder sein entwaffnendes Lächeln. »Wenn Sie ihn so lange hängen lassen, ist er ungenießbar. Wo war ich? Ach, ja ... Ich war also auf der Pirsch, als ich vom Waldrand Stimmen hörte. Sind Sie mit den Örtlichkeiten vertraut? Die Scheune war von meiner Position aus nur vierzig oder fünfzig Meter entfernt. Ich musste mich zuerst vergewissern, was dort los war, um nicht unbedacht Menschen in Gefahr zu bringen, wenn ich schoss.«

»Und dort haben Sie mehrere Personen gesehen?«, hakte Vanessa an dieser Stelle ein. »Wissen Sie auch die Urzeit? Und wie viele waren es?«

»Die Sonne ging gerade unter, es wird demnach so gegen 17:00 Uhr gewesen sein. Sie können es aber im Kalender überprüfen, da stehen die Zeiten ja oft drin. Es waren zwei Männer. Viel mehr konnte ich bei dem schwachen Licht auf die Entfernung nicht erkennen. Beide waren ziemlich groß, so einsachtzig, denke ich. Sie standen an der rückwärtigen Wand der Scheune und schienen sich zu streiten, ihren heftigen Gesten nach zu urteilen. Einer zeigte dem anderen etwas, ich konnte nicht erkennen, was es war. Der nahm es und warf es wütend auf den Boden, bevor er sich abrupt abwandte und davonlief.«

»Konnten Sie sehen, was der andere Mann machte, als er allein war?«, hakte Jasmin ein, nachdem sie mit Vanessa einen Blick ausgetauscht hatte.

»Ich bin dann weitergegangen, das ging mich ja im Grunde nichts an. Leider war mir aber das Jagdglück an dem Abend versagt geblieben, dafür flatterte mir heute früh ein wahres Prachtexemplar vor die Flinte, er hängt jetzt mangels einer Kühlkammer bei uns im Garten. Es ist ja kalt genug.«

Jasmin wechselte erneut einen Blick mit Vanessa. Viel war das ja nicht, was sie von dem bisher einzigen Zeugen erfahren hatten, den sie aufgetrieben hatten. Und ob das wenige, was er ihnen mitgeteilt hatte, mit der Tat zusammenhing, war auch fraglich. Ein Indiz, mehr nicht. »Danke, dass Sie sich die Zeit genommen haben«, sagte sie zum Abschied und reichte ihm eine Visitenkarte. »Falls Ihnen noch was einfällt, rufen Sie mich bitte an!«

Walden machte keinerlei Anstalten, das Kärtchen entgegenzunehmen. »Wollen Sie denn nicht wissen, was das war, was der eine Mann dem anderen gezeigt hatte?«, grinste er die beiden stattdessen breit an. Er sah aus, als habe er noch einen Trumpf im Ärmel.

»Aber … Sie hatten doch vorhin gesagt, das hätten Sie gar nicht erkennen können!«, gab Vanessa perplex zurück. Oder hatte sie es falsch verstanden? Ein Blick zu Jasmin zeigte ihr jedoch, dass die Freundin ebenso ratlos war wie sie.

»Stimmt, das sagte ich. Auf die Entfernung nicht, doch als ich auf dem Rückweg wieder da vorbeikam, konnte ich einfach nicht widerstehen und habe nachgeschaut. Und tatsächlich lag es noch dort, der Mann war aber verschwunden. Ich habe es aufgehoben!« Er stand auf und kramte in einer Schublade. »Es hätte ja sein können, dass der rechtmäßige Eigentümer sich meldet, doch dann brannte die Scheune in derselben Nacht plötzlich lichterloh«, meinte er achselzuckend und reichte Jasmin ein quadratisches Stück Papier. Es war ein vergilbtes Foto.

Kapitel 8

Wer ist das auf dem Foto?

»Wir haben uns natürlich nicht so einfach abwim-
meln lassen«, schloss Tobias seinen Bericht über den
Besuch auf dem Bauernhof ab. Denise hatte sich zum
Mittag in den Feierabend verabschiedet. »Viel ist aber
nicht dabei herausgekommen. Die äußerst resolute
Bäuerin, die in dieser Familie anscheinend die Hosen
anhat, scheidet aber als Täterin aus, da sie kein Mann
ist und von der Statur nicht zu den uns vorliegenden
Personenbeschreibungen passt. Mittlerweile sind es
immerhin bereits drei Zeugen, von denen uns eine entsprechende Aussage vorliegt.«

»Der Hof ist seit mehreren Generationen im Besitz
der Familie Albrecht«, warf Jonas ein. Er hatte eine
diesbezügliche Recherche durchgeführt, weil er mit
seiner Anrufliste etwas früher als Martin fertig war.
»Sie hat offenbar das Sagen, da sie ihn mit in die Ehe
gebracht hat.«

»Danke für die Information, das war auch unsere
erste Einschätzung«, nickte Tobias. »Der Ehemann,
obwohl größer und kräftiger als sie, schien vor ihr zu
kuschen, wohingegen der Sohn einen unterschwellig
rebellischen Eindruck hinterließ. Beide entsprechen
zwar nicht vollständig den Beschreibungen, werden
jedoch jetzt gründlich überprüft, zumal die Aussagen
sich nicht ganz decken! Einmal war es zu dunkel, ein

anderes Mal zu weit entfernt und bei unserem Jäger kam sogar beides zusammen. Einig sind sich alle nur darüber, dass es ein großer kräftiger Kerl gewesen ist, und das trifft neben Hermann und Olaf Trost auf die meisten ihrer Arbeiter zu. Jedoch hat man uns weder gestattet, mit denen zu sprechen, noch konnten wir Fingerabdrücke nehmen. Von DNA-Proben ganz zu schweigen. Und ohne Gerichtsbeschluss sind uns da leider die Hände gebunden!«

»Was ist mit dem Foto, das der Zeuge Walden an der Scheune fand?«, wollte Martin unter beifälligem Gemurmel der anderen wissen. Sie warteten begierig darauf, dass der spektakuläre Fund zur Sprache kam. »Es ist immerhin der erste konkrete Hinweis, der zur Identität des Opfers führen könnte!«

»Nicht nur zu ihm!«, meldete sich Jasmin zu Wort. »Die Beobachtung, die Gernot Walden gemacht hatte, lässt vermuten, dass die zwei sich kannten! Und die Tatsache, dass dieses Foto dabei eine Rolle spielte, ist für mich ein Indiz dafür, dass es für beide von Bedeutung gewesen ist! Demzufolge wird es uns mit etwas Glück auch zum Täter führen!«

»Völlig richtig!«, nickte Tobias. »Unsere vordringlichste Aufgabe wird daher sein, Folgendes herauszufinden: Wer ist das auf dem Foto und wo finden wir diese Frau!« Er blendete die eingescannte Fotografie auf seinem Bildschirm ein und gab sie für alle frei. Es war eine vergilbte Schwarz-Weiß-Aufnahme, die eine Frau unbestimmten Alters zeigte, wahrscheinlich in den dreißigern. Ihre Frisur und die Kleidung könnten aus den neunzehnhundertachtziger Jahren sein, doch dagegen sprach im Grunde der Zustand des Fotos.

»Das Bild könnte ebenso fünfzig Jahre alt sein, wie nur dreißig«, überlegte er. »Ebenso wenig kennen wir das Alter der Brandleiche. Demzufolge könnte das die Tochter, die Ehefrau oder Mutter sein. Rein gefühlsmäßig würde ich mal auf Letzteres tippen. Und wie Jasmin schon sagte, hat das Foto wohl auch für den anderen Mann eine Bedeutung, denn es war offenbar Gegenstand eines heftigen Streits!«

»Der andere Mann lief anschließend weg«, wandte Vanessa ein. »Falls er jedoch unser Täter ist, muss er später noch einmal zurückgekommen sein. Und zwar viel später!«

»Etwa sieben Stunden, wenn wir den Beginn der Löscharbeiten als Maßstab nehmen«, nickte Tobias. »Und das würde bedeuten, dass er wusste, er würde den anderen in dieser Scheune finden. Vorausgesetzt natürlich, dass es sich um dieselbe Person handelte, denn das ist zugegebenermaßen ein Schwachpunkt in der Indizienkette!«

Er schaute sie der Reihe nach an, bevor er fortfuhr: »Wir gehen nun wie folgt vor: Jonas und Martin überprüfen die Alibis von Vater und Sohn Trost. Hermann war angeblich auf einer Messe in Hannover und Olaf will allein eine mehrtägige Wanderung im Siebengebirge gemacht haben. Er muss zur Nacht zwischendurch mehrmals irgendwo abgestiegen sein. Ich habe mir die Handynummern geben lassen. Ich weiß zwar nicht, ob ich einen Beschluss dafür bekomme, aber falls doch, lasst ihr Bewegungsprofile erstellen. Erik, Vanessa und Jasmin: Ihr versucht, alles zu dem Foto herauszubekommen. Vornehmlich müssen wir jetzt schnellstens wissen, wer diese Frau ist!«

* * *

Während seine Leute sich mit Hochdruck an die ihnen zugeteilten Arbeiten machten, war Tobias auf dem Weg zu *seinem* Vorgesetzten, dessen Büro etwa vierzig Meter weiter am anderen Ende des Flures lag. Der Kriminaldirektor hatte ihn durch seinen Vorzimmerdrachen wissen lassen, dass er umgehend einen Zwischenbericht wünsche. Doch was konnte er ihm melden? Es war ihm völlig klar, was er hören wollte. Nämlich, dass seine Schwester nichts mit der Tat zu tun hatte! Aber konnte er sowas überhaupt ruhigen Gewissens sagen?

Sicher, es gab keinen konkreten Verdachtsmoment gegen diese Leute, doch entlastende Elemente waren aufgrund fehlender Zusammenarbeit ebenfalls nicht vorhanden. *Wenn Jürgen wenigstens bald eine Erfolgsmeldung bezüglich DNA an der Tatwaffe hätte*, dachte er. *Dann bräuchten wir im Grunde nur eine Vergleichsprobe. Doch woher sollen wir die nehmen?*

In schlechten Krimis besorgten die Ermittler sich das Gewünschte oft auf die abenteuerlichste Weise, indem sie Zigarettenkippen aus einem Aschenbecher klaubten, Gläser einsteckten, aus denen der Verdächtige getrunken hatte oder einfach vorgaben, das Bad benutzen zu wollen, und dort Haare aus einer Bürste entwendeten. All das war aber illegal und würde sie spätestens vor Gericht dumm dastehen lassen, wenn die einzigen Beweise so erbracht worden waren.

Er lächelte in Gedanken an eine ähnliche Begebenheit aus seinem allerersten gemeinsamen Fall mit der damals frisch von Köln hierher gewechselten Denise. Dreizehn Jahre war das jetzt her. Die junge Kollegin war so von der Schuld einer Verdächtigen überzeugt gewesen, dass sie sich in deren Bad ›Beweismaterial‹ besorgt hatte. Er hatte sie davon abbringen können, es zur Analyse einzureichen, denn spätestens dann wäre ihr Fehlverhalten aufgefallen. Am Ende stellte sich heraus, dass die Tat ein anderer begangen hatte.

In der Folge war aus den ungleichen Charakteren ein unschlagbares Team zusammengewachsen. Sollte das tatsächlich vorbei sein? In wenigen Tagen lief die Frist aus und Denise würde, sofern er sie nicht zum Bleiben bewegen konnte, wieder ihrer Wege gehen und der von ihr so geliebten Polizeiarbeit den Rücken kehren. Doch was konnte er tun? Während in seinem Kopf ein verwegener Plan langsam Gestalt annahm, sah er sich unversehens vor der Tür zum Refugium seines Vorgesetzten stehen. Und jetzt wusste er auch, was er ihm sagen würde.

* * *

»Der Chef hat gut reden!«, beschwerte sich Jasmin. »Wir wissen weder, wie alt dieses Foto ist, noch wo es aufgenommen wurde. Die Frau könnte überall leben oder schon seit vielen Jahren tot sein! Ich werde mir erstmal einen Kaffee holen!« Sprach's, und verzog sich in die ›Teeküche‹ nebenan, wobei sie ihrem Schokoriegel neben dem Telefon noch einen begehrlichen Blick zuwarf.

»Niemand hat gesagt, dass es einfach sein würde«, empfing Vanessa ihre Freundin, als diese nach zwei Minuten mit einem großen, dampfenden Becher an ihren Schreibtisch zurückkehrte. »Wir sollten zuerst in den uns zugänglichen polizeilichen Datenbanken suchen. Die Aussicht, dass sie irgendwann einmal als

Opfer, Zeugin oder Beschuldigte aktenkundig wurde, ist zwar äußerst gering, aber was anderes fällt mir im Moment auch nicht ein.«

Jenseits der Stellwand kehrten Jonas und Martin offenbar soeben von einem Außentermin zurück und nahmen schwatzend ihre Plätze ein. Einigen aufgeschnappten Gesprächsfetzen gemäß hatten sie einen Abstecher zum Hof der Familie Trost unternommen, um sich auf einer Geländekarte den Weg einzeichnen zu lassen, den der Sohn bei der angeblichen Wanderung eingeschlagen hatte. Wenn Vanessa sich nicht verzählt hatte, waren bis auf Erik alle dort gewesen und sie konnte sich aufgrund des Berichts ihres Chefs lebhaft vorstellen, wie sie empfangen worden waren. Martin machte sowas nichts aus, er hatte nicht nur diesbezüglich ein dickes Fell.

»Ich könnte einen Bildsuchlauf im Internet durchführen«, meldete sich Erik aus seiner Ecke zu Wort. »Das Foto sieht mir zwar etwas zu alt aus, um von der abgebildeten Frau persönlich in *Social Media* Kanälen verwendet worden zu sein, manchmal werden solche Fotografien jedoch von wesentlich jüngeren Angehörigen hochgeladen, für einen Stammbaum beispielsweise!«

»Das ist ein brauchbarer Ansatz«, meinte Jasmin dazu. »Und wir beide teilen uns die Datenbanken«, nickte sie Vanessa zu. »Das sind haufenweise Akten. Damit haben wir bestimmt eine ganze Weile zu tun, während der Chef völlig entspannt ein Schwätzchen mit dem Kriminaldirektor hält!«

* * *

Von einem ›entspannten Schwätzchen‹ konnte gar keine Rede sein. Im Gegenteil wurde Tobias diesmal ungewohnt frostig von seinem obersten Dienstvorgesetzten empfangen, der beim letzten Mal noch recht kleinlaut wegen seiner kleinen ›Verfehlung‹ gewesen war. Er sollte aber sofort erfahren, was für eine Laus Albrecht über die Leber gelaufen war.

»Hatte ich nicht ausdrücklich gesagt, dass Sie die Ermittlungen *diskret* durchführen sollen?«, fuhr der Kriminaldirektor ihn an, kaum dass er dessen Büro betreten hatte. »Wenn ein *Zeitungsreporter* bei meiner Schwester herumschnüffelt, wird man das kaum so bezeichnen können! Außerdem hat sie sich über die Art der Befragungen beschwert! Andauernd tauchen Ermittlungsbeamte im Doppelpack bei ihr auf, wie in einem schlechten Krimi. Gerade erst vor einer halben Stunde waren wieder welche dort. Ich frage Sie jetzt, und ich will eine ehrliche Antwort von Ihnen: Gibt es Verdachtsmomente gegen meine Verwandtschaft?«

Das ist die pure Panik, dachte Heller, der den Vorgesetzten noch nie derart aufgeregt gesehen hatte. *Dem geht der Arsch auf Grundeis, würde ich mal sagen. Aber wie hat er von Kornelius erfahren?* »Von dem Reporter haben wir auch gerade erst gehört«, hob er zu einer Rechtfertigung an. »Das ist ein Freiberufler namens Kornelius und er wurde ...«

»Ich weiß, wer das ist!«, fuhr Albrecht ihm in die Parade. »Ich kenne ihn. Meine Schwester hat mir alle Besucher exakt beschrieben und die ›Kanonenkugel‹ ist bestimmt nicht zu verwechseln!«

»Dann wissen sie vielleicht auch, dass er nach dem Besuch bei Ihrer Schwester zum zweiten Mal innerhalb kürzester Zeit brutal niedergeknüppelt wurde und seitdem im Koma liegt«, presste Tobias zwischen den Zähnen hervor. Er hatte jetzt die Geduld verloren und sämtliche Diplomatie, die er sich auf dem Weg hierher überlegt hatte, über Bord geworfen. »Er kann Ihnen also im Augenblick nicht gefährlich werden«, fügte er sarkastisch hinzu. »Sie werden jedoch sicher verstehen, dass mir unter den gegebenen Umständen keine andere Wahl bleibt, als in diesem Umfeld zu ermitteln! Wenn Sie mich jetzt bitte entschuldigen, in meinem Kommissariat wartet ein Berg Arbeit!«

Mit einer großen Portion Wut im Bauch stürmte er aus dem Büro, nickte der Sekretärin im Vorzimmer zu und fand sich Sekunden später schwer atmend auf dem Flur wieder. *Falls dieser Mensch glaubt, er kann mich an die Leine legen, hat er sich mächtig verrechnet*, dachte er erbost. *Mit uns kann er sowas nicht machen! Jetzt wird erst recht ermittelt, und wenn es das Letzte ist, das ich tue!* Er wollte sich nach rechts wenden, um in sein Kommissariat zurückzukehren, änderte aber vor den Aufzügen spontan seine Meinung. *Vielleicht sollte ich mal kurz in der Forensik vorbeischauen*, überlegte er. Früher hätte er dazu nur ein paar Meter den Flur hinuntergehen müssen, heute lag sein Ziel eine Etage tiefer. *Ein bisschen Bewegung wird mir bestimmt nicht schaden*, beschloss er großzügig und nahm die Treppe. Denise hätte ihm sicher einen Vogel gezeigt, weil er überhaupt über eine Alternative nachgedacht hatte.

* * *

»Ach, da bist du ja!«, empfing ihn Jürgen Vogel in seinem wie ein Labor eingerichteten Büro. Die Worte hätten begeistert geklungen, wären sie nicht mit dem üblichen gelangweilten Tonfall gesprochen worden, der schon eine Art ›Markenzeichen‹ für den Leiter der Forensik war. Eigentlich waren sie jedoch genuschelt, denn er hatte einen nicht angezündeten Zigarillo im Mundwinkel hängen, den er wohl später draußen vor dem Gebäude genießen wollte. »Ich hatte gerade vor, dich aufzusuchen«, fügte er hinzu, während der sich wieder auf seinen Stuhl fallen ließ.

Tobias ließ seinen Blick über die überall verteilten Gerätschaften, Fläschchen mit diversen Chemikalien, Reagenzgläser und ähnlichem Kram schweifen, der ihn in unangenehmer Weise an seine Schulzeit erinnerte. Erik würde sich hier sicher sauwohl fühlen. Er war beileibe nicht zum ersten Mal in Jürgens Allerheiligstem, doch er wunderte sich immer wieder, wie man in einem Chaos wie diesem arbeiten konnte. Da standen zwei Mikroskope, in einem befand sich sogar ein Objektträger, leere Petrischalen, teilweise gefüllte Glaskolben, ein Bunsenbrenner und etliche Instrumente, deren Namen er nicht mal kannte. Und alles war wild durcheinander über mehrere Tische ausgebreitet, den Schreibtisch mitgerechnet.

Ein Teufelchen mit der Stimme von Denise wollte ihm einflüstern, dass es auf *seinem* Schreibtisch bis auf die fehlenden Instrumente nicht minder chaotisch zuging, doch er wischte den Störenfried einfach gedanklich von der Schulter. Als ob das irgendwie zu vergleichen wäre! »Darf ich dem entnehmen, dass du etwas gefunden hast?«, fragte er hoffnungsvoll.

»Das will ich doch meinen!«, grinste Vogel. »Wir haben jetzt die ›Tatwaffen‹ in beiden Fällen eindeutig verifizieren können, in die dieser Reporter verwickelt war. Das Blut an dem Ast, den wir hinter der Scheune fanden und das an dem Holzscheit von dem zweiten Überfall ist absolut identisch und stammt laut DNA-Analyse von Manfred Kornelius!«

»Okay, aber da ist doch noch mehr!«, argwöhnte Tobias, der seine Vorliebe für theatralische Auftritte zur Genüge kannte. Und *so* spektakulär war das auch nicht, was Vogel ihm soeben eröffnet hatte, zumal es sie kaum zum Täter führen würde!

»Ganz recht! Rieke hat in den vergangenen Tagen jede Faser der beiden Holzstücke einzeln untersucht«, gab Vogel zurück. »Sie hat an dem Ast Hautschuppen sicherstellen können, die definitiv nicht vom Opfer stammen! Sie werden für eine DNA-Analyse reichen, hoffe ich. Es wird aber ein paar Tage dauern!« Die von der Nordseeinsel Amrum stammende Rieke Martinen gehörte seit wenigen Monaten zum Team und hatte sich seitdem mehrfach mit Spurenanalysen hervorgetan, die anderen nicht gelungen waren.

»Außerdem«, fuhr der Forensiker fort, nachdem er schnell in seinen Unterlagen nachgeschaut hatte, »ist ein Satz Sohlenabdrücke aus der Scheune identisch mit denen am Waldrand, wo Kornelius das erste Mal niedergeschlagen wurde. Dies belegt einen direkten Zusammenhang der beiden Taten, da es weder DNA an dem Holzscheit gibt, noch Fingerabdrücke. Auch nicht auf dem Kanister. Der Täter wird im Gegensatz zum ersten Mal also Handschuhe getragen haben, die Sohlenabdrücke haben ihn aber trotzdem verraten!«

»Das reicht mir im Grunde schon!«, freute sich der SOKO-Chef über die überraschende Wende, die ihn den Ärger mit Albrecht sofort vergessen ließ. Endlich gab es brauchbare Spuren! »Sobald das Ergebnis der DNA-Analyse vorliegt, möchte ich es umgehend auf meinem Schreibtisch, haben wir uns verstanden?«

Der Besuch in der Forensik hatte sich gelohnt, und Tobias hätte nichts dagegen gehabt, wenn das jetzt so weiterginge. Als er jedoch auf dem Weg zum Ausgang an Amara Jones vorbeikam und ihr einen fragenden Blick zuwarf, hob die IT-Spezialistin bedauernd die Schultern. Sie hatte also noch nichts weiter über die Sprachaufzeichnung herausgefunden.

* * *

Als er fünf Minuten später gedankenverloren sein Büro betreten wollte, erscholl rechts von ihm jenseits der Stellwände, die den Arbeitsbereich der Kommissarinnen abgrenzten, einen Jauchzer, der ihn sofort in seinem Schritt innehalten ließ. »Mädels, ich habe etwas gefunden!«, hörte er Erik ausrufen. Sein Mundwinkel verzog sich zu einem Schmunzeln, als er an die Reaktionen dachte, die diese Anrede bei seinen Kolleginnen auslösen mochte. Der eher schüchterne Kommissaranwärter musste eine Sensation aufgetan haben, wenn er sich zu so einer unpassenden Bemerkung hinreißen ließ.

»Okay, was geht hier ab ... Mädels?«, grinste er die Kommissarinnen an, nachdem er mit zwei schnellen Schritten den Paravent umrundet hatte. Jasmin und Vanessa hatten sich hinter Erik aufgebaut und sahen ihrem Vorgesetzten mit säuerlicher Miene entgegen. Das Gesicht des Kommissaranwärters hatte hingegen die Farbe einer Tomate angenommen. Offenbar hatte er den Kolleginnen gerade was auf seinem Bildschirm zeigen wollen, denn sie waren beidseitig über seine schmalen Schultern gebeugt.

»Ein Zeitungsartikel«, bemerkte er, nachdem er sich rasch dazugesellt hatte. Jasmin war höflich einen Schritt beiseitegetreten. »Und was ist daran so großartig, dass man in Begeisterungsstürme ausbrechen muss und seine Kolleginnen wie dumme Schulmädchen behandelt?«, fügte er tadelnd hinzu.

»Sorry, Chef, ist mir herausgerutscht«, murmelte er und lief erneut rot an, wurde jedoch sofort wieder sachlich. »Aber die Frau da ist mit ziemlicher Wahrscheinlichkeit mit der auf dem Foto identisch, das an der Scheune gefunden wurde!«

»Hm«, brummte Tobias, während er das grobkörnige Bild, das zu einem kurzen Artikel gehörte, eingehend aus der Nähe betrachtete. »Bist du dir sicher? Für mich besteht da keine Ähnlichkeit. Der Bericht ist zudem an die dreißig Jahre alt! Wie kommt es überhaupt, dass der noch im Netzwerk gelistet wird? Das ist doch eine Internetseite, oder?«

»Ja, aber es ist eine ›vergessene‹ Seite. Manchmal werden alte, nicht mehr gültige Informationen aus Bequemlichkeit nicht gelöscht, sondern nur der Link entfernt.« Wenn Erik in seinem Element war, konnte ihn so leicht nichts bremsen und er war jetzt gleich viel selbstsicherer geworden. »Amara hat mir einen Webcrawler gebastelt, der darauf keinerlei Rücksicht nimmt und *alle* Seiten durchsucht. Sowas kann Tage dauern, deshalb ist es schon ein Glück, dass es jetzt so schnell gegangen ist.« Tobias nahm eher beiläufig zur Kenntnis, dass sein jüngster Mitarbeiter und die IT-Spezialistin wieder miteinander sprachen, nachdem einige Wochen Funkstille zwischen ihnen geherrscht hatte. Doch das war deren Privatsache und ging ihn nichts an, solange es den Dienstbetrieb nicht beeinträchtigte.

»Außerdem hat sie mir eine Gesichtserkennungssoftware zur Verfügung gestellt, wie sie auch von den Geheimdiensten benutzt wird, um Aufnahmen von Verkehrskameras mit denen gesuchter Personen zu vergleichen«, führte Erik weiter aus. »Keine Ahnung, woher sie die wieder hat. Jedenfalls werden Gesichtsfotos nicht pixelweise verglichen, wie das beispielsweise *Google* tut, sondern mit einem komplizierten Algorithmus, einer Art künstlicher Intelligenz, die menschliches Verhalten beim Betrachten von Gesichtern imitiert. Kurzum: Die Frau ist mit fünfundachtzigprozentiger Wahrscheinlichkeit die Gesuchte!«

»Es ist außerdem alles, was wir momentan haben, Chef!«, nahm Jasmin den Kollegen in Schutz. »In den Akten von *INPOL* haben wir bisher nichts gefunden, ist wohl zu alt! Wenn der Artikel sich tatsächlich auf eine reale Straftat in den Neunzigern bezieht, wurde der Eintrag wahrscheinlich gelöscht!«

»Ganz verschwunden kann die Akte nicht sein!«, schüttelte Tobias den Kopf. »Die werden ja nach der Digitalisierung nicht gleich vernichtet! Schade, dass kein Name dabeisteht, nur dass es sich bei dem Opfer um eine Helene B. aus Köln handelt.« Er sah kurz auf die Uhr. »Heute ist es bestimmt zu spät. Morgen früh werde ich mal herumtelefonieren, mit etwas Glück kann sich bei der Kölner Kripo noch einer an den Fall erinnern.« *Oder vielleicht Denise*, dachte er. *Sie war ja mal in Köln, wenn auch Jahre später!* »Das war gute

Arbeit«, sagte er laut, und er meinte es so. »Von euch dreien! Macht jetzt aber Feierabend, morgen könnte es etwas hektisch werden. Das gilt auch für euch!«, rief er nach nebenan, wo Jonas und Martin sich halblaut unterhielten. Anscheinend waren deren Recherchen weniger erfolgreich verlaufen, sonst hätten sie sich längst gemeldet.

Kapitel 9

Cold Case

»Im Jahr 1993 war das, sagst du?«, drang die leicht näselnde Stimme von Anna Stahl aus dem Lautsprecher des Telefons. Tobias hatte der Einfachheit halber die morgendliche Dienstbesprechung vorverlegt und führte nun das Gespräch mit Denises früherer Chefin unter den Ohren seiner Leute vom Festnetztelefon im Besprechungsraum. So konnten sie gleich mithören, was wertvolle Zeit sparte. Die Leiterin des Kriminalkommissariats 11 der Kölner Kripo lachte meckernd. »Für wie alt hältst du mich eigentlich? Da habe ich noch die Schulbank gedrückt!«

»Das wissen wir doch, Anna«, meldete sich Denise schmunzelnd zu Wort. »Das geht uns ja allen so! Aber vielleicht hast du eine Idee, wer diesen Fall damals bearbeitet haben könnte? War da nicht ein Kollege, der kurz vor seiner Pensionierung stand, als ich bei euch anfing? Sein Name will mir allerdings partout nicht einfallen.«

»Ja, das stimmt. Ich war damals gerade zur Oberkommissarin befördert worden. Meine Güte, das ist ja auch schon fast zwanzig Jahre her! Wie hieß der denn noch? Meier oder Mahler, glaube ich. Warte, ich frage mal meinen Kollegen Computer!« Jetzt war ein hektisches Rascheln zu hören. Da Computer jedoch nicht solche Geräusche von sich gaben, waren sie eher der

130

Suche nach ihrem Zettel mit dem Zugangskennwort geschuldet, das die Erste Hauptkommissarin sich nie merken konnte. Endlich erklang das stakkatoartige Klappern ihrer Tastenanschläge.

»Das müsste Jürgen Möller gewesen sein«, drang ihre Stimme nach einigen Minuten erneut aus dem Telefon. »Du erinnerst dich bestimmt an ihn, Denise. Das war so ein Hundertfünfzigprozentiger, weißt du noch? Nicht sehr groß und etwas korpulent. Ist 2007 in den Ruhestand getreten. Du weißt, dass wir immer noch Kontakt zu den ›Ehemaligen‹ pflegen. An seiner Akte ist kein entsprechender Vermerk, er dürfte also noch unter den Lebenden weilen. Er wird im Januar aber schon einundachtzig. Wollt ihr seine Adresse?«

»Das wäre lieb«, übernahm Tobias. »Und übrigens einen herzlichen Glückwunsch zur Beförderung!«

»Danke. Ich schicke dir seine Akte per E-Mail, dann kannst du dir vorab schon mal ein Bild machen. Ich gehe zumindest stark davon aus, dass ihr ihm einen kleinen ›Höflichkeitsbesuch‹ abstatten wollt?«

»Man kann wie immer nichts vor dir verheimlichen, Anna«, grinste der SOKO-Chef und trennte die Verbindung. Da ihre jeweiligen Zuständigkeitsgebiete aneinandergrenzten, hatte man in der Vergangenheit öfter miteinander zu tun gehabt und kannte sich.

»Wir kommen der Sache langsam näher!«, verkündete er, nachdem er die kurz darauf empfangene Akte überflogen hatte. »Mit winzigen Schritten zwar, aber immerhin! Die Nachrichten aus der Hexenküche sind auch nicht zu verachten«, erinnerte er seine Leute an das, was Vogel ihm gestern Nachmittag gesagt hatte. »Eine DNA haben wir jetzt, und der Zusammenhang der beiden Überfälle auf Manfred Kornelius ist praktisch erwiesen. Alles, was uns jetzt noch fehlt, ist ein Hauptverdächtiger, jedoch gibt es diesbezüglich ein winziges Problem!« Er berichtete ihnen von der unerfreulichen ›Unterredung‹ mit dem Kriminaldirektor.

»Ich möchte hier aber in aller Deutlichkeit klarmachen, dass wir uns nicht an die Leine legen lassen!«, schloss er grimmig. »Und das habe ich dem KD auch genau so gesagt! Etwaige Einschüchterungsversuche euch gegenüber meldet ihr mir umgehend! Mangels Alternativen kümmern wir uns nämlich nun zuerst um seine Verwandtschaft, habt ihr da schon etwas herausgefunden?«, wandte er sich an Martin, der mit Jonas gemeinsam die Überprüfung der Alibis durchführen sollte.

»Ich habe jetzt sämtliche Herbergen abtelefoniert, die auf dem Weg liegen, den Olaf Trost beschrieben hat und den er in den Tagen von Freitag bis Sonntag zurückgelegt hat«, berichtete Martin, nachdem er die Wanderkarte auf seinen Bildschirm geladen und für die anderen freigegeben hatte. »Drei Betreiber erinnern sich an ihn, an jedem Abend einer und schön regelmäßig auf der Strecke verteilt. Er blieb jeweils über Nacht und hat das Zimmer bis zum Frühstück nicht verlassen.«

»Kann er in der Tatnacht zum Tatort gelangt und danach rechtzeitig wieder zum Hotel zurückgekehrt sein, ohne dass es dort jemandem aufgefallen wäre?«, hakte Vanessa ein. »Ich meine, *so* weit ist das ja auch nicht entfernt, und das Feuer brach um Mitternacht aus!«

»Nur, wenn die Tat geplant war«, gab der Hauptkommissar zurück. »Dann hätte er vorher ein Fahrzeug in der Nähe seiner Herberge deponieren können. Erinnern wir uns aber daran, dass der Zeuge Walden sieben Stunden vorher zwei Männer streiten sah, von denen einer das Opfer gewesen sein dürfte!«

»Das ist kein ausreichender Beweis«, wandte Jonas ein. »Er könnte *zweimal* an der Scheune gewesen sein, und nach der ersten Begegnung mit dem Opfer erst zur Herberge gefahren, dort eingecheckt haben, und später wiedergekehrt sein!«

»Das wäre aber ziemlich kompliziert ausgedacht«, brummte sein Partner beleidigt. »Hat ja nicht jeder so verdrehte Gehirnwindungen wie du!«

»Das werden wir jetzt sowieso nicht abschließend klären können«, ging Tobias dazwischen, weil Jonas bereits seinen Mund zu einer geharnischten Antwort geöffnet hatte, dem finsteren Gesichtsausdruck nach zu schließen. »Aufgrund der dürftigen Indizienlage habe ich nämlich keine Genehmigung für die Funkzellenabfragen erhalten, wir benötigen daher mehr Informationen! Was ist mit Hermann Trost? Der war auf einer Messe, richtig?«

»Ja, in Hannover. Und von da kann man nicht so einfach mal zwischendurch verschwinden«, meinte Martin mit einem Seitenblick zu Jonas, an den diese Frage eigentlich gerichtet war.

»Leider war es gar nicht leicht, seine Anwesenheit nachzuweisen«, fuhr dieser deshalb fort. »Trost hatte seine Karte jedoch über ein Online-Portal erworben, daher ist zumindest die Absicht der Teilnahme bestätigt. Es gibt aber auch einen *Beweis* für seine Anwesenheit«, legte er rasch nach, weil Martin schon nach Luft schnappte. »Mit dem Erwerb der Eintrittskarte hatte er sich auch zu einem zweitägigen Symposium angemeldet. Die verfügbaren Plätze waren wohl sehr begrenzt. Laut Anwesenheitsliste war er sowohl am Freitag als auch am Samstag dort! Die Veranstaltung dauerte an beiden Tagen von 10:00 bis 17:00 Uhr.«

»Schade, das hilft uns jetzt nicht weiter!«, bedauerte Tobias, der offenbar ein anderes Ergebnis erhofft hatte. »Wenn wir doch nur den Hauch eines Zweifels hätten, würden wir eventuell die Beschlüsse kriegen! DNA-Proben verweigern uns diese Leute leider ebenfalls und haben Albrecht als Unterstützung! Jetzt, wo wir endlich über entsprechendes Material verfügen, wäre ein Vergleich Gold wert, selbst wenn er uns nur Gewissheit liefern würde, dass wir auf dem Holzweg sind. Bleibt also im Augenblick nur der *Cold Case*. Ich fahre mit Denise jetzt zu dem pensionierten Kollegen, um von ihm hoffentlich mehr darüber zu erfahren. Ihr habt in der Zwischenzeit die schwierige Aufgabe, Lücken in den Alibis der beiden Männer aufzudecken. Lasst euch etwas einfallen!«

* * *

»*Lasst euch was einfallen?*«, echote Denise auf dem Weg zum Parkplatz. »Du hast doch hoffentlich nicht vor, deine Leute zu illegalen Ermittlungsmethoden anzustiften?«

»Zu denen du auch gehörst, Denise! Zumindest bis zum Jahresende«, erinnerte er sie und warf ihr einen verstohlenen Seitenblick zu, um ihre Reaktion auf die Anspielung zu ihrem baldigen Weggang zu checken. Doch Denise hatte wieder das unbeteiligte Pokergesicht aufgesetzt, das sie stets zur Schau stellte, wenn sie sich nicht in die Karten sehen lassen wollte. *Dann muss ich es eben anders angehen*, dachte er. *Ich habe da schon eine Idee!* »Du kannst aber beruhigt sein«, sagte er laut. »Ich hab die anderen schon eingenordet, dass wir uns keinen Fehler erlauben dürfen! Gerade, weil es hier um die Schwester vom Chef geht, muss alles wasserdicht sein, das macht es ja so schwierig! Sag mal«, wechselte er schnell dieses heikle Thema, »wie ist dein ehemaliger Kollege denn so, erinnerst du dich noch gut an ihn?«

»Und ob! Annas Beschreibung trifft es jedoch nur äußerlich. Sie hatte aber nicht so viel mit ihm zu tun. Ich war diejenige, die er ständig herumkommandiert hat. Denk dir einen Knirps von Chrissies Größe und mit einem gewaltigen Kugelbauch, dann liegst du in etwa richtig!«

»Also wie Kornelius?«, warf Tobias grinsend ein. »Bei deiner Darstellung wundert es mich allerdings ein wenig, dass dir vorhin der Name nicht eingefallen war!«

»Muss eine Art Verdrängungsreflex gewesen sein. Charakterlich war er nämlich eine Pestbeule. Du erinnerst dich an die Kollegen Frohn und Theisen, die in Donners Kommissariat Dienst schoben, als ich dort anfing? Nimm die beiden zusammen und noch einen von dieser Sorte dazu, und du bist bei Jürgen Möller! Hat mich von Anfang an mies behandelt, war aber längst nicht so faul wie Frohn und Theisen. Er konnte sich im Gegenteil förmlich in eine Sache verbeißen. Ungelöste Fallakten ließen ihm keine Ruhe, er nahm sie sogar oft mit nach Hause, hieß es. Wenn er nicht an

Altersdemenz leidet, stehen die Chancen gut, dass er sich erinnert.«

Das verhutzelte Männchen, das ihnen eine halbe Stunde später die Wohnungstür öffnete, entsprach ganz und gar nicht dem Bild, das Denise gezeichnet hatte. Größenmäßig käme es beinahe hin, wenn der Alte sich gerade halten würde. Da er jedoch gebeugt ging, wirkte er noch um einiges kleiner. Zumal von dem angesprochenen Bauch nichts zu sehen war, die Kleidung schlotterte ihm im Gegenteil mindestens zwei Nummern zu groß um seinen Körper. *Das ist es also, was das Alter letztendlich aus uns macht*, dachte Tobias, während Möller stumm ihre Dienstausweise begutachtete. *Allerdings zeugen seine Augen von einem wachen Verstand, es besteht demnach noch Hoffnung!*

»Malowski?«, las der Alte von Denises Ausweis ab und seine nächsten Worte sollten Hellers Hoffnung Nahrung geben. Seine Stimme war erstaunlich fest und klang überhaupt nicht zittrig. »Waren Sie nicht die Kommissarin, die mir ständig widersprochen hat und immer alles besser wusste? Ist also doch etwas aus Ihnen geworden! Kommen Sie bitte herein, ich freue mich immer über den Besuch von Kollegen!«

* * *

Möller drehte den Ausdruck des Zeitungsartikels, den Erik im Internet gefunden hatte, unschlüssig in der Hand. Er wirkte sehr enttäuscht. »Hätte ich mir ja denken können, dass Sie nicht den weiten Weg auf sich genommen haben, nur um einen alten Mann zu besuchen«, sagte er vorwurfsvoll an seine ehemalige Kollegin gerichtet, setzte jedoch seine Lesebrille auf und las den Artikel anschließend aufmerksam durch.

»Ich erinnere mich gut an diesen Fall«, rief er dann aus. Seine Augen glühten vor Eifer. »Einer der leider zu vielen Fälle, die ich nicht aufklären konnte. Das ist aber sicher schon lange verjährt, was interessiert Sie das denn heute noch?«

»Wir müssen wissen, wer die Frau auf diesem Foto ist«, äußerte sich Denise vage. »Wenn Sie uns wenigstens ihren Namen nennen könnten, wäre uns damit sehr geholfen.«

»Schlimme Sache war das damals«, murmelte der alte Mann, ohne explizit auf ihre Frage einzugehen. Stattdessen sah er auf den Ausdruck in seiner Hand, sein Blick schien jedoch durch ihn hindurch in weite Ferne oder eine vergangene Zeit zu gehen. »Wirklich schlimme Sache! Dieser Kerl ist wie ein Wahnsinniger über sie hergefallen und hat sie einfach liegenlassen, als er mit ihr fertig war! Ein Wunder, dass sie das überlebt hat!«

»An den Namen erinnern Sie sich nicht?«, machte Denise einen letzten Versuch. Sie warf Tobias, der ihr aus gegebenem Anlass die Wortführung überlassen hatte, einen enttäuschten Blick zu. *Wir verschwenden hier nur unsere Zeit*, wollte sie ihm damit sagen.

»Was sagen Sie?« Möller schien jetzt von weither zurückzukehren. »Ach, der Name ... Der ist übrigens in diesem Artikel falsch geschrieben. *Helena* hieß die Frau, soweit ich mich erinnere. Aber der Nachname? Bach, Busch, Bosch oder so ähnlich. Irgend sowas war es aber bestimmt.« Plötzlich schlug er sich mit der flachen Hand an die Stirn. »Da fällt mir gerade ein, dass ich mir den Vorgang mit nach Hause genommen habe, nachdem mein Chef den Fall als *Cold Case* zu den Akten gelegt hatte! Mein Gott, ich befürchte, ich habe vergessen, ihn zurückzugeben! Warten Sie eine Minute!« Behände, wie weder Denise noch Tobias es dem gebrechlich wirkenden Mann zugetraut hätten, sprang er auf und lief aus dem Zimmer.

* * *

Die fünf im Kommissariat verbliebenen Ermittler standen, jeder mit einem dampfenden Becher Kaffee bewaffnet, in der als Teeküche genutzten Ecke neben dem Eingang und waren in eine hitzige Diskussion vertieft, die ihre Ursache in einer neuen Erkenntnis hatte, die ihnen vorhin zuteilgeworden war. Martin und Jonas hatten die Herbergen noch einmal abtelefoniert, in denen Olaf Trost übernachtet hatte, und etwas Wichtiges erfahren, wie sie glaubten.

»Wenn der Gastwirt ihn nicht hat zurückkommen sehen, hilft uns das überhaupt nichts«, sagte Vanessa gerade zu Martin. »Beim Frühstück war Trost Junior jedenfalls anwesend, es gibt also keinen Beweis dafür, dass er mehrere Stunden oder sogar die ganze Nacht fort war!«

»Ja, aber es war die erste Unterkunft, die er hatte, bevor es am Morgen zur nächsten Station der Wanderung weiterging!«, beharrte Jonas. »Außerdem war er zu diesem Zeitpunkt noch nicht sehr weit von seinem Zuhause in Altenrath entfernt, gerade mal zwölf Kilometer. Auf jeden Fall ist es ein Indiz!«

»Das reicht nicht!«, schüttelte Jasmin ihren Kopf. »Der Richter wird uns damit sicher keinen Beschluss für die Speichelprobe ausstellen! Olaf Trost kann sich ebenso nur kurz die Beine vertreten haben und gleich wieder auf sein Zimmer gegangen sein! Du hast doch selbst gesagt, dass die Rezeption danach nicht mehr besetzt war! Wir benötigen einen Zeugen, der ihn am Tatort gesehen hat oder wenigstens in der Nähe, und den haben wir nicht!«

Mitten in diese hitzige Diskussion wurde die Tür zum Kommissariat aufgestoßen und Tobias stürmte im Laufschritt mit Denise im Gefolge herein, einen Aktendeckel heftig über dem Kopf wie einen Wimpel schwenkend. »Was immer ihr gerade ausdiskutiert, hat Zeit bis später!«, rief er ihnen zu. »Wir haben den Namen der Frau auf dem Foto! Ich will heute noch alles über eine Helena Boss wissen, was ihr herauszufinden könnt. Danach dürft ihr meinetwegen Feierabend machen!«

* * *

Abends im ›Bajazzo‹

Die drei Männer, die an dem Tisch in der Ecke weit abseits der Dart-Automaten Platz genommen hatten, hätten unterschiedlicher nicht sein können. Mit dem Rücken zur Wand saß ein wahrer Hüne von gut zwei Metern Größe und Schultern wie ein Bär. Dazu passte auch der Vollbart, den er sich hatte wachsen lassen und der ihm ein verwegenes Aussehen verlieh. Links von ihm saß das genaue Gegenteil. Exakt 1,80 Meter lang, schlank, sorgfältig rasiert und in einen modischen Dreiteiler gekleidet, wie er sie in seiner Praxis trug. Der Mann dem Hünen gegenüber war eine Handbreit kleiner als dieser – eine von *dessen* Händen wohlgemerkt – jedoch größer als der Anzugträger, in Bluejeans, T-Shirt und die obligatorische Lederjacke gewandet und von sportlicher Statur, doch deutlich schmaler in den Schultern. Das dunkelblonde, leicht gewellte Haar trug er wie immer schulterlang.

Das *Bajazzo* hatte für Zusammenkünfte dieser Art eine gewisse Tradition. Die drei Freunde – es handelte sich dabei um den früheren Kriminaloberkommissar Wolfgang Müller, den Steuerberater Sven Leuchner und Tobias Heller – hatten heute ihren monatlichen Herrenabend. Ihre Ehepartner pflegten eine ähnliche Tradition. Christina Ohlsen, Denise Malowski und Melanie Heller trafen sich abwechselnd bei einer von ihnen zu Hause, wenn ihre Männer unterwegs waren, also auch heute. Da Chrissie ein neun Monate altes Kind hatte, war man dort zusammengekommen.

Natürlich war Baby Marvin wie immer zentrales Gesprächsthema, denn es war der ganze Stolz des glücklichen Vaters, der zur selben Zeit wie Denise den Polizeidienst quittiert hatte und seitdem bei einem Millionär in Lohmar als Leibwächter und Hubschrauberpilot angestellt war. »Ich bin zum Chef der Leibwache aufgestiegen«, verkündete Wolfgang gerade. »Damit ist auch eine Wohnung mit allen Schikanen auf dem Betriebsgelände verbunden, wir werden in der kommenden Woche dorthin umziehen.«

»Na, da gratuliere ich aber!«, hob Tobias sein Glas und prostete dem alten Kameraden zu. »Läuft doch gut an bei euch!« Alexander von Kaltenbach, der neue Arbeitgeber Müllers, war ihm kein Unbekannter. Als dessen Tochter entführt wurde, hatte er zusammen mit Denise persönlich die Ermittlungen geleitet. Es war der letzte Einsatz seiner Partnerin gewesen, wie er sich wehmütig erinnerte. Zu ihren Plänen hatte sie sich immer noch nicht geäußert.

»Ja, aber da ist noch etwas, das dich interessieren wird«, nickte Wolfgang begeistert. »Im April läuft das Erziehungsjahr aus, und Chrissie will unbedingt zurück in den Polizeidienst. Mit der neuen Wohnung ist auch eine Ganztagsbetreuung für die Kinder der Angestellten verbunden. Chrissie kommt also wieder zurück, zunächst aber nur halbtags, bis unser Kleiner aus dem Gröbsten heraus ist!«

»Bei mir ist momentan leider kein Platz und unser alter Chef hat, soweit ich weiß, auch nichts frei. Ich werde mich mal umhören. Könnte sein, dass Melanie etwas hat.« *Was mit Sicherheit der Fall ist*, fügte er in Gedanken hinzu. »Apropos zurückkommen: Hat sich deine Frau eigentlich entsprechend geäußert, Sven?«, fragte er betont beiläufig.

»Was?«, schreckte der aus seinen Gedanken auf. »Äh … Nein, du kennst sie ja. Bevor es nicht spruchreif ist, sagt sie nie einen Ton! Ich könnte mir jedoch vorstellen, dass sie nicht abgeneigt wäre. Nicht, dass wir uns missverstehen. Denise bereut ihre Entscheidung nicht, aber im kommenden Jahr wird Leo eingeschult und Nick ist dann auch bald dran. Das macht ihr schon zu schaffen, glaube ich. Und seit sie wieder ermittelt, ist sie richtig aufgeblüht: Ich denke, sie hat ihre frühere Tätigkeit vielleicht vermisst, ohne dass ihr das bewusst geworden ist.«

Tobias dachte daran, wie Denise auf der Rückfahrt zum Kommissariat stumm aus dem Fenster geschaut und auf seine Gesprächsversuche gar nicht oder nur einsilbig geantwortet hatte. Sowas hatte sie schon bei ihrem letzten gemeinsamen Fall vor über einem Jahr gemacht und die Folge ihrer Grübeleien war dann die

Kündigung gewesen, die sie ihm erst mitgeteilt hatte, als bereits alles entschieden war.

»Da kann man womöglich ein wenig nachhelfen«, überlegte er laut. »Sprich bei Gelegenheit mal mit ihr darüber, auf dich hört sie! Aber mach es bitte nicht zu auffällig, sondern eher irgendwie beiläufig. Warte am besten auf einen ›passenden‹ Zeitpunkt! Denise hört bekanntlich das Gras wachsen und die Flöhe husten. Wenn sie herausbekäme, dass wir beide uns diesbezüglich einig sind, wäre das nicht gut, fürchte ich. Sie muss glauben, dass es ihre eigene Entscheidung ist!«

»Was mich betrifft, ist sie in dieser Disziplin Meisterin«, grinste Sven schief. »Mir sieht sie dagegen an der Nasenspitze an, wenn ich was vorhabe!«

»Ja, sie hat ein feines Gespür, deshalb ist sie eine so gute Ermittlerin. Diesmal müssen wir versuchen, ihr einen Schritt voraus zu sein!«, beschwor Tobias ihn. »Was ist? Habt ihr beide Lust, eine Runde gegen mich zu verlieren?«, wechselte er unvermittelt das Thema mit einem Blick zu dem gerade freigewordenen Dart-Automaten.

»Träum weiter!«, brummte Wolfgang und griff zu seinen Darts, die in seiner Pranke nahezu vollständig verschwanden. »Was glaubst du denn, was die Jungs und ich den ganzen Tag auf der Wache machen? Du hast keine Chance!«

Tobias ließ es unkommentiert und nahm ebenfalls seine Pfeile zur Hand. Alles, was für ihn augenblicklich zählte, waren die Informationen, die seine Leute heute zusammengetragen hatten. Damit würden sie am Montag mit vereinten Kräften hoffentlich endlich den Nebel ein wenig lichten, der bisher über diesem vertrackten Mordfall lag!

Kapitel 10

Der Nebel lichtet sich

»Bevor wir uns gemeinsam in das recht umfangreiche Tagespensum stürzen«, eröffnete Tobias Heller die heutige Teamsitzung, »widmen wir uns zunächst den erfreulich detaillierten Informationen zu einer Frau namens Helena Boss, bisher bekannt als namenlose Person auf einem Schwarz-Weiß-Foto, das an der Scheune am Abend des Feuers gefunden wurde. Und dass wir diese Auskünfte so rasch erhalten haben, ist dem fragwürdigen Verhalten eines früheren Kollegen von Denise bei der Kölner Kripo zu verdanken, er hat die Fallakte nämlich einfach unterschlagen!«

Er hob den Aktendeckel hoch, den er am Tag zuvor von seinem Ausflug mitgebracht hatte. »Keine Sorge, ich habe Erste Hauptkommissarin Anna Stahl selbstverständlich darüber informiert, dass wir die damalige Fallakte im Besitz haben, und sie ist damit einverstanden, dass wir sie benutzen! Ich habe sie digitalisiert und bereits in die Falldatenbank hochgeladen. Macht euch selbst ein Bild davon!« Mit einem beiläufigen Tastendruck auf seinem Kontrollpanel ließ er vor jedem besetzten Platz die versenkten Monitore und Tastaturen ausfahren, die leise surrend ihre Positionen einnahmen. Für seine Ermittler war das eine stumme Aufforderung, dass jeder für sich diese Akte jetzt lesen sollte.

Während alle bis auf Denise, die mit ihm in Köln-Porz gewesen war, sich mit der nicht sehr umfangreichen Akte beschäftigten, ließ er noch einmal Revue passieren, was für *ihren* Fall eventuell Wissenswertes darin stand. Es ging um die damals vierundzwanzigjährige, ledige Helena Boss. Auf dem Heimweg spät in der Nacht von einer Gaststätte, wo sie als Bedienung gearbeitet hatte, war sie in einer dunklen Gasse von einem Mann überfallen und vergewaltigt worden.

Die mit extremer Brutalität ausgeführte Tat hätte der jungen Frau wahrscheinlich das Leben gekostet, wäre nicht einige Minuten später ein Mann aus der Kneipe gekommen. Er rief sofort einen Notarzt, als er sie in ihrem Blut dort liegen sah. Als sie Tage später vernehmungsfähig war, konnte sie der Polizei eine vage Beschreibung des Kerls geben, der sie überfallen hatte, doch eine Fahndung mit dem erstellten Phantombild war erfolglos und wurde schließlich eingestellt. Fest stand aber, dass es niemand aus der Gaststätte war, denn dort hatte sich zu dieser Zeit außer dem Wirt und dem Mann, der sie später gefunden hatte, niemand mehr aufgehalten.

Doch das wohl Wichtigste für die weiteren Ermittlungen der SOKO war die Tatsache, dass Helena Boss schwanger geworden war und das Kind auch ausgetragen hatte. Mit nicht geringer Wahrscheinlichkeit handelte es sich bei dem gesunden Jungen, den sie neun Monate nach ihrer brutalen Vergewaltigung zur Welt brachte, um den Mann, dessen bis zur Unkenntlichkeit verbrannte Leiche man in den Trümmern der ausgebrannten Scheune gefunden hatte. Hierauf stützte sich jetzt ihre ganze Hoffnung.

»Das ist jetzt fast dreißig Jahre her«, stelle Vanessa fest, die am schnellsten lesen konnte und mit ihrer Lektüre bereits durch war. »Damit kommt Olaf Trost als Vergewaltiger schon mal nicht infrage, da er 1993 noch nicht geboren war. Außerdem hat das Phantombild überhaupt keine Ähnlichkeit mit ihm!«

»Was hätte er auch für ein Motiv haben sollen, den Sohn zu töten?«, wandte Jasmin ein, die jetzt ebenfalls den Blick vom Bildschirm löste. »Und das Phantombild ist kaum mehr als eine bessere Strichzeichnung, die sieht niemandem ähnlich. Da ist es ja kein Wunder, dass die Fahndung keinen Erfolg hatte!«

»Das Motiv muss woanders liegen«, kam jetzt auch Jonas dazu. »Diese Vergewaltigung ist längst verjährt und kein Grund für einen Mord!« Tobias hatte ihm und den anderen am Freitag nur einen kurzen Überblick gegeben und aus Zeitgründen das Hauptaugenmerk zunächst auf Recherchen zur Person der Helena Boss gelegt, deren Resultate nun vorgetragen werden sollten. Ausgeruht aus dem Wochenende kommend, würden sie viel effektiver damit arbeiten können, als wenn sie es sozusagen ›mit nach Hause‹ genommen hätten. Das hoffte er jedenfalls.

»Verdeckung einer Straftat ist nicht das einzige Mordmerkmal«, erinnerte Tobias ihn. »Es gibt noch andere Beweggründe, die vor Gericht als Mordmotive gewertet werden, wie beispielsweise Habgier, Neid oder Rache! Doch es ist nicht gesagt, dass die damalige Tat verjährt ist. Für die Vergewaltigung gilt das leider, nach meinem Dafürhalten müsste sowas viel härter bestraft werden! In der Akte steht aber, dass der Täter mehrmals auf sein Opfer eingestochen hat, was von einem Gericht als Verdeckung einer Straftat gewertet werden könnte und somit ebenso wie ein vollendeter Mord niemals verjährt! Fahren wir jedoch zunächst mit dem fort, was ihr am Freitag herausfinden konntet«, kam er daher zum logisch folgenden Schritt. »Also alle Daten zu Helene Boss und ihrem heute neunundzwanzigjährigen Sohn.«

Das war zwar hinreichend bekannt, doch Tobias hatte die Erfahrung gemacht, dass einzeln erarbeitete Fakten sich wesentlich besser einprägten, wenn sie in der Gruppe diskutiert wurden. *Brainstorming* nannte er das. Meist kam noch was dabei heraus. Nach zehn Minuten, in denen seine Ermittler die erarbeiteten Fakten eher lustlos durchgekaut hatten, musste er jedoch einsehen, dass dies heute nicht der Fall war. Im Gegenteil brannten seine Leute offenbar darauf, endlich mit voller Kraft loslegen zu können. Diesen Gefallen konnte er ihnen tun, denn das vorgesehene Arbeitspensum war enorm!

* * *

Zwei Stunden später

»Ich hoffe, ihr beide wisst, was ihr tut!«, wandte Anna Stahl sich an Denise und Tobias, während sie mit einem Messer das polizeiliche Siegel an der Tür zerschnitt, vor der sie standen. Dann kramte sie in ihrer Tasche und förderte ein Schlüsselbund zutage. »Der Fall ist im Grunde abgeschlossen, weswegen es keine Rechtfertigung für uns gibt, diese Wohnung zu betreten«, verkündete sie ihnen beim Aufschließen. »Da ich meinen Abschlussbericht noch nicht abgegeben habe, ist das noch nicht offiziell. Ihr wisst aber hoffentlich, dass normalerweise ein Haufen Papierkram zu erledigen wäre, um hier auch nur einen Blick hineinzuwerfen!«

Die Wohnung, die sie jetzt betraten, hatte Helena Boss gehört, die vor einem Monat dort auch zu Tode gekommen war. Und weil sie in Köln-Kalk lag, hatte Tobias die frühere Kollegin seiner Partnerin gebeten, ihnen sozusagen ›auf dem kleinen Dienstweg‹ Zutritt zu verschaffen, was sie aus alter Freundschaft getan hatte. »Helena Boss starb laut Autopsiebericht von eigener Hand«, fuhr sie fort. »Ein Fremdverschulden ist ausgeschlossen. Vergesst aber nicht, dass ihr euch in *meinem* Zuständigkeitsgebiet aufhaltet! Aus dieser Wohnung wird ohne meine Erlaubnis nicht mal ein Stäubchen entfernt, dass das klar ist!« Sie warf dem mitgekommenen Forensiker einen drohenden Seitenblick zu.

»Auf so einen Gedanken würden wir nicht mal im Traum kommen, liebste Anna!«, gab Tobias liebenswürdig, jedoch mit übertriebener Betonung zurück, was von ihr mit einem Schnauben quittiert wurde. Diesbezüglich kannte sie ihn nämlich gut genug und Denise zeigte ab und zu auch Tendenzen, fünf gerade sein zu lassen, wenn es darauf ankam. Von wem sie das hatte, war wohl sonnenklar! »Doch im Ernst, wir werden uns hier nur ein wenig umschauen, versprochen!«, fügte Tobias aber besänftigend hinzu, bevor er hinter Denise die Wohnung betrat. Die unmittelbare Nachbarschaft der Zuständigkeitsgebiete führte nicht selten zu Überschneidungen, daher wollte er es sich mit Anna auf keinen Fall verderben.

Das Erste, was Tobias auffiel, als er in das kleine Wohnzimmer trat, waren wunderschöne, mit großer

Liebe zum Detail gezeichnete Landschaftsbilder, die überall in Plastikrahmen an den Wänden hingen. Er zählte automatisch durch und kam auf fünf Stück, die offenbar alle von demselben Künstler hergestellt worden waren. Einige der mit Zeichenkohle angefertigten Motive erkannte er sofort, es waren ihm sehr bekannte Gegenden in der Wahner Heide. Er ging zu dem nächstgelegenen Bild, welches unverkennbar die ›Boxhohner Eiche‹ zeigte, einen tausend Jahre alten Baum, der 2019 nach einem Blitzschlag endgültig in sich zusammengefallen war. Diese Zeichnung musste vorher entstanden sein. Nach einer Signatur, die ihm Auskunft über den Künstler gab, suchte er allerdings vergebens.

»Die hat die Bewohnerin dieser Wohnung anscheinend selbst angefertigt«, drang die näselnde Stimme der Kölner Kollegin in seine Gedanken. Sie hatte sein Interesse an den Bildern offenbar bemerkt. »Es gibt noch einige davon in einer Zeichenmappe. Wie wir nach ihrem Suizid herausfanden, war sie seit einigen Jahren mit Depressionen in psychologischer Behandlung. Die Bilder könnten eine Art Therapie darstellen. Sie war anscheinend sehr begabt, denn sie hatte nie Kunstunterricht. Von der Vergewaltigung vor dreißig Jahren wussten wir nichts. Wie denn auch, wenn die Fallakte dreist entwendet wurde, bevor sie digitalisiert werden konnte!« Ihrem Tonfall gemäß hatte sie nicht vor, ihrem ehemaligen Kollegen dies in absehbarer Zeit zu verzeihen. »Wir hätten in ganz anderer Richtung ermittelt, wenn wir es gewusst hätten!«

»Aber wenn doch definitiv kein Fremdverschulden vorlag ...?«, wandte Denise ein, wobei sie ihren Satz unvollendet ließ. »Wie hatte sich ihr Sohn denn dazu geäußert?«

»Der war nicht sonderlich gesprächig. Ein komischer Kauz, wenn du mich fragst! Er wohnt ja auch nicht hier in Köln, sondern in Bad Honnef, wie ihr mittlerweile sicher herausgefunden habt. Wir haben ihn natürlich einbestellt, er ist der Einladung aber nur widerwillig gefolgt. Doch du hast recht, es hätte überhaupt keinen Unterschied gemacht. Eine Überdosis Schlaftabletten, keinerlei Einbruchsspuren, der Sohn hatte ein wasserdichtes Alibi und kein Motiv.«

»Wie es aussieht, ist Oliver Boss jetzt aber ebenfalls tot«, äußerte sich Tobias dazu. »Und dieses Mal ist es höchstwahrscheinlich Mord und wir vermuten einen Zusammenhang mit der Vergewaltigung!«

»Hier, das dürfte dich interessieren!«, brummte Jürgen Vogel, der unbemerkt hinzugetreten war und ihm jetzt eine Mappe im DIN-A2-Format in die Hand drückte. »Haben wir in einer Schublade gefunden!« Sprach's und war wieder verschwunden.

»Der verschluckt sich auch irgendwann an seiner Mundfaulheit«, grinste Anna Stahl, die dem kauzigen Leiter der Siegburger Forensik heute zum ersten Mal begegnete. Tobias hingegen streifte sich Latexhandschuhe über und öffnete neugierig die Mappe.

»Das sind durchweg Porträtzeichnungen von ein und derselben Person!«, verkündete er nach einem leisen Pfiff, bevor er die bereits von Anna erwähnte Zeichenmappe an seine Partnerin weiterreichte.

»Und sie sehen der Phantomzeichnung des Vergewaltigers verdammt ähnlich!«, nickte Denise, wobei ihre Augen in einem verhaltenen Feuer zu leuchten schienen. »*Diese* Zeichnungen sind jedoch sehr viel detaillierter, man kann praktisch jede Hautunebenheit und jeden Pickel erkennen. Wenn das nicht bloß Hirngespinste sind, kriegen wir den Kerl damit!«

* * *

Natürlich waren diese allzu enthusiastisch hervorgebrachten Worte mit Vorsicht zu genießen, schließlich zeigten die Zeichnungen, wenn überhaupt, aller Wahrscheinlichkeit nach den Täter, wie er *vor dreißig Jahren* ausgesehen hatte. Sofern diese aus der Erinnerung gezeichneten Gesichter eine reale Entsprechung hatten und nicht bloß ein Ausbund der Fantasie der Künstlerin darstellten. Und ob der darauf abgebildete Mann etwas mit dem aktuellen Fall zu tun hatte, war obendrein nicht erwiesen. Ganz auszuschließen war es jedoch nicht.

Doch von diesem Fund wussten Jasmin, Vanessa und Erik ohnehin nichts, als sie in Begleitung von Rieke Martinen die kleine Wohnung von Oliver Boss betraten, laut ihren Recherchen der einzige Sohn der Verstorbenen. Den Durchsuchungsbeschluss hatten sie vor Antritt der Fahrt erhalten und der alten Frau überreicht, die ihm zwei winzige Zimmer unter dem Dach ihres am Rhein gelegenen Häuschens vermietet hatte. Da die Witwe einen Schlüssel besaß, waren sie nicht gezwungen, das Schloss aufzubrechen, denn alles, was die verkohlte Leiche bei sich hatte, war in den Flammen zerstört worden.

Das galt natürlich vor allem für das Handy, das er in der Tasche gehabt hatte und das in der Gluthitze des Feuers nicht nur zu einem Klumpen geschmolzen war, sondern sich darüber hinaus mit Kleidung und Körpergewebe fest verbunden hatte. Doch um genau dieses Telefon ging es ihnen hauptsächlich bei dieser

Durchsuchung. Beziehungsweise um die Rufnummer und den Namen seines Mobilfunkproviders, denn mit diesen Angaben würde es möglich sein, ein vollständiges Bewegungsprofil des Besitzers im Zeitraum um dessen Tod herum zu erstellen.

Während die drei Ermittler sich in der zwar spärlich möblierten, aber immerhin sauberen Behausung nach entsprechenden Hinweisen umsahen, machte die Forensikerin sich in ihrer bedächtigen Art daran, gewissenhaft nach Fremdspuren zu suchen, denn das war Riekes Spezialgebiet. Dies war zwar kein ausgewiesener Tatort, doch es wäre sträflicher Leichtsinn gewesen, hätte man die Möglichkeit eines persönlichen Kontaktes mit seinem späteren Mörder nicht in Erwägung gezogen.

Im Kommissariat warteten derweil Martin und Jonas sehnsüchtig auf Informationen von der Front, damit sie dann sofort loslegen konnten. Tobias hatte diese Arbeitsaufteilung für am sinnvollsten erachtet, um nicht weitere wertvolle Zeit zu verlieren. Schließlich war schon eine geschlagene Woche vergangen, in der sie praktisch im Kreis gelaufen waren. Dagegen überstürzten sich die Ereignisse jetzt nahezu, doch so war es immer. Erst hinkte man dem Erfolg hinterher und dann kam man kaum noch damit nach, alles zu verwerten, was sich ergab.

Jasmin wühlte in dem Regal über einem zerschlissenen, offenbar vom Sperrmüll stammenden Sessel, das unordentlich mit Papieren überladen wirkte. Mit ruhigem Gewissen dorthin gesetzt hätte die Kommissarin sich gewiss nicht. Erik kurvte leichtfüßig um die auf allen glatten Flächen mit Pulver und Pinsel nach Fingerabdrücken fahndende Rieke herum und öffnete auf der Suche nach brauchbaren Unterlagen rasch einige Schranktüren, sobald sie dort fertig war. Die Friesin ließ sich davon wie gewohnt nicht beirren und tat, als sei sie allein.

Vanessa hatte bereits beim Betreten der Wohnung sofort den altersschwachen Laptop auf einem Tischchen neben dem Fernseher erspäht und nahm sich diesen zuerst vor. Amara Jones war zwar nicht mitgekommen, doch Tobias hatte sie seinerzeit vor allem wegen ihres Talents im Umgang mit elektronischen Geräten eingestellt. Vanessa hatte natürlich nicht die Klasse der IT-Spezialistin, aber für einfachere Hacks, um einen Computer oder ein Handy zu entsperren, reichten ihre Fähigkeiten allemal aus.

Als sie den Computer von dem kleinen Tisch zog, fiel ein Blatt Papier zu Boden, das zusammengefaltet darunter gelegen hatte. Sie hob es auf und entfaltete es vorsichtig, was mit den Latexhandschuhen etwas umständlich war. Es entpuppte sich als ein mit Kohle gezeichnetes Porträt eines unbekannten Mannes, der auf dem Bild ungefähr dreißig Jahre alt sein mochte. Sie faltete es sorgfältig zusammen und widmete sich dem Laptop. Er war nicht passwortgeschützt und auf dem Desktop sprang ihr ein Programm ins Auge, das sie sofort öffnete.

»Ich habe eine Rechnung zu einem Mobilfunktarif gefunden!«, rief Erik jetzt und hielt ein Dokument in seiner Hand, das er in ihre Richtung schwenkte. Laut Tobias war Vanessa die unmittelbare Ansprechpartnerin für den Kommissaranwärter.

»Dann schreib Martin oder Jonas eine SMS mit den Providerdaten«, gab sie abwesend zurück, denn das Bild, das sich in diesem Augenblick auf dem Laptop öffnete, war eine kleine Sensation! »Den nehmen wir mit!«, verkündete sie ihm und Jasmin. »Und natürlich alles, was sonst irgendwie interessant aussieht. Ich glaube, wir sind auf der richtigen Spur!«

* * *

Helios Klinikum, Intensivstation

Die Schwester – auf einem kleinen Messingschild an ihrem Kittel stand der Name Ricarda – beugte sich ein letztes Mal über die bleiche Gestalt und richtete liebevoll seine Zudecke. Ihr Patient bekam es sicher nicht mit, denn er war seit fast einer Woche in einem künstlichen Heilkoma, aus dem er in spätestens drei Tagen geweckt werden sollte, sofern keine Komplikationen auftraten. Der Mann lag auf dem Rücken, und obwohl sein Kugelbauch in dieser Position hügelartig aufragte, wirkte er klein und hilflos, wie er so dalag, den Kopf von einer Schädeloperation dick bandagiert und an eine Herz-Lungen-Maschine angeschlossen. Ein Vital-Monitor gab leise Pieptöne in einem beruhigenden Rhythmus von sich, vom Zischen des Beatmungsgeräts begleitet. Für Ricarda eine wohltuende Sinfonie, denn es signalisierte Normalität.

Wäre Manfred Kornelius bei Bewusstsein, hätte er sich bestimmt über den turbanartigen Kopfverband lustig gemacht, doch stattdessen kämpfte er um sein Leben, ohne es zu wissen. Schwester Ricarda prüfte noch die Herz-Lungen-Maschine und die Anschlüsse des Monitors, bevor sie auf leisen Sohlen den Raum verließ. Nicht alle Patienten waren ohne Bewusstsein und jeder von ihnen benötigte Ruhe. Deshalb konnte man um jedes Bett bei Bedarf einen Vorhang ziehen, was bei einigen der Fall war. Normalerweise taten auf der Intensivstation ständig zwei Schwestern Dienst, doch Pflegekräfte waren momentan Mangelware und der Zustand von keinem der derzeit sechs Patienten war kritisch, weshalb Ricardas Kollegin Rita mit dem Stationsarzt auf Visite war.

Der Aufenthaltsraum für die Stationsschwestern war zudem nebenan, sodass Ricarda, eine erfahrene Krankenschwester von siebenunddreißig Jahren, sich keine Sorgen machen musste, denn bei einem Notfall wäre sie innerhalb von Sekunden zur Stelle. Und was sollte schon großartig geschehen? All ihre Patienten waren stabil und der Komapatient an ein zuverlässig arbeitendes Lebenserhaltungssystem angeschlossen. Solange es seinen Dienst tat, konnte nichts passieren. Der durchdringende Alarm eines Vital-Monitors von nebenan erwischte sie daher kalt. Sie ließ alles fallen, was sie gerade in den Händen hatte, und stürzte in den Raum, den sie soeben verlassen hatte. Der Alarm kam von Kornelius' Bett und sie sah sofort, was der Grund war, denn das Beatmungsgerät gab keinen Ton mehr von sich! Fast wie von selbst ging ihre Hand an ihren Gürtel zum Pager, um den Arzt zu rufen.

Dr. Schreiber hatte sofort alles stehen und liegen lassen und kam zwanzig Sekunden später in Begleitung eines Assistenzarztes und Schwester Rita angerannt. Die Frage, weshalb das Beatmungsgerät abgeschaltet war, stellte er zurück, denn jetzt war keine Zeit mehr zu verlieren! Der Assistenzarzt reichte ihm wortlos einen der Defibrillatoren, die in einem Wandschrank aufbewahrt wurden, Rita entblößte die Brust des Patienten und Augenblicke später erklang das typische Geräusch der Entladung.

Die Herzlinie des Monitors ließ sich davon jedoch nicht beeindrucken und blieb flach. Es dauerte einige Sekunden, bis das Gerät wieder einsatzbereit war. Es erfolgte eine erneute Entladung und ein Aufbäumen des nach wie vor leblosen Körpers, als über tausend Volt ihn durchströmten. Erneut gingen sämtliche Blicke zum Monitor, doch der zeigte immer noch eine Flatline. Auch sein dritter Versuch blieb wirkungslos, Dr. Schreiber ließ den Defibrillator sinken und schüttelte traurig den Kopf.

Kapitel 11

Ein herber Rückschlag?

»Selbstverständlich habe ich nach drei Versuchen nicht aufgegeben!«, berichtete Dr. Rüdiger Schreiber den Ermittlern. Aufgrund der höchst verdächtigen Umstände – Schwester Ricarda hatte ihm versichert, die Funktion des Beatmungsgerätes wenige Augenblicke zuvor kontrolliert zu haben – hatte er unverzüglich die Nummer auf der Visitenkarte angerufen, die der Polizeibeamte ihm bei seinem Besuch überlassen hatte, und Tobias Heller war gemeinsam mit Denise Malowski sofort von Köln aufgebrochen. »Ein Gehirn kann nach einem Herzstillstand fünf Minuten überstehen, ohne Schaden zu nehmen«, fuhr er fort. »Und endlich, nach dem fünften Einsatz des Defibrillators, gab es einen Ausschlag auf der Herzlinie! Dem Patienten geht es den Umständen entsprechend gut, wir werden ihn jedoch sicherheitshalber einige Tage länger als ursprünglich geplant im Koma halten.«

»Die Herz-Lungen-Maschine war tatsächlich abgeschaltet, als sie hinzukamen?«, vergewisserte Denise sich. »Nicht etwa defekt? Wieso war Herr Kornelius überhaupt an ein solches Gerät angeschlossen? Sein Herz war doch völlig intakt, oder nicht?«

»Sie war abgeschaltet, Frau Kommissarin. Um der Wahrheit die Ehre zu geben, war der Stecker gezogen. Das muss jemand mit der erklärten Absicht gemacht haben, den Patienten zu töten!« Er rieb sich müde die Augen. »Und ich dachte immer, sowas gibt es nur in schlechten Krimis! Was die Maschine angeht, hatten wir ihn daran angeschlossen, weil es bei Komapatienten vorkommen kann, dass das Gehirn schon mal vergisst zu atmen, wenn es, wie im vorliegenden Fall, etwas angeschlagen ist. Allerdings muss der Patient anschließend an ein selbstständiges Atmen gewöhnt werden. Ein abruptes Abschalten kann zum Kollaps führen, wie es ja auch geschehen ist. Wenn Schwester Ricarda nicht sofort zur Stelle gewesen wäre, hätten wir ihn verloren!«

»Womit wir beim Thema wären!«, wandte Tobias sich an den Stationsarzt. »Wir müssen dringend mit der Schwester über diesen Vorfall reden, und wenn es sich einrichten ließe, auch mit ihrer Kollegin. Wäre das machbar?« Er sah auf seine Armbanduhr: Es war kurz nach Mittag, die Tagesschicht dürfte also noch im Dienst sein. Denise hingegen machte bereits Überstunden, was er ihr hoch anrechnete.

»Selbstverständlich«, nickte Schreiber. »Ich darf Ihnen aber versichern, dass Schwester Ricarda über jeden Zweifel erhaben ist, und ihre Kollegin war mit mir auf Visite, als das passierte!«

* * *

Ricarda Moreno sah man ihre Herkunft sofort an. Die Enddreißigerin war knapp 1,60 Meter, stämmig und glutäugig. Das lange, rabenschwarze Haar hatte die Spanierin zu einem kunstvollen Knoten an ihrem Hinterkopf geflochten. Ihre Kollegin Rita Grommes hatten Denise und Tobias bereits vernommen und an ihre Arbeit zurückgeschickt. Sie hatte zu dem Vorfall nichts von Bedeutung sagen können und als Täterin kam sie ohnehin nicht in Betracht, da sie mit ihrem Arzt auf Visite war, als das passierte. Ganz anders sah es dagegen bei Ricarda Moreno aus. Sie war, egal was Dr. Schreiber dazu sagte, zur Tatzeit zumindest in der Nähe gewesen! Für tatverdächtig hielt Tobias sie aber zunächst nicht.

»Sie sagten vorhin, dass auf der Station niemand außer den Intensivpatienten und Ihnen war, als Sie die Gerätschaften kontrollierten«, nahm er Bezug auf ihre ursprüngliche Angabe. Sie hatten sich zu diesem Zweck in den Aufenthaltsraum zurückgezogen, der momentan nicht benutzt wurde, da die Schwestern alle bei der Essensausgabe waren. Denise machte sich derweil ihre Notizen, denn im Gegensatz zu Tobias verfügte sie nicht über ein unfehlbares Gedächtnis. »Anschließend gingen Sie auf direktem Wege hierher. Wie viel Zeit ist nach Ihrem Gefühl etwa vergangen, bis der Alarm von dem Vital-Monitor ertönte?«

»Nicht sehr viel, denke ich«, sagte sie nach kurzem Nachdenken. »Die Intensiv ist gleich nebenan, damit wir sofort reagieren können, wenn es erforderlich ist. Ich glaube, es war weniger als eine Minute oder so.«

Denise hob den Blick von ihrem Notizblock: »Hätte sich in der Zeit, die sie benötigten, in dieses Zimmer zu gehen, irgendjemand hinter ihrem Rücken in die Intensivstation schleichen können?«

»Nein, auf keinen Fall!«, schüttelte Ricarda Moreno den Kopf. »Die Tür lässt sich von außen ausschließlich vom Pflegepersonal öffnen und ich weiß genau, dass ich sie geschlossen hatte. Aber jetzt, wo Sie es erwähnen … Als ich nach dem Alarm hineinging, sah ich einen Mann den Flur hinunterlaufen. Er schien es ziemlich eilig zu haben!«

»Von innen kann man die Tür jedoch problemlos öffnen?«, hakte Tobias ein. »Könnte sich der Täter in dem Raum aufgehalten haben? Gibt es dort Gelegenheiten, sich zu verbergen?«

Schwester Ricarda dachte lange nach, wobei sie die Stirn in Falten legte. »Da kommen eigentlich nur die Betten in Betracht«, meinte sie. »Man kann bei Untersuchungen zur Wahrung der Privatsphäre Vorhänge zuziehen. Ich erinnere mich, dass sie bei zwei Betten geschlossen waren, obwohl sie nicht belegt sind. Ich hatte mir aber nichts weiter dabei gedacht«, fügte sie wie entschuldigend hinzu.

Denise und Tobias tauschten einen einvernehmlichen Blick. Es gab nur eine Möglichkeit, wie der Täter in die Intensivstation gelangt sein konnte. Er musste mit Besuchern hineingeschlüpft sein, womöglich schon Stunden zuvor. Auf eine diesbezügliche Frage bestätigte Schwester Ricarda ihnen, dass es solche Besuche an diesem Morgen gegeben hatte. Leider war es völlig ausgeschlossen, die belegte Station von Tatortermittlern untersuchen zu lassen. »Ob wir uns die beiden Betten hinter den Vorhängen wohl mal kurz ansehen dürften?«, fragte Tobias ohne große Hoffnung.

»Das ist ein herber Rückschlag für uns«, äußerte sich Denise zehn Minuten später. Sie hatten sich zwar in der Station kurz umschauen dürfen, jedoch nichts Verdächtiges entdecken können. Falls der Attentäter sich hinter einem der Vorhänge verborgen hatte, war er mit äußerster Umsicht vorgegangen und hatte sich weder auf ein Bett gesetzt noch irgendwas angefasst.

»Kornelius hat zum Glück überlebt, aber es wird nun noch länger dauern, bis er vernehmungsfähig ist!«

»Das stimmt zwar, doch als Rückschlag würde ich das nicht direkt bezeichnen«, gab Tobias mit einem feinen Lächeln zurück. »Wir haben nämlich jetzt die Gewissheit, dass der Täter Kornelius als Bedrohung betrachtete, die er aus dem Weg räumen wollte. Und er kann nicht wissen, dass es ihm nicht gelungen ist! Wenn wir es geschickt anstellen, können wir ihn in dem Glauben lassen, er hätte den einzigen Menschen ausgeschaltet, der ihn identifizieren kann!«

»Du meinst, wie vor zwei Jahren bei den ›mörderischen Schwestern‹, die auf uns geschossen hatten?«, fragte Denise. Sie konnte sich noch sehr gut an diese Begebenheit erinnern, bei der nur ihre Schutzwesten Schlimmeres verhindert hatten. Ihr Partner wäre fast verblutet und sie hatte wegen einer Rückenprellung nicht gehen können und mehrere Tage im Rollstuhl gesessen. Tobias hatte Irene Leitner vom *Rhein-Sieg-Echo* über ›Kontakte‹, die er nicht preisgeben wollte, gesteckt, dass die beiden beteiligten Beamten bei der Schießerei getötet worden waren, ohne deren Namen zu nennen. Und die hatten das auch gedruckt »Aber die Leitner ist jetzt aus dem Rennen, die können wir dieses Mal nicht einspannen, und Kornelius liegt im Koma!«

»Da wird mir schon etwas einfallen. Viel interessanter dürfte die Antwort auf die Frage sein, woher der Täter überhaupt *wusste*, wo er Manfred Kornelius finden würde! Ich werde ihm raten, ein Lotterielos zu kaufen, wenn er aufwacht«, fügte er grinsend hinzu. »Das Kerlchen verfügt entweder wie eine Katze über neun Leben, oder er hat bei all dem Unglück, das ihm ständig widerfährt, einen Haufen Dusel!«

* * *

»Bleibt abschließend noch zu erwähnen, dass der Attentäter zwar umsichtig vorging, als er sich in der Intensivstation versteckte, um einen günstigen Zeitpunkt für seine Aktion abzuwarten«, beendete Tobias seinen Bericht, »doch andererseits war er bestimmt kein Mediziner oder vom Pflegepersonal. Ein solcher hätte nämlich zuallererst den verräterischen Vital-Monitor abgeschaltet. Es war demnach ein Fremder. Und das ist zusätzlich eine unserer vordringlichsten Aufgaben: Herauszufinden, woher er – die Schwester sah ja einen Mann davonlaufen – sein Wissen über Kornelius' Zustand und Aufenthaltsort hatte. Es hat aus gutem Grund nicht in der Zeitung gestanden!«

»Das wird mit der Tatsache zu tun haben, dass er erst heute zuschlug«, vermutete Erik. Der Kommissaranwärter war auf dem Sprung zu einer Vorlesung und hatte seinen Platz am Besprechungstisch neben dem Chef eingenommen. Es sprach für ihn, dass er trotzdem wusste, worum es ging. Denise hatte sich sofort im Anschluss an den Krankenhausbesuch in den Feierabend verabschiedet, sodass der Platz neben Erik leer war.

»Das Attentat war heute«, fuhr er verlegen fort, als er die Aufmerksamkeit sämtlicher Anwesenden auf sich gerichtet sah. »Also fast eine Woche *nach* dem Angriff auf Kornelius in der abgebrannten Scheune! Zwei Tage später hatte der Chef eine unerfreuliche Auseinandersetzung mit dem Kriminaldirektor, der von seiner Schwester wusste, dass der Reporter sich bei ihr dreist als Kriminalbeamter ausgegeben hatte. Na, dämmert es?«

»Willst du etwa andeuten, Albrecht könnte seiner Schwester gesagt haben, dass Kornelius auf Intensiv liegt, und der Attentäter hätte seine Kenntnis von *ihr*?«, hauchte Jasmin erschrocken. »Wenn das wahr wäre, hätte der Kriminaldirektor sich einer schweren Verfehlung schuldig gemacht!«

Es wäre nicht das erste Mal, dachte Tobias grimmig. »Eure Gedanken sind durchaus schlüssig«, wandte er sich an Erik und Jasmin. »Deshalb werden wir diese Möglichkeit, so erschreckend sie auch ist, ab sofort in unsere Überlegungen einbeziehen! Konkret ergeben sich daraus zwei Konsequenzen: Wir werden uns nun genau überlegen, was wir ›nach oben‹ bekannt geben, und wir konzentrieren uns jetzt noch mehr als bisher auf den Bauernhof! Wir erinnern uns, dass Kornelius den Angreifer offenbar erkannte. Was, wenn er ihn kurz zuvor auf dem Hof gesehen hatte?«

»Dann müssen wir dort ebenfalls mit allergrößter Vorsicht agieren«, wandte Martin in seiner bedächtigen Art ein. »Die Bäuerin heult sich doch gleich wieder bei ihrem Bruder aus, wenn wir ihr oder ihrer Familie zu nahe auf die Pelle rücken!«

»Es existieren wesentlich subtilere Methoden, als Verdächtigen die Bude einzurennen, bis sie entnervt alles gestehen!«, lächelte der SOKO-Chef nachsichtig. Wie zufällig blickte er dabei Martin an, dessen ›Spezialität‹ diese Art von Ermittlung im Allgemeinen war. Der Hauptkommissar hob bloß grinsend die Schultern. »Doch dazu kommen wir später«, fuhr Tobias fort. »Zunächst überlegen wir, was mit den Funden in den

Wohnungen von Mutter und Sohn Boss anzufangen ist! Wer will beginnen?«

»Ich denke, das sollte ich übernehmen!«, meldete sich eine dunkle, rauchige Stimme ganz rechts außen zu Wort. Amara Jones hatte sämtliche in der Kölner Wohnung sichergestellten Kohle-Porträts als verkleinerte Kopien vor sich ausgebreitet. Anna Stahl hatte deren Mitnahme erlaubt, da *ihre* Ermittlungen abgeschlossen waren. Das Porträt aus Bad Honnef hatte Amara separat gelegt. Selbstverständlich waren alle Zeichnungen in digitalisierter Form in der Falldatenbank abgelegt und an sämtlichen Plätzen verfügbar, die Aufmerksamkeit der Ermittler war hingegen jetzt auf die IT-Spezialistin gerichtet.

»Jürgen konnte in der kurzen Zeit natürlich keine Analyse des verwendeten Papiers durchführen«, fuhr sie fort. »Außerdem hätte er dafür Proben nehmen müssen, was bei Beweismaterial immer so eine Sache ist. Zum Glück war das aber in unserem Fall gar nicht nötig!« Sie legte eine bedeutsame Pause ein, bevor sie weitersprach: »Durch ein Wasserzeichen, welches bei sämtlichen Zeichnungen identisch ist – auch bei der aus Bad Honnef – konnte ich nämlich die Herkunft des Zeichenpapiers ausfindig machen. Diese spezielle Sorte kam vor elf Jahren erstmals in den Handel!«

»Etwa zu der Zeit, als Helena Boss ihre Behandlung wegen Depressionen begann«, warf Tobias ein. »Man wird uns ohne Einwilligung eines Angehörigen oder Gerichtsbeschluss keine Auskunft erteilen, doch die Zeichnungen waren vielleicht ein Teil der Therapie.«

»Wenn sie das zwanzig Jahre nach der Vergewaltigung gezeichnet hat, sind die Bilder bestimmt nicht aussagekräftig«, befürchtete Vanessa. »Denkt nur an die Phantomzeichnung. Sie wurde immerhin unmittelbar danach angefertigt und ist weniger genau!«

»Die wurde während ihrer Genesung im Krankenhaus gemacht. Nach einem traumatischen Erlebnis sind Erinnerungen nicht selten nachhaltig blockiert und kommen manchmal viele Jahre später zurück«, wusste Tobias, der vor seiner Laufbahn drei Semester Kriminalpsychologie belegt hatte. »Die Frage ist aber dennoch, welchen Wert diese Zeichnungen haben!«

»Das kann die Wissenschaft nicht beantworten«, grinste Amara Jones. »Was sie euch aber sagen kann, ist, dass *sämtliche* Bilder mit derselben Zeichenkohle angefertigt wurden, auch das aus Bad Honnef!«

»Wie das?«, wandte Erik ein. »Es handelt sich um Kohle, ist die nicht immer gleich aufgebaut? Das ist Kohlenstoff, da gibt es im Grunde genommen keine Unterschiede!«

»Wenn es welche zum Heizen wäre, würde ich dir sogar recht geben«, blitzte sie ihn amüsiert an. »Aber hierbei haben wir es nicht einfach mit gemahlener Holzkohle zu tun, da sind auch noch Bindemittel im Spiel, wie beispielsweise Gummiarabikum. Und da ist eine chemische Analyse erstens nicht schwierig und zweitens eindeutig! Ich habe jedoch noch mehr für euch!« Sie nahm einen USB-Stick zur Hand und stöpselte ihn in den Slot ihrer Tastatur. Die darauf gespeicherten Dateien lud sie in die Datenbank, wo sie für die Ermittler sichtbar wurden, nachdem sie die Freigabe erteilt hatte.

»Wie Vanessa bereits aufgefallen war«, erläuterte sie ihre beiden Porträts, die jetzt nebeneinander auf allen Monitoren erschienen, »befindet sich auf dem sichergestellten Laptop von Oliver Boss ein spezielles Programm, mit dem man Gesichter ›altern‹ lassen kann. Davon ausgehend, dass es dafür einen Grund geben muss, habe ich die mit dem Computer aufgefundene Zeichnung genommen und eine Berechnung durchgeführt. Hier seht ihr das von seiner Mutter gezeichnete Original und rechts daneben die dreißig Jahre ältere Version davon. Denn ganz gleich, wann die Porträts angefertigt wurden, zeigen sie dennoch wahrscheinlich das Aussehen des Täters zur Tatzeit!«

»Das war hervorragend mitgedacht!«, lobte Tobias sie. »Zwar ist das errechnete Ergebnis nicht gerichtsfest, da solche Programme nicht die Realität widerspiegeln, sondern eine Art Hochrechnung darstellen, jedoch haben wir mit dieser Software ein wichtiges Indiz in der Hand!« Er sah auffordernd in die Runde und erblickte nur ratlose Gesichter. »Das ist doch eindeutig«, hob er dann zu einer Erklärung an. »Die Tatsache, dass Oliver Boss das Porträt einer Alterung unterzogen hat, ist ein Beweis dafür, dass er von der Vergewaltigung wusste und auf der Suche nach dem Täter von damals war! Und irgendwie muss es ihm auch gelungen sein, ihn ausfindig zu machen! Wenn wir seiner Spur zu folgen, finden wir ihn ebenfalls!«

»Schön und gut«, ließ sich Jonas erstmals in dieser Runde vernehmen. »Aber das errechnete Gesichtsbild sieht niemandem ähnlich, den wir kennen. Ein bisschen schaut er aus wie eine ältere Version von Olaf Trost, aber der kommt altersmäßig nicht als der Täter von vor dreißig Jahren infrage und für den Brandanschlag hat er ein Alibi, das wir ihm bisher auch nicht widerlegen konnten. Was sollen wir deiner Meinung nach jetzt also mit *dieser* Information anfangen?«

»Ich sprach bereits von subtileren Methoden, als einem Verdächtigen die Bude einzurennen«, lächelte Tobias erneut. »Da aber alles darauf hindeutet, dass der Bauernhof auf irgendeine Weise in diese Sache verwickelt ist und Kornelius dort womöglich auf den Täter traf, werden zwei von euch morgen den ganzen Tag unauffällig die Leute observieren, die dort ein und aus gehen! Mit etwas Glück ist jemand dabei, der dem nachbearbeiteten Porträt ähnelt!«

Kapitel 12

Alles nur Zufall oder was?

»Sag einmal, wie ist Oliver Boss eigentlich dorthin gekommen, wo er verbrannt wurde?«, drang Martins Stimme in die Gedanken seines Partners. Jonas war seit geraumer Zeit mit irgendwelchen Recherchen im Internet beschäftigt. Sowas war zwar Jasmins angestammte Domäne, jedoch hatte er nach wie vor von Tobias die Aufgabe übertragen bekommen, das Alibi von Hermann Trost auf mögliche Löcher oder Ungereimtheiten zu überprüfen, während Martin dasselbe mit dem des Sohnes tun sollte.

»Hä?«, machte er wenig geistreich und löste den Blick fast widerwillig von seinem Computermonitor. »Wie meinst du denn das jetzt?«

»Spreche ich chinesisch?«, brummte Martin ungehalten, wobei er jedoch unwillkürlich darauf lauerte, dass sein besserwisserischer Kumpel ihn wegen der falschen Bezeichnung maßregeln würde, aber Jonas sah ihn nur genervt an. »Oliver Boss wohnte doch in Bad Honnef«, hob er daher mit erzwungener Geduld zu einer Erklärung an. »Von da sind es Luftlinie bis Altenrath gut fünfundzwanzig Kilometer! Haben wir in der Nähe der Scheune ein Auto oder ein anderes Fortbewegungsmittel gefunden, das da nicht hingehört? Wie also gelangte er an den Tatort? Geflogen wird er ja wohl nicht sein!«

»Er könnte einen Besen benutzt haben«, versuchte Jonas einen seiner ebenso seltenen wie faulen Witze. »Und der ist dann mit ihm verbrannt. Aber wieso ist das jetzt so wichtig?«

Martin wedelte mit einem Blatt Papier. »Das ist die Funkzellenauswertung von seinem Handy. Sie war vorhin in der Post. Und jetzt rate mal, wo er sich am Freitagmorgen zwischen 10:00 und 12:00 Uhr laut seinem Bewegungsprofil aufgehalten hat! Ich will es dir sagen: Es war auf derselben Strecke, die Olaf Trost seinen eigenen Angaben nach genommen hat, als er von Königswinter zu seiner ersten Herberge gepilgert ist!«

»Na und? Da laufen doch sicher hunderte herum! Was beweist das schon?«

»Wenn wir die Funkzellenauswertung von Trosts Handy hätten, wüssten wir, ob sie sich gleichzeitig in denselben Zellen aufgehalten haben. Sie könnten sich immerhin begegnet oder sogar ein Stück zusammen gewandert sein.«

»Leider kriegen wir die aber mit unseren dürftigen Hinweisen derzeit nicht!«, erinnerte Jonas ihn daran, dass der Chef seit Tagen einen Beschluss zu erwirken versuchte. Er konnte es zwar nicht beweisen, aber es konnte sein, dass Albrecht den Daumen darauf hielt. Doch dann fiel ihm noch etwas ein: »Wenn der zu Fuß gegangen ist, war das eine stramme Leistung, wenn er am Nachmittag an der Scheune war!«

»Fünfundzwanzig Kilometer kann man durchaus bequem in vier oder fünf Stunden schaffen, bei der Bundeswehr habe ich das noch schneller hingekriegt. Mit Gepäck! Es kann doch sein, dass die zwei sich unterwegs getroffen haben und dann ein Stück ihres

Weges zusammen gegangen sind. Verwandte Seelen sozusagen! Meiner Schätzung nach hätten sie in dem Fall einen gemeinsamen Weg über mindestens sechs Kilometer gehabt. Getrennt haben sie sich womöglich erst an der Herberge, die übrigens dieselbe ist, wo Olaf Trost nach dem Einchecken nochmal das Haus verlassen hat und niemand ihn vor dem Frühstück mehr sah! Das hast du selbst herausgefunden! Olaf hätte Oliver von dort zu Fuß folgen können und wäre nur wenige Stunden später wieder zurück gewesen. Alles nur Zufall oder was?«

»Das ist doch alles sowas von konstruiert!«, eiferte sich Jonas. »Merkst du denn nicht, was für einen blühenden Unsinn du dir zusammenreimst? Selbst, wenn die sich getroffen hätten und sogar ein Stück zusammen gewandert wären ... Wie sollte Olaf Trost denn wissen, wer das war? Er hätte doch gar keinen Grund gehabt, ihm zu folgen, geschweige denn, ihn zu töten!«

»Was weiß denn ich! Sie haben sich sicher unterhalten und dabei hat Oliver ihm vielleicht das Porträt gezeigt. Wir wissen ja nicht, ob er noch ein zweites zu dem hatte, was wir in seiner Wohnung fanden. Olaf könnte jemanden darauf erkannt haben! Aber wenn der Herr wieder alles besser weiß!«, brummte Martin und widmete sich beleidigt seiner Auswertung.

Jonas brummelte etwas in seinen nicht vorhandenen Bart und wandte sich gleichfalls wieder seiner unterbrochenen Arbeit zu. Sehr viel logischer als die Theorie, die Martin ihm vorgetragen hatte, war seine Recherche bei Licht besehen ebenfalls nicht, doch das musste er ihm nicht unbedingt auf den übergroßen Zinken binden!

* * *

»Nun hör sich mal wieder einer diese Streithähne an!«, grinste Jasmin jenseits der Stellwand Vanessa an, während sie genüsslich ein Stück von ihrem Schokoriegel abbiss. »Ob die auch mal für fünf Minuten arbeiten können, ohne sich in die Wolle zu kriegen? Was soll das erst werden, wenn sie bei der Observierung morgen den ganzen Tag zusammen im Auto eingepfercht sind?«

»Der Chef hat sich noch nicht konkret dazu geäußert, wer das erledigen soll«, erinnerte Vanessa sie, doch im Grunde war allen klar, wen es treffen würde. »Aber genau genommen ist der Gedanke von Martin gar nicht so weit hergeholt, wie Jonas es ihn glauben machen will! Wir sollten auf jeden Fall die Meinung des Chefs dazu einholen!«

»Wozu wollt ihr meine Meinung hören?«, ertönte Tobias' Stimme vom Durchgang. Er hielt mit ernster Miene ein Dokument in der Hand, das er wohl soeben in der Post hatte. Auf dem Weg zu seinem Büro hatte er die letzten Worte der Kommissarin mitbekommen. »Ist aber auch gleich«, legte er sofort nach, bevor er eine Antwort erhielt. »Ich habe hier die DNA-Auswertungen vom Tatort, und es gibt eine höchst interessante Übereinstimmung, über die wir uns umgehend unterhalten sollten. Dienstbesprechung jetzt sofort!«, rief er durch die Stellwand nach nebenan. Ein Großraumbüro ersparte manche Laufwege!

* * *

»Zunächst einmal möchte ich euch mitteilen, dass Manfred Kornelius heute Mittag an den Folgen eines Ausfalls seines Beatmungsgerätes auf der Intensivstation verstorben ist!«, eröffnete der SOKO-Chef die eilig einberufene Fallbesprechung mit einem Knalleffekt. Weil Denise mittags Feierabend gemacht hatte und Erik wieder in die Uni gefahren war, waren sie jetzt nur zu fünft. Martin, Jasmin und Vanessa sahen ihn ob dieser unerwarteten Eröffnung entgeistert an. Jonas war zehn Minuten später erschienen und nahm gerade hastig seinen Platz neben seinem Partner ein. Bei den Worten seines Vorgesetzten erstarrte auch er förmlich zu Stein.

»Habe ich euch erschreckt?«, lachte Tobias. »Nun, das ist nur die offizielle Version, falls ihr darauf angesprochen werdet. In Wirklichkeit ist er so unversehrt wie vor diesem Anschlag: soweit in Ordnung, aber im Koma liegend. Ich habe mir die Freiheit genommen, einen Aufruf auf unserer Internetseite zu schalten, von wegen ›sachdienliche Hinweise‹ zur Tatzeit und so weiter. Der Täter soll glauben, mit seiner Aktion Erfolg gehabt zu haben.«

»Aber wenn er das liest, erkennt er sofort, dass wir wissen, dass es kein technisches Versagen war, und dass wir nach ihm fahnden«, wandte Jasmin ein. »Wo liegt denn da der Vorteil?«

»Der liegt darin, dass ihn keiner dabei beobachtet hat und dass er das auch weiß«, übernahm Vanessa die Antwort. »Die Schwester hat ihn nur von weitem und von hinten gesehen, als er fortlief. Außerhalb der Station hat niemand mehr auf ihn geachtet, warum auch? Die Tatsache, dass wir diesen Aufruf geschaltet haben, wiegt ihn zusätzlich in trügerische Sicherheit, richtig?«, wandte sie sich mit hochgezogenen Augenbrauen an Tobias.

171

»Ich hätte es nicht besser formulieren können«, nickte er. »So ungefähr habe ich mir das gedacht. Außerdem wird es ihn wirksam von einem erneuten Versuch abhalten und wir brauchen keine Wache vor der Intensivstation zu postieren, wofür wir ohnehin kein Personal hätten. Und wenn wir jetzt alle so weit sind, können wir endlich zu meinem Hauptanliegen kommen«, wechselte er abrupt das Thema mit einem maßregelnden Blick zu Jonas, der noch irgendwelche Ausdrucke sortierte, die er in die Besprechung mitgebracht hatte.

»Äh, sofort«, beeilte dieser sich, zu sagen. »Danach möchte ich aber unbedingt noch etwas vorbringen, was ich eben erst herausgefunden habe und das auch der Grund für mein Zuspätkommen war. Es ist sehr wichtig!«, setzte er, mehr an Martin gerichtet, hinzu, der angesichts der vorangegangenen Diskussion eine Miene aufgesetzt hatte, die irgendwo zwischen beleidigt und skeptisch angesiedelt war.

»Eure diversen Meinungsverschiedenheiten könnt ihr später austragen!«, würgte der SOKO-Chef den zu erwartenden Einwand ab. Anscheinend hatte er den Streit zumindest teilweise mitbekommen. »Wenn ich es mir recht überlege, wäre eine günstige Gelegenheit während der für morgen geplanten Observierung. In den *zwölf Stunden*, die ich dafür angesetzt habe, wird genügend Zeit für euren Kinderkram bleiben!«

Die Streithähne setzten absolut synchron betretene Gesichter auf, was unter anderen Umständen sicher witzig gewesen wäre. Doch der Chef war nach einer geschlagenen Woche ohne konkrete Ergebnisse in ungewöhnlich schlechter Laune. Niemand von den

Anwesenden konnte sich an eine ähnliche Situation erinnern und Tobias war außerdem nicht gerade als launenhaft verschrien. Denise hätte allerdings dazu etwas beitragen können, denn sie war die Einzige, die ihn während der Jagd nach der entführten und auf lebenswichtige Medikamente angewiesenen, elfjährigen Samantha vor einem Jahr erlebt hatte. Damals hatte selbst der sonst ›coole‹ Tobias Nerven gezeigt.

»Okay, nachdem das geklärt ist, würde ich gerne das Ergebnis der DNA-Analyse vortragen«, beendete er das Intermezzo abrupt. »Wie ihr euch sicher erinnern könnt, haben wir insgesamt drei entsprechende Spuren sichergestellt. Da wäre zuerst dieser Ast, mit dem Manfred Kornelius in der Brandnacht niedergeschlagen wurde. Das Blut von ihm belegt das hinreichend. An demselben Holzstück wurde Fremd-DNA gefunden, die laut der vorliegenden Analyse männlich ist. Wir wissen also, dass zumindest *dieser* Täter ein Mann war! Und letztlich haben wir die DNA des Brandopfers, die aber leider nicht vollständig rekonstruiert werden konnte.«

»An dem Holzscheit, mit dem Kornelius ein paar Tage danach erneut niedergeknüppelt wurde, ist also keine DNA nachgewiesen worden?«, vergewisserte sich Martin, obwohl das dann in der Fallakte stehen würde oder zumindest bei einer der vielen Besprechungen erwähnt worden wäre.

»Nein, doch laut der Zeugin Jansen lief ein Mann vom Tatort weg, der zudem annähernd den anderen vorliegenden Beschreibungen entspricht. Außerdem sprechen die Tatumstände für denselben Täter. Beide Male wurde das Opfer zuerst niedergeschlagen und dann mit Benzin übergossen und angezündet, wenn auch bei Kornelius nicht erfolgreich. In Ermangelung einer besseren Theorie hatten wir gemeinschaftlich beschlossen, einen identischen Täter anzunehmen«, erinnerte er seine Leute. Seiner unzufriedenen Miene nach zu urteilen, war er von der momentanen Unbeweisbarkeit dieser Vermutung ebenso wenig angetan wie sie.

»Für diese Version sprechen leider nur die identischen Sohlenabdrücke an beiden Tatorten«, fuhr er nach einer Atempause fort. »Diese sind daher eher als Indiz zu betrachten und nicht als Beweis. Was jedoch hiermit eindeutig belegt ist«, wedelte er mit der DNA-Analyse und hob seine Stimme, »ist die unwiderlegbare Tatsache, dass unser Brandopfer, von dem wir jetzt wissen, dass es sich mit großer Wahrscheinlichkeit um Oliver Boss handelt, mit dem Täter verwandt ist!«, ließ er dann die Bombe platzen. Sofort setzte um ihn herum erregtes Gemurmel ein, denn *damit* hatte wirklich niemand gerechnet!

Vanessas Aufmerksamkeit war nicht entgangen, dass sich zwei der von Tobias verwendeten Begriffe eigentlich widersprachen. »Wenn die DNA vom Opfer nicht ganz rekonstruiert werden konnte«, wandte sie ein, nachdem Ruhe eingekehrt war, »wie kann dann das Ergebnis des Vergleichs eindeutig sein? Das passt doch nicht!«

»Das war mir auch aufgefallen«, gab er zu. »Daher habe ich noch schnell bei Jürgen vorbeigeschaut, der mir das erklärt hat. Menschliche DNA ist zwar eine der kompliziertesten, die es gibt, doch andererseits ist sie in unzählige Abschnitte unterteilt, die jeweils eine bestimmte Information bereitstellen. Für uns ist bei der Frage, ob zwei Menschen genetisch verwandt sind, nur der vererbbare Teil von Bedeutung, und der ist nahezu vollständig! Die Sequenz reicht zwar nicht für einen gerichtsfesten Vaterschaftstest, jedoch für eine Bestimmung des Verwandtschaftskoeffizienten, und dieser beträgt, da er je nach Verwandtschaftsverhältnis halbiert wird, in diesem Fall fünfzig Prozent!«

»Das schließt jedoch nicht nur Eltern und Kinder ein, sondern auch Geschwister untereinander«, erinnerte sich Jonas. Er wurde nicht ganz zu Unrecht als wandelnde Datenbank gehandelt. »Und auch natürlich Halbgeschwister, wobei es völlig gleichgültig ist, ob sie dieselbe Mutter oder denselben Vater haben. Das wäre übrigens eine perfekte Gelegenheit, meine vor der Besprechung frisch erworbenen Erkenntnisse vorzutragen.«

»Wir sind ganz Ohr!«, grinste Martin. »Und es hält uns vor lauter Spannung kaum noch auf den Sitzen, bis wir erfahren haben, was das jetzt miteinander zu tun haben könnte!«

Jonas verteilte ungerührt vier der fünf Ausdrucke an die Kollegen, einen behielt er für sich. Er war an die gegenseitigen Sticheleien so gewöhnt, dass es ihm überhaupt nicht mehr auffiel. Uneingeweihte hätten auf den Gedanken kommen können, dass die beiden sich nicht ausstehen konnten, doch genau das Gegenteil war der Fall! »Ich hatte keine Zeit mehr, es in das Denkbrett einzuspeichern«, entschuldigte er sich bei Tobias. »Ich werde es jedoch schnellstmöglich nachholen. Zunächst bekommt jeder ein Exemplar davon, es sind alle dieselben.«

Jasmin hielt ihres unschlüssig in der Hand, unsicher, was sie damit anfangen sollte. Es handelte sich um den Ausdruck einer Internetseite, und zwar vom Veranstalter dieses Symposiums, das Hermann Trost auf der Hannovermesse besucht haben wollte. Auf einem Foto waren vier Männer zu sehen, die anscheinend miteinander diskutierten. Unterschrieben war es mit ›*Gerhard Hauser, Hermann Trost und Günther Baum im Gespräch mit Albrecht Zander (v.l.n.r)*‹. »Und was sollen wir jetzt damit?«, fragte sie mit hochgezogenen Augenbrauen. »Das ist doch nur ein Beweis dafür, dass er dort war!«

»Ist es nicht!«, meldete sich Tobias, wobei er jedes Wort einzeln betonte: »Das ist nicht Hermann Trost!« Jasmin und Vanessa waren die einzigen, die bei ihrem Besuch auf dem Bauernhof weder Vater noch Sohn angetroffen hatten. »Und damit ist sein Alibi wohl geknackt. Gute Arbeit, Jonas! Mit dieser Information erhalte ich einen Beschluss zur Entnahme einer DNA-Probe, und wenn der Kriminaldirektor Gift und Galle spuckt!«

»Vielleicht gilt das ja auch für den Sohn!«, witterte Martin Morgenluft, weil er hier eine Möglichkeit sah, Jonas auszustechen. »Ich habe nämlich ebenfalls was herausgefunden!« Da keiner Einwand erhob, brachte er die vorhin mit seinem Partner erfolglos diskutierte Version erneut vor.

»Ich muss Jonas recht geben«, zeigte Tobias, dass er zumindest einen aussagefähigen Teil davon mitbekommen hatte. »Das ist etwas dünn, damit bekomme ich auf keinen Fall einen Beschluss! Wir werden es aber im ›Denkbrett‹ verewigen«, fügte er hinzu, als er Martins enttäuschtes Gesicht sah. »Für alle Fälle! Ich werde mir schnell den Gerichtsbeschluss ausstellen lassen und dann mit einem von euch dorthin fahren. Mit etwas Glück erhalten wir sofort einen Treffer, und wenn nicht, kommt der Filius auch nicht infrage, denn seine DNA ist mit dem seines Vaters zu fünfzig Prozent identisch!«

Kapitel 13

Die Verfehlungen des Hermann Trost

Ganz so leicht sollte es dann doch nicht sein, denn der Richter verlangte vor Ausstellung einer ›Richterlichen Verfügung zur Entnahme einer DNA-Probe‹ einen schlüssigen Beweis. Nicht darüber, dass der Kerl auf dem Foto eventuell doch Hermann Trost war – denn das war eindeutig – sondern, ob nicht die Bildunterschrift vertauscht worden sein könnte. Denn das, so Richter Biber, könne leicht passieren und aufgrund eines Irrtums wolle er auf keinen Fall in die Rechte eines unbescholtenen Bürgers eingreifen.

Tobias und seinen Leuten war nach dieser Niederlage gar nichts anderes übriggeblieben, als sich an die Telefone zu hängen und herumzutelefonieren, bis sie die in dem bewussten Artikel zusätzlich erwähnten Männer ausfindig gemacht hatten. Als nach Stunden endlich der ersehnte Beweis in Form von drei identischen Aussagen vorlag, dass der auf dem Foto abgebildete Teilnehmer sich ihnen als Hermann Trost vorgestellt hatte, war es zu spät für den Beschluss, sodass sie bis zum nächsten Morgen warten mussten.

Aufgrund der Ereignisse waren Jonas und Martin nochmal um die Observierung des Hofes herumgekommen und stattdessen dorthin gefahren, um die Speichelprobe einzufordern. Als das Telefon klingelte und er die Nummer des Kriminaldirektors auf dem

Display sah, schwante Tobias, der jede Minute mit der Vollzugsmeldung der entsendeten Kommissare rechnete, großes Unheil. Nach dem exakt fünfunddreißig Sekunden dauernden Gespräch war sein Hochgefühl endgültig dahin und er stürmte mit finsterer Miene aus seinem gläsernen Büro.

»Kommst du bitte mit zu Albrecht?«, rief er Denise im Vorbeilaufen zu. Sie saß an ihrem improvisierten Arbeitsplatz und genoss den ersten Kaffee des Tages. »Ich werde wahrscheinlich einen Zeugen benötigen!« Sie schaltete sofort und sprang ebenfalls wie von der Feder geschnellt auf, wobei sie fast ihre Tasse umgestoßen hätte. Erik, Jasmin und Vanessa sahen ihnen mit offenen Mündern hinterher.

* * *

»Es nützt weder Ihnen noch Ihrem Mann etwas, wenn Sie sich bei meinem Vorgesetzten beschweren«, informierte Martin die Bäuerin seelenruhig, während sie den Hörer auf die Gabel knallte und ihn und Jonas wütend anfunkelte. »Sie machen es im Gegenteil nur schlimmer! Die richterliche Anordnung ist bindend. Sie berechtigt uns nicht nur, eine Speichelprobe zu nehmen, sondern es ist zudem auch strafbar, sich zu widersetzen!« Hermann Trost stand stumm und mit säuerlicher Miene hinter ihr. Es war wieder mal keine Frage, wer in dieser Ehe die Hosen anhatte.

Wie bereits befürchtet, hatte Monika Trost sofort zu ihrem Telefon gegriffen und ihren Bruder, den Kriminaldirektor angerufen, kaum dass Jonas ihr den Beschluss gezeigt hatte. Die Kommissare nahmen es gelassen hin. Sie wussten genau, was jetzt unweigerlich folgen musste: Tobias würde in dieser Minute zu

Albrecht zitiert werden, diesem die Bedeutung von richterlichen Beschlüssen erklären und sich anschließend bei ihnen melden, um den Vollzug zu befehlen. Etwas anderes war nicht denkbar. Sie würden nur ein paar Minuten warten müssen.

»Sie dürfen selbstverständlich einen Rechtsanwalt hinzuziehen«, schlug Martin vor, um die Zeit zu überbrücken. »An der Tatsache, dass Sie, Herr Trost, der richterlichen Verfügung Folge leisten müssen, wird das jedoch nichts ändern. Es geht jetzt auch nur um die Speichelprobe, nicht um eine Vernehmung. Falls der DNA-Vergleich negativ ist, haben Sie nichts zu befürchten! Wir warten draußen auf Ihre Entscheidung, wenn es genehm ist!« Er sah auf die Uhr: Wie er den Chef kannte, würde es nicht lange dauern und Trost würde ihnen nicht entkommen können, denn dazu musste er an ihnen vorbei. Einen anderen Weg nach draußen gab es nicht und alle Fenster führten zum Hof hinaus. Falls er vorhatte, zu fliehen, saß er in der Falle.

* * *

»Was erlauben Sie sich?«, fuhr Kriminaldirektor Albrecht den SOKO-Chef mit hochrotem Kopf an. Er war wütend aufgesprungen und machte auf Tobias und Denise den Eindruck, er würde jeden Augenblick platzen. Derart aufgebracht hatten sie den phlegmatischen Mann noch nicht erlebt. Allerdings hatte ihm noch nie vorher ein Untergebener vorgeworfen, das Recht beugen zu wollen. »Mäßigen Sie sich gefälligst, wenn Sie mit einem Vorgesetzten sprechen!«

»Ich darf Sie an unser Gespräch von Montag vor einer Woche erinnern«, gab Tobias mit erzwungener Ruhe zurück. »*Ich wollte die Information ja auch nicht dauerhaft unter den Tisch kehren. Es ist nur so, dass ich die Ermittlungen in die Hände eines Mannes meines Vertrauens legen will!«*, zitierte er Albrecht wortwörtlich aus seinem Gedächtnis, wobei er dessen Tonfall perfekt imitierte. Denise konnte sich gerade noch ein Grinsen verkneifen. Ihr Partner war ein wandelndes Tonbandgerät, wenn es sein musste!

»War das bloß Augenwischerei, weil Sie glaubten, mich an die Leine legen zu können«, fuhr Tobias fort, »oder hatten Sie insgeheim gehofft, ich sei zu dumm, die Zusammenhänge zu erkennen? Heute habe ich Frau Malowski mitgebracht, die Sie aufgrund ihrer Erfahrung unbedingt an den Ermittlungen beteiligt sehen wollten. Erinnern Sie sich? Sagen Sie ihr jetzt ins Gesicht, was Sie *wirklich* von ihr halten! Ich muss aus Ihrem Verhalten nämlich entnehmen, dass Sie die Ermittlungen behindern wollen. Was die Presse wohl dazu sagen würde?«

»Das ... Das wagen Sie nicht!«, keuchte Albrecht, sackte dann jedoch, weiß wie eine Wand, in seinen Chefsessel zurück und tupfte sich fahrig den Schweiß von der Stirn. »Sie haben recht, wie konnte ich mich nur so gehen lassen!«, flüsterte er. »Es ist nur so, dass ich mir nicht vorzustellen vermag, dass Hermann ... Dass mein Schwager irgendetwas mit dieser Sache zu tun haben könnte! Aber bitte ... Handeln Sie, wie Sie es für notwendig halten, Herr Heller. Frau Malowski«, nickte er auch ihr zu, was bedeutete, dass aus seiner Sicht alles gesagt war.

Tobias aber zog sein Handy aus der Tasche, wählte das Mobiltelefon von Martin an, und sagte laut und vernehmlich auf dem Weg zur Tür: »Ich habe es mir anders überlegt. Die Speichelprobe können wir auch hier in der Forensik nehmen. Bringt den Kerl mit ins Kommissariat, Hermann Trost ist hiermit vorläufig festgenommen! ... ... Such dir etwas aus: dringender Tatverdacht, Behinderung polizeilicher Ermittlungen oder Fluchtgefahr. Er hat uns immerhin belogen, was seinen Aufenthaltsort zur Tatzeit anbelangt! Komm, Denise«, forderte er seine Partnerin ebenso vernehmlich auf, nachdem er aufgelegt hatte. »Wir haben eine Vernehmung durchzuführen!« Seinen Vorgesetzten würdigte er keines Blickes mehr.

* * *

Eine Stunde später

Tobias Heller und Denise Malowski gegenüber saß Helmut Rheinbach am Vernehmungstisch. Aufgrund der beengten Verhältnisse verfügte die SOKO nicht über einen Verhörraum, wie sie in anderen Kommissariaten oft vorhanden waren. Stattdessen war dieser knapp zehn Quadratmeter große Bereich durch Stellwände abgetrennt. Nicht, um die hier vernommenen Personen vor allzu neugierigen Augen zu verbergen, sondern *deren* Einsichtnahme in die Arbeitsbereiche der Ermittler zu unterbinden. Außerdem hielt Tobias diese dunklen, kalten Räume mit dem Einwegspiegel zur heimlichen Beobachtung für reichlich antiquiert, da sie der Einschüchterung dienten. Dass jetzt aber nicht Hermann Trost vor ihnen saß, sondern einer seiner Arbeiter, hatte vornehmlich zwei Gründe.

Trost befand sich derzeit in der Forensik, wo ihm von Rieke Martinen eine Speichelprobe entnommen wurde, die von ihr umgehend mit einem neuartigen Schnelltestverfahren ausgewertet werden sollte, was aber eine Weile dauern konnte. Zwar mussten solche DNA-Vergleiche zwingend von einem unabhängigen Institut durchgeführt werden, wenn sie gerichtsfest sein sollten, doch das konnte man bei einer Übereinstimmung immer noch nachholen. Außerdem war sein Anwalt noch nicht erschienen.

Und der andere Grund war, dass Martin in Helmut Rheinbach den Mann aus dem Artikel wiedererkannt zu haben glaubte, als er mit Jonas auf dem Hof der Eheleute Trost auf Tobias' Anruf gewartet hatte. Es handelte sich bei diesem um einen Angestellten, der offenbar anstelle seines Arbeitgebers nach Hannover gefahren war. Er war ihnen geradewegs vor die Füße gelaufen und die Kommissare hatten ihn kurzerhand aufgefordert, das Kommissariat aufzusuchen.

Bei ihm war ein Rechtsanwalt nicht nötig, da er zunächst nur als Zeuge vernommen werden sollte. Es kam jedoch unter Umständen ebenfalls Beihilfe zu einer Straftat für ihn in Betracht, falls er nämlich von dem Vorhaben seines Arbeitgebers Kenntnis gehabt haben sollte. Deshalb wurde er vor der Vernehmung pflichtgemäß darauf hingewiesen, dass er ohne einen Rechtsanwalt keine Aussage machen musste, die ihn selbst entsprechend belasten würde.

»Haben Sie das verstanden?«, vergewisserte sich Tobias noch einmal, worauf Rheinbach mit dem Kopf nickte. »Sie müssen das für das Protokoll laut sagen«, fügte er deswegen mit einem bezeichnenden Blick zu dem Handy hinzu, das zwischen ihnen auf dem Tisch lag und als Aufnahmegerät fungierte. Die erforderlichen Angaben zur Person des Vernommenen, den Grund für die Befragung und die Namen und Dienstgrade der vernehmenden Beamten hatte Denise zu Beginn bereits ins Mikrofon gesprochen.

»Ja, das habe ich verstanden«, nuschelte Helmut Rheinbach mit gesenktem Kopf. Er war etwas kleiner als sein Boss und von untersetzter Statur. Als Täter kam er schon aufgrund seiner Erscheinung nicht in Betracht, zumal er ja zur Tatzeit nachweislich auf der Messe in Hannover war. »Ich weiß aber gar nicht, was ich hier soll. Es ist doch nicht verboten, als jemand anderes auf die Messe zu gehen! Ich habe Herrn Trost nur einen Gefallen getan, weil er so viel zu erledigen hatte und keine Zeit dafür hatte.«

Denise beugte sich interessiert vor. »Wusste seine Frau von diesem Arrangement?«, fragte sie, wobei sie mit den Fingern Gänsefüßchen in die Luft malte. Sie beobachtete ihn scharf dabei, denn falls sie es vor ihr verheimlicht hatten, wäre es ein Hinweis darauf, dass die Aktion nicht mit rechten Dingen zugegangen war, andernfalls jedoch wäre eine unmittelbare Tatbeteiligung nicht ausgeschlossen. So entging ihr auch nicht das Zusammenzucken, als sie diese Frage stellte.

»Sie wusste also nichts davon, richtig?«, schlussfolgerte Tobias, dem die Reaktion des Zeugen ebenfalls nicht verborgen geblieben war. »Hat Herr Trost Ihnen bestimmte Verhaltensregeln mit auf den Weg gegeben?«, erkundigte er sich noch, als er erneut ein Kopfnicken als Antwort bekam. Den Hinweis auf das Protokoll ersparte er sich. Es war nicht wichtig.

»Nein, sie war nicht eingeweiht«, sagte Rheinbach dennoch, weil er sich gerade noch rechtzeitig an den Rüffel von vorhin erinnerte. »Ich sollte aber an einem Symposium teilnehmen, für das er sich angemeldet hatte. Das war wohl wichtig, aber ich durfte mich auf keinen Fall fotografieren lassen.«

»Das ist Ihnen ja hervorragend gelungen!«, sagte Denise mit hörbarer Ironie und legte einen Ausdruck des Artikels aus dem Internet vor ihn auf den Tisch. »Hatten Sie auch das Handy Ihres Arbeitgebers mit?«

»Ach, hören Sie doch auf, deswegen habe ich schon genug Ärger bekommen!«, fuhr er auf, wobei er den Ausdruck zu ihr zurückschob. »Und das Handy hat er selbstverständlich behalten. Es hätte ja sein können, dass seine Frau anruft. Am Handy kann man nicht sehen, wo der Angerufene ist«, fügte er listig hinzu.

»Eine letzte Frage habe ich noch, dann können Sie gehen«, übernahm Tobias. »War es das erste Mal, dass Sie Ihrem Boss diesen ›Gefallen‹ taten, oder ist das schon öfter vorgekommen?«

»Soweit ich weiß, hat sein Bruder das ein paar Mal für ihn gemacht. Aber der hatte diesmal auch etwas anderes vor, glaube ich.«

* * *

»Wusstet ihr, dass Hermann Trost einen Bruder hat?«, erkundigte sich Tobias bei seinen Ermittlern. Bis zur Vernehmung ihres derzeitigen Hauptverdächtigen hatten sie eine kleine ›Verschnaufpause‹ eingelegt, die sie dazu nutzen wollten, die vorhin gewonnenen Erkenntnisse in der großen Runde auszudiskutieren. Vielleicht hatte einer eine zündende Idee.

Der Verdächtige lief ihnen nicht davon, da sie ihn ohne Haftbefehl bis zu vierundzwanzig Stunden festhalten durften und sein Anwalt sich noch nicht hatte blicken lassen. Im günstigsten Fall konnten sie die Vernehmung lange genug hinauszögern, bis sie das Ergebnis des DNA-Vergleichs vorliegen hatten, allerdings war mit dem Erscheinen des Rechtsanwalts der Familie Trost jeden Augenblick zu rechnen.

»Danach haben wir nicht gesucht«, räumte Jasmin ein. »Wozu auch? Auf dem Hof ist er polizeilich nicht gemeldet und wir sollten uns ja bei den Ermittlungen auf diesen konzentrieren! Sollen wir das nachholen?«

»Erstmal nicht. Unser Hauptverdächtiger ist jetzt in Polizeigewahrsam und wird anschließend verhört. Außerdem werden wir noch im Laufe des Tages von Rieke Martinen das Ergebnis des DNA-Vergleichs mit den Spuren vom Tatort erhalten. Sollte dieser negativ ausfallen, kommen sämtliche Blutsverwandte ebenfalls nicht in Betracht, da deren DNA bis zu fünfzig Prozent identisch ist. Bei der Gelegenheit möchte ich euch schon mal die Ergebnisse der Untersuchung der Wohnung mitteilen, die mir Rieke vorhin in die Hand gedrückt hat. Das Wichtigste dürfte hier die Übereinstimmung der DNA des Brandopfers mit der aus der Zahnbürste im Bad von Oliver Boss gewonnenen sein. Somit ist seine Identität bestätigt!«

»Wir können uns ein Bewegungsprofil des Handys von Hermann Trost erstellen lassen«, schlug Vanessa vor. »Dann erfahren wir, wo er zur Tatzeit war. Natürlich nur, falls er es dabei hatte«, fügte sie achselzuckend hinzu. Dies war nämlich die Ungewissheit bei Handyortungen: Man konnte nie wissen, wer das Teil zu diesem Zeitpunkt in seinem Besitz hatte. Deshalb galt das Ergebnis einer Ortung vor Gericht nicht als Beweis, sondern lediglich als Indiz. Und dass Handys einen auf Abwegen entlarven konnten, hatte mittlerweile der größte Depp aus dem Fernsehen erfahren.

»Macht das. Allerdings dürfte es in Altenrath nur eine oder bestenfalls zwei Funkzellen für den ganzen Ort geben, deren Standorte könnt ihr auf der Website der Bundesnetzagentur einsehen. Es wäre demnach nicht eindeutig zu bestimmen, ob das Handy auf dem Hof oder bei der Scheune eingebucht war. Da er aber eigentlich zu dieser Zeit ein paar hundert Kilometer von beiden Stellen entfernt hätte sein sollen, wäre es zumindest ein Indiz, und wenn wir die Genehmigung für eine Hausdurchsuchung erhalten und die Schuhe finden, deren Sohlenprofile bei beiden Angriffen auf Kornelius sichergestellt wurden, ist er geliefert!«

»Aber was war sein Motiv?«, überlegte Jonas. »Was war der Grund für das alles? So ganz erschließt sich mir das noch nicht!«

»Das kann ich nur vermuten. Ich denke, es spielte sich in etwa so ab: Hermann Trost vergewaltigte vor dreißig Jahren Helena Boss. Dies wird man ihm aber nur mittelbar nachweisen können, und zwar über die DNA des Sohnes, den er mit dieser Tat unwissentlich zeugte. Oliver Boss spürte ihn auf, nachdem er nach dem Tod seiner Mutter entsprechend nachgeforscht hatte. Wie er das im Einzelnen anstellte, werden wir vielleicht niemals erfahren. Die Vergangenheit holte den Vergewaltiger von damals ein, als Oliver Boss ihn an seiner Scheune abfing und zur Rede stellte. Er beschloss, den unliebsamen Mitwisser zu töten.«

»Aber er konnte davon noch gar nichts wissen, als er sich das falsche Alibi bastelte!«, fand Martin treffsicher den Pferdefuß in der Argumentation.

»Was weiß denn ich?«, hob Tobias seine Schultern. »Wie uns der Zeuge Rheinbach berichtet hat, machte er das öfter, vielleicht sogar jedes Jahr! Eventuell hielt er sich weiter in der Gegend auf, um was auch immer zu erledigen. Das Zusammentreffen *dieser* Ereignisse war, ich gebe es höchst ungern zu, womöglich nur ein Zufall! Doch damit sollten wir uns nicht aufhalten. Sobald das Ergebnis der DNA-Analyse vorliegt, sind wir ohnehin schlauer!«

Sein Blick fiel auf Denise, die sich bisher noch gar nicht geäußert hatte, jedoch eine unübersehbar skeptische Miene aufgesetzt hatte. »Jetzt spuck es schon aus«, ermunterte er sie. »Wo wir schon alle das Spiel ›Haut den Tobias‹ spielen, kannst du dich auch daran beteiligen!«

»Deine Ermittler haben recht«, brummte sie. »Das ist alles nicht logisch! Hermann Trost ist dem Porträt nicht einmal ähnlich, wie soll Oliver Boss ihn dann bei irgendwelchen Nachforschungen erkannt haben? Irgendwas stimmt da nicht!«

»Hat Amara eigentlich noch etwas aus der Sprachaufzeichnung herausfiltern können?«, meldete sich Erik erstmals in dieser Runde zu Wort, um die Situation zu entschärfen. Der Kommissaranwärter hatte sich mit Genehmigung des Chefs heute nicht unmittelbar an den Ermittlungen beteiligt, weil er sich auf eine Prüfung vorbereiten musste. Um aber auf dem neusten Stand zu bleiben, nahm er an den Besprechungen teil, wann immer es ihm möglich war.

»Leider nicht«, schüttelte Tobias den Kopf. »Zwar hatte ich insgeheim gehofft, dass in dem Gemurmel, das unser etwas glückloser Journalist auf dem Weg zur

Scheune vor sich hin gebrabbelt hat, ein Hinweis auf den Täter enthalten war, doch da war nichts zu machen. Amara hat es mir vorhin gesagt. Ich bin mir aber nach wie vor sicher, dass sein erneuter Besuch an der Brandstelle etwas damit zu tun hatte, dass er zuvor auf dem Bauernhof war. Er muss dort irgendetwas gehört oder gesehen haben, was nicht aus der Aufzeichnung hervorgeht! Es wäre …«

Er unterbrach sich, als sein Handy ihm eine eingehende Nachricht anzeigte. »Ich erfahre gerade, dass der Anwalt unten am Empfang steht«, verkündete er mit sichtbarer Erleichterung, nachdem er sie gelesen hatte. »Es kann also losgehen! Sobald Rieke mit dem Ergebnis der DNA-Analyse auftaucht, schickt ihr sie umgehend zu uns in die Vernehmung!«

Kapitel 14

Das Geständnis

Ein Wachmann führte Hermann Trost herein, der sich mit einer Miene, die irgendwo zwischen Verwirrung, Unglaube und Furcht angesiedelt war, neben seinen Rechtsanwalt setzte. Dr. Bernhard Großmann war vor zehn Minuten mit einem gehetzten Ausdruck in den bebrillten Augen im Kommissariat erschienen. Ein Gerichtstermin, so der Anwalt, der erst vor einer halben Stunde zu Ende gegangen war, habe ihn über Gebühr aufgehalten. Das Angebot einer Besprechung mit seinem Mandanten vor dem Verhör lehnte er ab. Es werde nicht nötig sein, meinte er selbstbewusst.

Denise, deren letzte Tat für heute die Vernehmung war, bevor sie in den Feierabend ging, schlug einen Aktendeckel auf, wobei sie peinlich darauf achtete, dass weder der Anwalt noch sein Mandant Einsicht nehmen konnten. Obenauf lag das von Amara Jones per Computer nachbearbeitete Porträt, welches den von Helena Boss gezeichneten mutmaßlichen Vergewaltiger im Alter von ungefähr sechzig Jahren zeigte. Dann fixierte sie den Verdächtigen: Eine Ähnlichkeit war, wenn überhaupt, nur oberflächlich vorhanden, doch das war kein Beweis für dessen Unschuld.

Das nächste Dokument in ihrer Mappe war der neueste Bericht aus der Forensik. Er besagte, dass die DNA an dem Ast, mit dem Manfred Kornelius in der Brandnacht erstmals niedergeschlagen wurde, einen Verwandtschaftskoeffizienten von fünfzig Prozent zu der des Brandopfers aufwies. Eine weitere Analyse bestätigte dessen Identität.

Eine Anmerkung von der IT-Spezialistin bezüglich der Sprachaufzeichnung war ebenfalls dabei. Wie sie bereits Tobias sagte, hatte sie der Datei keine zusätzlichen Informationen entreißen können. Das war ein herber Rückschlag, weil es wahrscheinlich war, dass der Reporter seinen Angreifer erkannt hatte. Und ob oder wann er vernehmungsfähig war, stand in den Sternen. Was ebenfalls fehlte, war der DNA-Vergleich mit Hermann Trost, an dem noch gearbeitet wurde und der hoffentlich positiv war. Ein Geständnis wäre natürlich noch besser!

Ein letztes Dokument bezog sich auf die Spurenlage am Tatort sowohl in der Brandnacht als auch an dem Tag, als Manfred Kornelius ein zweites Mal dort überfallen und ins Koma geprügelt worden war. Wie vorhin in der Besprechung erwähnt, war durch zwei identische Sohlenprofile ein direkter Zusammenhang hinreichend belegt. All das war zwar teilweise bereits bekannt und oft genug durchdiskutiert worden. Die Abschlussberichte der Forensik waren jedoch für die Vernehmung unverzichtbar und besonders wertvoll.

Tobias hatte wie immer einen dicken Aktenordner mitgebracht, der außer einer Anzahl Dokumente, die mit dem aktuellen Fall wenig bis überhaupt nichts zu tun hatten, dieselben Unterlagen enthielt wie der viel dünnere Hefter von Denise. Der Rest bestand bei ihm aus ›schmückendem‹ Beiwerk, welches lediglich die Aufgabe hatte, Unsicherheit bei dem Verdächtigen zu erzeugen. Das war sozusagen seine eigene, seit vielen Jahren bewährte, subtile Version eines finsteren und einschüchternden Vernehmungsraumes. Er sah auf die Uhr: Bis zum angekündigten Ergebnis des letzten, alles entscheidenden DNA-Vergleichs blieb noch etwa eine Stunde. Nach alldem, was an Beweisen und Indizien mittlerweile vorlag, sollte es ihn sehr wundern, wenn dieser negativ ausging. Wenn alles gut lief und die eingeübte Verhörstrategie erfolgreich war, hatten sie bis dahin ein Geständnis!

In einer entlegenen Ecke seines Gehirns regte sich jedoch ein leises Missbehagen, wenn er an die vorangegangene Diskussion zurückdachte. *Hast du den Kerl vielleicht festgenommen, um deinem Chef eins auszuwischen?*, fragte ein kleines Teufelchen. Hatte er das? Im Grunde sollten Jonas und Martin lediglich eine Speichelprobe einholen. Hatte er die Festnahme aus Trotz seinem Vorgesetzten gegenüber befohlen? Der hatte die Vorschriften verbogen, um seinen Schwager zu schützen. War er, Tobias auch nicht besser? Handelte er wie ein Verschwörungstheoretiker, der den Anfang einer Beweiskette mit deren Endergebnis zu belegen versuchte? Er wischte den lästigen Störenfried rüde beiseite und widmete sich der Aufgabe, die vor ihnen lag. Hermann Trost hatte Dreck am Stecken, so viel war klar, und er würde es beweisen!

Dr. Großmann räusperte sich vernehmlich. »Darf ich erfahren, was meinem Mandanten vorgeworfen wird?«, wandte er sich an Tobias Heller, der jetzt die Akte schloss, in der er zu lesen vorgegeben hatte, und ihn sinnend ansah. Anschließend warf er Hermann Trost einen intensiven, abschätzenden Blick zu, den dieser trotzig zurückgab. Schließlich wandte er sich

Denise Malowski zu, die stumm nickte. *Ich wäre dann so weit*, sollte das heißen. Doch das war sowieso klar, denn das gehörte alles zu dem Schauspiel, das sie in ähnlicher Form bei all ihren Verhören durchzogen. Sie waren immer noch ein eingespieltes Team!

»Das wurde Herrn Trost bei der Festnahme mitgeteilt, wie es die Vorschrift verlangt«, eröffnete er dem offenbar schlecht informierten Anwalt geduldig. »Die angebotene Möglichkeit, sich mit Ihrem Mandanten vor der Vernehmung auszutauschen, haben Sie zwar großzügig ausgeschlagen, aber was soll's. Herrn Trost wird vorgeworfen, am Freitag vor einer Woche seine eigene Scheune angezündet zu haben, und zwar mit der erklärten Absicht, den darin befindlichen Oliver Boss zu töten!«

Er beobachtete den Verdächtigen bei der Namensnennung aufmerksam, doch er ließ mit keiner Miene erkennen, ob ihm der Name etwas sagte. Das musste jedoch nichts bedeuten. Die Tat hätte auch ohne diese Kenntnis einen Sinn ergeben, sofern der junge Mann ihn lediglich auf die Vergewaltigung angesprochen hätte, ohne sich namentlich vorzustellen. »Wo waren sie zu den fraglichen Zeiten?«, wandte er sich an den Beschuldigten, während er einen eigentlich überflüssigen Blick in seine Unterlagen warf: »Einmal gegen 17:00 Uhr und ein weiteres Mal um Mitternacht, als das Feuer ausbrach, das laut Expertise auf Brandstiftung zurückzuführen ist!«

Das darauf einsetzende Getuschel warteten Denise und er geduldig ab. Sowas kam in jeder Vernehmung vor, selbst wenn der Rechtsanwalt zuvor Gelegenheit gehabt hatte, den Sachverhalt zu verinnerlichen. Das hektische Gestikulieren ihres Tatverdächtigen zeugte von einer regen Darstellung von etwas, das er ihm zu erklären versuchte, wogegen das Gesicht des Anwalts leichte Skepsis ausdrückte. Tobias war gespannt, was er gleich zu hören bekommen würde.

»Mein Mandant möchte sich dazu nicht äußern«, wandte Großmann sich an die Ermittler. Hermann Trost hatte einen gehetzten Gesichtsausdruck aufgesetzt. Denise wölbte überrascht die Augenbrauen. Sie war auf alle möglichen Lügengeschichten vorbereitet gewesen, doch war die Weigerung, überhaupt was zu sagen, in dieser Situation ungewöhnlich. Was konnte Trost zu verbergen haben, das schlimmer war als ein Mordvorwurf?

»Es ist völlig unerheblich, wo sich mein Mandant zur Tatzeit aufgehalten hat«, fuhr der Anwalt leiernd fort. Es hörte sich an, als sagte er etwas Auswendiggelerntes auf. »Sie dagegen müssen ihm die Tat nachweisen. Können Sie das?«

»Dass Sie nicht auf der Messe in Hannover waren, *können* wir Ihnen nachweisen«, wandte sich Denise jetzt an den Beschuldigten. Sie zog ein Dokument aus der Mappe, das sie zu Hermann Trost hinüberschob. »Oder wollen Sie tatsächlich behaupten, dass Sie das sind auf diesem Foto? Wir haben die Aussage einer Ihrer Arbeiter, dass er auf Ihre Anordnung hin nach Hannover gefahren ist und sich unter Ihrem Namen dort eingeschrieben hat!«

»Das besagt gar nichts«, würgte der Anwalt ihn ab, bevor Trost sich belastete. Den Mund hatte er schon geöffnet. »Und selbst, wenn Sie eine Handyortung vorweisen können, ist das für sich genommen noch kein

Beweis! Sie wissen genau, dass die Position eines Mobiltelefons nicht mit der des Eigentümers übereinstimmen muss! Das ist nicht einmal ein Indiz! Wenn Sie sonst nichts vorzuweisen haben ...«

»Wir haben etwas viel Besseres als eine Handyortung!«, schmunzelte Tobias. »Nämlich die DNA des Täters, ich erwarte das Analyseergebnis jede Minute! Was wird es uns wohl sagen, Herr Trost? Waren Sie am Tatort oder nicht? Ein Geständnis, bevor wir es Ihnen nachweisen, würde sich vor Gericht sicherlich nicht nachteilig auswirken.«

Hermann Trost war bei den Worten zusammengezuckt und starrte Tobias, jetzt plötzlich weiß wie eine Wand, mit panisch aufgerissenen Augen unverwandt an. Man konnte förmlich sehen, wie es hinter seiner Stirn arbeitete. »Also gut, Herr Kommissar«, keuchte er nach einem tiefen Atemzug. »Ich sage Ihnen alles!«

＊ ＊ ＊

Eine Stunde später

»Der Kerl hatte mehr Angst vor seiner Frau als vor uns, beziehungsweise einer Mordanklage«, berichtete Tobias seinen Leuten. Denise war bereits nach Hause gefahren, jedoch nicht ohne ihren berüchtigten ›ich-habe-es-dir-doch-gleich-gesagt-Blick‹ zum Abschied. Diesmal hatte sie sogar recht behalten. »Der Hinweis auf eine DNA vom Tatort hat ihn aber dazu bewogen, auszusagen. Immerhin ist es ja seine Scheune. Und somit war ihm klar, dass es durchaus *seine* DNA sein konnte, die wir sichergestellt hatten. Und bevor wir in dieser Richtung weiter ermitteln und seine Frau alles herausbekommen würde, verriet er lieber, was wirklich geschehen war.«

»Wir hatten ja bereits festgestellt, dass der ganze Reichtum von der Familie seiner Ehefrau herrührt«, erinnerte Martin ihn. »Bei einer Scheidung würde er demnach leer ausgehen!«

»Absolut korrekt! Das hat ihn jedoch nicht davon abgehalten, einmal im Jahr die ›Sau herauszulassen‹, wie man so schön sagt. Der mehrtägige Besuch der Agrar-Messe lieferte ihm die perfekte Gelegenheit zu einer Sause. Er verpflichtete einen seiner Arbeiter zur Teilnahme statt seiner und natürlich zur Verschwiegenheit. Das konnte er als Boss kostenlos machen, in den Jahren zuvor hatte ihm einige Male sein älterer Bruder diesen Gefallen getan, allerdings gegen Bares. Michael Trost scheint wohl ständig knapp bei Kasse zu sein, das habe ich zwischen den Zeilen herausgehört. Speziell in diesem Fall war Hermann in Düsseldorf und hat drei Tage und zwei Nächte die Bordelle und Bars unsicher gemacht.«

»Das lässt sich aber schwer nachprüfen«, gab Erik zu bedenken. »Sollen wir diese Etablissements jetzt alle abklappern?«

»Das könnte euch wohl so passen!«, grinste Tobias. »Bordellbesuche sind nicht im Budget enthalten! Ist aber auch nicht nötig, denn als der arme Sünder uns gerade seine ganzen Verfehlungen gebeichtet hatte, kam Rieke mit dem ersehnten Ergebnis des DNA-Vergleichs. Und ratet mal, wie er ausgefallen ist!« Er war negativ, aber diese Information hatte Tobias bis jetzt zurückgehalten. Es war zu peinlich!

»Ihr könnt euch sicher vorstellen, wie er aus der Wäsche geguckt hat, als ich ihm das sagte«, fügte er hinzu. »Er hatte ganz umsonst die Hosen heruntergelassen, und ich muss zugeben, in dieser Sache total überreagiert zu haben. Aber der KD hat mich einfach zur Weißglut gereizt, normalerweise hätten wir erst das Ergebnis der Forensik abwarten müssen, bevor wir ihn festnehmen durften. Dadurch haben wir jetzt ein Riesenproblem!«

»Weil er eine Dienstaufsichtsbeschwerde eingelegt hat?«, vermutete Vanessa. »Mit so etwas müssen wir in unserem Beruf doch immer rechnen. Wo gehobelt wird, fallen auch Späne!«

»Nein, die schreckt mich nicht. Unser Boss muss nämlich den Ball schön flach halten, so wie er sich ins Zeug gelegt hat, mich von seiner Familie abzulenken. Es würde ihn beruflich den Kopf kosten, wenn das herauskäme! Das Problem liegt ganz woanders, denn wir haben durch die Sache einen ganzen Tag verloren und stehen durch meine Schuld erneut mit leeren Händen da. Denn da die DNA nun mal nicht passt, kommt auch der Rest der Familie nicht für den Mord in Betracht. Die Einzige, die genetisch nicht mit ihm verwandt ist, wäre seine Frau, aber die Täter-DNA ist nachweislich männlich! Hat von euch einer eine Idee, wie wir jetzt weitermachen sollen?«

»Martin hat doch herausgefunden, dass Olaf Trost und Oliver Boss an diesem Tag ein Stück ihres Weges gemeinsam gegangen sein könnten«, gab jetzt ausgerechnet Jonas zum Besten. Gestern hatte er seinen Partner deswegen ausgelacht. »Oliver Boss können wir nicht mehr fragen, wen er aufsuchen wollte, aber Olaf Trost schon! Was haltet ihr denn davon, wenn wir ihn uns einmal vorknöpfen? Einen Versuch sollte uns das wert sein, wo wir ohnehin in einer Sackgasse stecken!«

»Welchen Teil von ›die DNA kommt nicht infrage‹, hast du nicht verstanden?«, knurrte Martin. Obwohl dieser Gedanke ursprünglich von ihm war, konnte er es einfach nicht lassen, Jonas herunterzuputzen. Das war bei den beiden eine Art Automatismus.

»Der Gedanke ist gar nicht mal so schlecht«, schüttelte Jasmin den Kopf. »Überlegt doch mal: Wie hat Oliver Boss denn überhaupt sein Ziel finden können? Er hat recherchiert, okay. Aber woher wusste er, wo er den Kerl genau finden würde, der seine Mutter auf dem Gewissen hatte? Das könnte ihm durchaus Olaf Trost verraten haben! Immer vorausgesetzt, dass die Familie tatsächlich etwas damit zu tun hatte!«

»Dazu kann ich vielleicht was beisteuern«, ertönte eine bekannte Stimme vom Eingang her. Amara Jones kam, selbstbewusst wie immer, mit einem Notebook unter dem Arm in den Besprechungsraum und nahm ohne weitere Umstände auf dem leeren Stuhl Platz, den Denise sonst benutzte. Auftritte dieser Art waren für die IT-Spezialistin normal. Niemand wusste, ob es Instinkt oder Berechnung war, was sie so oft exakt im rechten Augenblick auf den Plan rief.

Der eigentliche Trick an Tobias' Erfindung einer elektronischen Pinnwand war die Technik der Virtualisierung, die auch vor der IT der Siegburger Kriminalpolizei nicht haltgemacht hatte. Virtuelle Rechner verbrauchten viel weniger Energie und konnten in Sekundenschnelle auf einem Server in nahezu beliebiger Anzahl erzeugt werden. Gab einer der Ermittler die Inhalte für andere Bildschirme frei, wurde dieser Teil auf deren Systeme gespiegelt. Über eine spezielle Software ging das jedoch zumindest in eine Richtung auch mit externen Geräten, weshalb Tobias zunächst darauf verzichtete, den Monitor von Amaras Platz zu aktivieren. Er wusste genau: Wenn die IT-Spezialistin mit einem Computer in die Sitzung platzte, hatte sie was zu präsentieren, und nicht nur er war gespannt, was das sein würde.

»Das ist das Notebook, das Rieke aus der Wohnung in Bad Honnef mitgebracht hat«, eröffnete sie den Ermittlern, während sie es aufklappte und die für die Präsentation notwendige Verbindungssoftware startete, die sie zu diesem Zeck aufgespielt hatte. »Es ist nichts darauf, was von Interesse wäre, oder jedenfalls nicht auf den ersten Blick«, fügte sie hinzu, als sie die verwirrten Gesichter um sich herum sah. Warum sie dann hier war, fragten sich ihre Zuhörer vermutlich. »Die E-Mail gibt nichts her, nur ein paar Nachrichten, die mit dem Fall nichts zu tun haben. Ihr könnt sie euch später anschauen.«

»Und jetzt kommt die Stelle, an der wir alle in helle Begeisterung ausbrechen«, vermutete Tobias milde lächelnd. Amara nahm immer mehr die Allüren ihres Chefs an, der auch eine gewisse theatralische Ader an den Tag zu legen pflegte.

»Genau! Das, was für euch interessant sein dürfte, liegt in den Tiefen des Betriebssystems verborgen. Es handelt sich um den umfangreichen Browserverlauf, der glücklicherweise nicht gelöscht wurde und recht aufschlussreich ist. Seht selbst!«

Sie aktivierte die Verbindung und sofort erschien ihr eigener Desktop auf allen Bildschirmen. »In den von mir markieren Webseiten ist ein Zugriff auf das Internetangebot einer Firma ersichtlich, die für die

Agrar-Messe verantwortlich ist. Diese Aufrufe fanden *vor* der diesjährigen Veranstaltung statt, sodass die Informationen, die hierbei abgerufen wurden, jetzt leider nicht mehr verfügbar sind. Sie wurden durch die aktuellen Inhalte ersetzt. Es ist mir aber vielleicht gelungen, den Grund herauszufinden, aus dem Oliver Boss die Seiten vermutlich besucht hat. Es gab zuvor eine Bildersuche mit Gesichtserkennung über *Google*, wobei als Suchobjekt eins von den Porträts diente, die seine Mutter gezeichnet hatte. Eine nachbearbeitete Version wohlgemerkt!«

»Er ist demnach bei der Recherche außergewöhnlich planvoll vorgegangen«, stellte Erik beeindruckt fest. »Was war er nochmal von Beruf?«

»Wissen wir nicht«, bedauerte Tobias. »Wir hatten noch keine Zeit, uns darum zu kümmern, und es ist auch im Grunde bedeutungslos. Gibt es Hinweise, die uns sagen, wie Oliver Boss an die Adresse der Familie Trost gelangt ist?«, wandte er sich an Amara.

»Ganz normal über die Telefonauskunft«, grinste die IT-Spezialistin. »Die haben nämlich ihre Adresse eintragen lassen und der Name wird, wie im vorliegenden Fall, in irgendeinem Artikel auf der Homepage der Messe gestanden haben.«

»Danke Amara, das war wirklich sehr aufschlussreich! Fassen wir zusammen: Oliver Boss suchte und fand im Internet Fotografien des Mannes, von dem er annahm, dass er der Vergewaltiger seiner Mutter war. Durch die Bildunterschrift hatte er einen Namen, den er dann über die Telefonauskunft verifizierte und so die Anschrift erfuhr. Weiterhin ist es wahrscheinlich, dass es sich weder um Rheinbach handelte, der dieses

Mal für seinen Arbeitgeber eingesprungen war, noch um diesen selbst, da wir jetzt wissen, dass er in den letzten Jahren nicht einmal selber dort war. Bruder und Sohn kommen wegen ihrer DNA nicht als Täter in Betracht. Wer war es aber dann?«

»Vielleicht einer der anderen Arbeiter? Da laufen ungefähr ein Dutzend von denen herum«, mutmaßte Vanessa. »Kornelius hatte den Mann, der ihn nieder-schlug, offenbar vorher schon mal gesehen. Was liegt näher, als dass es auf dem Hof war, den er kurz zuvor besucht hatte?«

»Wir könnten uns alle Arbeiter vorführen lassen«, schlug Martin vor. »Monika Trost wird zwar Gift und Galle spucken, aber da muss sie durch!«

»Diese Möglichkeit sparen wir uns für später auf«, entschied Tobias. »Ohne eine richterliche Anordnung bekommen wir von denen keine Speichelprobe, und ohne konkreten Verdacht stellt uns der Richter keine aus. Eine Ähnlichkeit mit einem durch ein Computer-programm bearbeiteten Porträt ist kein Beweis, da sich solche Programme irren können. Der Täter wäre im Zweifel jedoch gewarnt. Mist, wir hätten unseren Ex-Hauptverdächtigen vorhin fragen sollen, wer ihn im letzten Jahr vertreten hat, das kann ich aber nachho-len. Mir schwebt etwas anderes vor, doch das hat Zeit bis morgen früh. Macht heute zeitig Feierabend, mor-gen könnte es viel für uns zu tun geben!«

Kapitel 15

Des Rätsels Lösung

Tobias saß mit Denise am Vernehmungstisch und wartete mit ihr gemeinsam auf das Erscheinen von Olaf Trost. Er hatte ihn gestern Nachmittag zu einem ›informativen‹ Gespräch ins Kommissariat gebeten, dem er für heute früh ohne zu zögern zugesagt hatte. Offenbar war der junge Mann weitaus weniger von Standesdünkel befallen als seine Mutter, die oft ein in dieser Zeit vollkommen unangebrachtes Gutsherrengehabe an den Tag legte. Den Vater hatte er ebenfalls noch gesprochen und nach dessen ›Vertretung‹ im vergangenen Jahr gefragt. Doch mit der Antwort war Tobias alles andere als zufrieden, denn es sollte sein Bruder gewesen sein, der gemäß aktueller Beweislage als Täter jedoch ausschied.

Der Grund für die Vorladung des Sohnes war die zunächst als abstrus abgetane Theorie Martins, Olaf Trost könnte am Tattag bei seiner Wanderung durch das Siebengebirge auf Oliver Boss getroffen sein und sogar mit diesem gesprochen haben. Als Basis diente dabei die detaillierte Route, die ihnen zu Beginn der Ermittlungen genannt wurde, sowie das Bewegungsprofil vom Handy des Toten. Die bis dahin als eher unwahrscheinlich verworfene Variante hatte gestern durch Amara Jones Vortrag neue Nahrung erhalten und einen Versuch war es allemal wert.

»Dir ist doch hoffentlich klar, dass wir uns hierbei an einen reichlich dünnen Strohhalm klammern?«, bemerkte Denise, um die Wartezeit zu überbrücken. Erik war vor einer Minute losgezogen, den als Zeugen geladenen Sohn unten am Empfang abzuholen. Aus Sicherheitsgründen durfte niemand allein durch das Gebäude laufen, der nicht hier arbeitete.

»So? Ich glaube das nicht! Zugegeben, zuerst hatte ich von Martins Idee auch nicht viel gehalten, doch nach dem, was Amara auf dem Laptop gefunden hat, bin ich mittlerweile anderer Meinung. Es passt doch jetzt irgendwie alles zusammen: Oliver Boss sucht im Internet nach Entsprechungen eines künstlich gealterten Konterfeis und wird fündig. Damit ist jedoch klar, dass das hochgerechnete Porträt der Wirklichkeit zumindest sehr nahekommen muss, denn sonst hätte es ja keinen Treffer gegeben, richtig?«

»Das stimmt schon, Tobi! Aber wir wissen bisher eigentlich nur, dass er *gesucht* hat. Ob er dabei auch *fündig* wurde, steht auf einem ganz anderen Blatt! Das konnte Amara mit dem Browserverlauf ja nicht mehr schlüssig nachweisen!«

»Das ergibt sich aus seiner Suche im Telefonverzeichnis und der unbestreitbaren Tatsache, dass er an der richtigen Adresse angekommen ist! Es ist zum Auswachsen, wir sind *so* dicht dran«, zeigte Tobias mit Daumen und Zeigefinger einen millimeterbreiten Spalt an, »und kommen doch nicht weiter. Ich hätte Martin und Jonas vielleicht doch den Hof observieren lassen sollen! Wenn der Kriminaldirektor mir nicht dauernd Steine in den Weg legen würde, kämen wir wahrscheinlich schneller voran!«

Die Ankunft ihres mutmaßlichen Zeugen enthob Denise einer Antwort, die ohnehin wenig zielführend gewesen wäre. Während Erik sich sofort wieder an seinen Arbeitsplatz begab, erhoben sich die Ermittler höflich, um Olaf Trost zu begrüßen. Da man bereits miteinander zu tun gehabt hatte, wenn das auch nur kurz und mehr aus der Ferne gewesen war, erübrigte sich eine Vorstellung, sodass Tobias gleich zur Sache kommen konnte.

»Schön, dass Sie es so schnell einrichten konnten, Herr Trost«, sagte er zur Einleitung. Er musterte sein Gegenüber unauffällig. Bei der kurzen Begegnung am Donnerstag war wenig Zeit dazu gewesen, zumal die Mutter ihn und Denise sofort angegiftet hatte. Olaf war neunundzwanzig, geschätzt 1,90 Meter groß und breitschultrig, womit er wie sein Vater und die Hälfte der auf dem Hof beschäftigten Arbeiter der Beschreibung entsprach, die von Manfred Kornelius und zwei Zeugen vorlag. Erneut kam Tobias nicht umhin, die Ähnlichkeit seiner Augenpartie mit dem Originalporträt zu bemerken, das Helena Boss vor vielen Jahren gezeichnet hatte und das einen Mann in seinem Alter darstellte.

»Ich bin nicht meine Mutter«, zeigte er ein sympathisches Lächeln. »Auf unserem Grund und Boden wurde ein Verbrechen begangen, es ist normal, dass sich die Ermittlung auf die Eigentümer konzentriert. Ich weiß nur nicht so recht, wie ich Ihnen dabei jetzt helfen kann. Als das geschah, war ich auf einer mehrtägigen Wanderung im Siebengebirge und mit der Landwirtschaft habe ich auch nicht so viel am Hut, wie meine Mutter das gerne sehen würde.«

»Ich will ehrlich zu Ihnen sein«, sagte Tobias. »Wir haben Sie natürlich überprüft. Keine Sorge!«, hob er eine Hand, weil Olaf Trost den Mund zu einer Frage geöffnet hatte, die bei Vernehmungen in ähnlicher Form oft gestellt wurde: *Werde ich verdächtigt?* »Sie sind heute nur als Zeuge geladen, ansonsten hätten wir Sie zu Beginn des Gesprächs belehren müssen. Womit wir jedoch schon beim Thema wären.«

Er zog einen Ausdruck aus seiner diesmal wesentlich dünneren Mappe und schob ihn über den Tisch. »Das ist die Wanderroute, die sie meinen Ermittlern bei ihrem ersten Besuch genannt hatten. Schauen Sie sich die genau an und dann sagen Sie mir, ob unsere Darstellung der Realität entspricht.«

Trost sah sich die Karte eine Minute an und gab sie anschließend zurück. »Bis auf ein paar kleine Abweichungen ist sie okay. Was ist damit?«

»Es geht uns um den ersten Tag Ihrer Wanderung. Die haben Sie in Königswinter begonnen, richtig?«, wandte sich jetzt Denise an ihn. »Wie kamen Sie dort hin? Mit dem Zug?« Trost sah sie verständnislos an und nickte dann. »Vom Bahnhof bis zu Ihrem ersten Etappenziel dürfte es etwa ein halber Tagesmarsch gewesen sein. Laut Funkzellenauswertung nahm das Brandopfer ungefähr zur selben Zeit ebenfalls diesen Weg, bis er vermutlich nach sechs bis acht Kilometern in Richtung Altenrath abbiegen musste.«

»Und jetzt möchten Sie von mir wissen, ob wir uns unterwegs begegnet sind«, zeigte Olaf Trost, dass er durchaus über einen wachen Verstand verfügte. »In der Tat hatte ich auf dieser Strecke eine recht merkwürdige Begegnung, die mich noch tagelang beschäftigt hat. Haben Sie ein Foto von dem Mann?« Denise schob ihm kommentarlos ein Gesichtsfoto zu, das sie den Meldeunterlagen entnommen hatte. Es handelte sich um das zwei Jahre alte Passfoto von Oliver Boss. Gespannt harrte sie seiner Reaktion. Was würden sie von ihm zu hören bekommen? Die Erwähnung einer nicht gerade alltäglichen Begegnung ließ zumindest eine winzige Hoffnung aufkeimen, auf dem richtigen Weg zu sein!

»Ich begegnete ihm, als ich gerade mal eine Stunde unterwegs war«, erinnerte sich Olaf Trost, wobei sein Blick in weite Ferne gerichtet war. »Eigentlich war es aber eher so, dass er *mich* traf. Er kam von rechts und bog auf den Weg ab, den ich benutzte. Mir fiel auf, dass er für eine längere Wanderung höchst unpassend gekleidet war: Straßenkleidung und kein festes Schuhwerk, sondern Sportschuhe. Ach ja, und einen Rucksack hatte er auf dem Rücken. Er schien es eilig zu haben, trotzdem verlangsamte er seinen Schritt, als er auf gleicher Höhe mit mir war und passte sich meiner Geschwindigkeit an.«

Denise und Tobias sahen sich bedeutungsvoll an. Falls es sich um Oliver Boss gehandelt hatte, wo war dann dessen Rucksack abgeblieben? Ob sowas derart restlos verbrennen konnte, dass die Forensiker nicht mal kleinste Rückstände finden konnten? Sie würden Jürgen Vogel danach fragen müssen. »Es war also der Mann auf diesem Foto?«, vergewisserte sich Denise.

»Ich glaube schon, das er es gewesen sein könnte. Jedenfalls lief er eine ganze Weile neben mir, ohne ein einziges Wort zu sagen. Ich bemerkte jedoch, dass er mich ständig von der Seite aufmerksam ansah.«

»Sagte er, weshalb er neben Ihnen herlief, wo er es doch augenscheinlich eilig hatte?«, hakte Tobias ein.

»Zuerst nicht. Als ich mich jedoch später auf eine Bank am Wegesrand setzte, um einen Schluck Wasser zu trinken, nahm er unaufgefordert neben mir Platz und fixierte mich erneut auf eine verstörende Art, als ob er mich kennen würde. Nach einer Minute oder so legte er seinen Rucksack ab, kramte darin herum und zeigte mir eine Zeichnung. Es war ein offenbar mit Kohle gezeichnetes Porträt, und ich erkannte sofort den darauf abgebildeten Mann! Er sagte, ihm sei eine gewisse Ähnlichkeit mit mir aufgefallen und ob ich wüsste, wer das sei und wo er ihn finden könne.«

Tobias zog erneut einen Ausdruck aus der Mappe und schob ihn über den Tisch. »War es vielleicht eine ähnliche Zeichnung wie diese hier?«, fragte er. Diese Angelegenheit wurde immer interessanter!

»Es war sogar haargenau dieselbe! Wo haben Sie die her?«, rief er verblüfft. »Sie werden es mir nicht sagen, stimmt's?«, vermutete er völlig zu Recht, als Tobias keine Anstalten machte, seine Frage zu beantworten.

»Sie sagten, dass Sie den Mann auf der Zeichnung erkannt haben«, erinnerte Denise ihn stattdessen an seine Aussage kurz zuvor. »Sagen Sie uns jetzt bitte, um wen es sich Ihrer Meinung nach handelte? Es ist von allergrößter Wichtigkeit!«

»Ich weise vorsorglich darauf hin, dass Sie nahe Angehörige nicht belasten müssen«, belehrte Tobias ihn pflichtgemäß, obwohl nach Lage der Dinge keiner seiner Verwandten als Täter infrage kam.

»Es muss sich um einen Irrtum handeln«, zeigte Olaf Trost sich plötzlich zögerlich. »Wie sollte einer, den ich nie zuvor gesehen hatte, an eine Zeichnung von meinem Onkel kommen? Es gibt zwar ein paar Unterschiede, aber im Grunde zeigt das Porträt den Bruder meines Vaters! Ach ja, vorher fragte er mich noch, ob ich einen Hermann Trost kenne. Ich sagte ihm, dass es mein Vater wäre.«

»Sagten Sie ihm, wer das auf der Zeichnung war?«, fragte Denise, nachdem sie erneut einen wissenden Blick mit ihrem Partner getauscht hatte. Die Antwort auf diese Frage war die Entscheidende!

»Nein, aber ich sagte ihm, dass er die Antwort auf dem Hof meiner Eltern erhalten würde. Sie müssen nämlich wissen, dass Michael ein Vagabund ist. Er hat keinen festen Wohnsitz und schnorrt sich schon sein Leben lang durch. Manchmal wohnt er bei uns, aber wenn er mal wieder mit meiner Mutter aneinandergeraten ist, was durchaus öfter vorkommt, schläft er auch schon mal in der Scheune. Ich wollte ihm den Weg beschreiben, doch er sagte, dass er den bereits wüsste, er sei nämlich dorthin unterwegs.«

* * *

»Die Geschichte, die uns Trost Junior erzählt hat, passt hundertprozentig zu den Hinweisen, die Amara auf dem Notebook entdeckt hat und ist somit glaubhaft«, schloss Tobias seinen Bericht über die vorangegangene Vernehmung ab. »Wir müssen uns bei dir entschuldigen, du hattest mal wieder den richtigen Riecher!«, nickte er Martin zu, der mit sichtlicher Genugtuung den Ausführungen gelauscht hatte.

Martin bedachte seinen Partner mit einem auffordernden Blick, weil er sich des üblichen Kommentars zur Länge seines Riechorgans enthielt und nur eine verkniffene Miene zur Schau stellte. Der Punkt ging eindeutig an ihn! *Martin eins, Jonas null!*

»Wer kann denn ahnen, dass dieser unmögliche Mensch mit solch einem blühenden Unsinn am Ende auch noch recht behält?«, brummte Jonas missmutig. »Außerdem haben wir jetzt ein kleines Problem, falls das jemand vergessen haben sollte!«

»Weil wir die gesamte männliche Linie der Familie Trost schon ausgeschlossen hatten?«, lächelte Denise hintergründig. »Nun, genetisch gibt es diesbezüglich durchaus Ausnahmen!«

»Für die wir jedoch zuerst eine gerichtsfeste Bestätigung benötigen«, warf Tobias ein. »Trost Junior war so freundlich, uns einen Gefallen zu tun. Aber vielleicht ist der letzte Beweis gar nicht mehr nötig, denn Doktor Schreiber vom Helios Klinikum teilte mir vor wenigen Minuten mit, dass man Kornelius aufgrund seiner stabilen Vitalwerte heute vorzeitig aus dem Koma geholt hat! Ich werde mit Denise auf der Stelle dorthin fahren, mit etwas Glück kann er uns schon den Angreifer nennen!«

»Was sollen das denn für genetische Ausnahmen sein?«, wunderte sich Erik stirnrunzelnd. »Habe ich in Biologie nicht richtig aufgepasst?«

»Wartet es ab«, zwinkerte Tobias. »In zwei bis drei Stunden haben wir vielleicht schon ein Ergebnis. Bis dahin sind wir auch aus dem Krankenhaus zurück und wissen hoffentlich mehr!«

»Und uns lasst ihr stundenlang dumm zurück?«, beschwerte sich Jasmin. »Das ist nicht nett!«

»Ihr seid fähige Kriminalisten, ich bin mir daher sicher, ihr kommt von alleine auf des Rätsels Lösung!

Ich gebe euch eine kleine Hilfe: Unter uns ist jemand, auf den diese Ausnahme in gewisser Weise zutrifft!«

***

Dr. Schreiber begrüßte sie in seinem Büro, das in einem Seitenflügel des Traktes lag. Der quecksilbrige Stationsarzt machte heute einen gelösten Eindruck, Tobias hatte ihn zu anderen Gelegenheiten eher als hektisch erlebt. Ihn hier anzutreffen, war außerdem ein höchst seltenes Ereignis, anscheinend hatten die Patienten ihm eine kleine Ruhepause gegönnt. Denise begrüßte er, wie bei ihren Besuchen zuvor, besonders herzlich.

»Sie sehen mich in einer meiner kargen Auszeiten, wo auf der Station niemand kollabiert, eine Notoperation benötigt oder irgendein Wehwehchen hat, das ausschließlich vom ›Doktor‹ behandelt werden soll«, sagte er mit einem schiefen Lächeln. »Aber das kann alles noch passieren, der Tag ist ja noch jung.«

»Sie haben mein tiefstes Mitgefühl«, versicherte Tobias dem sympathischen Mediziner und er meinte es so. Der Einsatz dieser Menschen im Dienste ihrer Patienten, für die ein Zwölf-Stunden-Tag eine rühmliche Ausnahme bedeutete, konnte nicht hoch genug zu bewertet werden. »Sie haben uns rufen lassen?«, kam er zum Thema, denn auch für ihn hatte der Tag vierundzwanzig Stunden und da draußen lief immer noch ein Mörder frei herum.

»In der Tat! Wie Ihnen meine Sekretärin bereits mitgeteilt hat, wurde Herr Kornelius heute Morgen aufgeweckt und erfreut sich den Umständen entsprechend bester Gesundheit.«

»Ist er ansprechbar?«, erkundigte sich Denise, weil er nicht weitersprach. Seiner Miene glaubte sie einen gewissen Vorbehalt zu entnehmen.

»Das ist er, Frau Malowski«, gab er zögernd zurück. »Ich werde Sie gleich zu ihm begleiten, vorher muss ich Sie jedoch noch auf eine … ähem, Einschränkung hinweisen … Bedenken Sie, dass der Patient zweimal einen heftigen Schlag auf den Kopf erhalten hat!«

»Ist er geistig verwirrt?«, erkundigte sich Denise sorgenvoll. In diesem Fall konnten sie das vergessen, denn seine Aussage wäre vor Gericht wenig wert.

»Nein, keine Sorge! Na ja, er ist womöglich etwas exzentrisch, doch das könnten noch Nachwirkungen der Verletzung sein. Es ist aber so, dass er … nun, er kann sich praktisch an nichts mehr erinnern, was in irgendeiner Weise mit dem Überfall zu tun hat. Eine retrograde Amnesie nennen wir das.«

»Exzentrisch war er schon!«, beruhigte Tobias ihn, als er an ihren Besuch bei Kornelius dachte. »Besteht Hoffnung, dass die Erinnerungen zurückkehren?«

»Das kommt manchmal vor. Es kann Tage dauern oder Wochen, sogar Jahre können vergehen, und oft sind die Erinnerungen auf ewig verloren. Da er sich jedoch an einiges erinnert, was vorher war, besteht in der Tat eine gewisse Hoffnung. Wir gehen am besten zu ihm, dann können Sie sich selbst ein Bild davon machen.«

Kornelius saß aufrecht in seinem Bett und stopfte, offenbar bester Laune, Pralinen in den Mund, als sie hereinkamen. Woher er die wohl hatte? Außer einer Schwester hatte er keine nahen Angehörigen. Jedenfalls hatten sie keine ausfindig machen können. »Die

Pralinen sind von Schwester Ricarda«, flüsterte der Arzt ihnen zu. »Sie hat offenbar einen Narren an ihm gefressen. Seit wir ihn bei dem Kollaps fast verloren hätten, bemuttert sie ihn in jeder freien Minute!«

»Sie beide erkenne ich aber!«, nuschelte Kornelius mit vollem Mund und legte die Schachtel beiseite. Er schien hocherfreut zu sein, zwei bekannte Gesichter zu sehen. In seiner Situation war das verständlich.

»Sie erinnern sich an uns?«, wollte Tobias wissen. Der Besuch war immerhin kurz vor dem Überfall auf ihn gewesen. Wenn er das noch wusste, kam der Rest womöglich ebenfalls zurück! Doch die aufkeimende Hoffnung sollte nicht lange andauern.

»Ich … ich weiß nicht genau. Kennen Sie mich? Ich bin Schriftsteller, oder? Irgendwie habe ich im Kopf, dass Sie mir geraten haben, ein Buch zu schreiben«, wandte er sich an Tobias. »Sind Sie Agenten? Ich habe nämlich eine tolle Idee für eine Serie!«

Denise warf ihrem Partner einen bezeichnenden Blick zu. *Hier ist heute für uns nichts zu holen*, sollte das bedeuten. »Wir sind von der Polizei und untersuchen den Überfall auf Sie«, sagte sie laut. »Können Sie sich denn an gar nichts mehr erinnern?«

»Das ist alles nebelhaft«, schüttelte er traurig den Kopf. »Ich weiß nur noch, dass Sie bei mir waren, und als Nächstes wachte ich in diesem Bett auf!« Plötzlich fuhr er erschrocken auf: »Ich glaube, ich besitze eine Katze! Jedenfalls sehe ich ständig eine in Gedanken vor mir. Sie hat ein orangerotes Fell! Jemand muss sich um das Tier kümmern!«

»Machen Sie sich darüber mal keine Sorgen, Herr Kornelius«, lächelte Denise. »Mikesch ist bei mir, ich

werde ihn bis zu Ihrer Genesung bei mir behalten!«
Wenn er sich an seinen Kater erinnert und an unseren Besuch, kommt der Rest hoffentlich auch bald, dachte sie. *Immerhin haben wir seit heute eine heiße Spur!*

Tobias reichte ihm seine Visitenkarte. »Wenn Ihr Erinnerungsvermögen zurückkehrt, melden Sie sich bitte umgehend bei mir!«

* * *

»Findet ihr nicht auch, dass der Chef und Denise sich vorhin reichlich merkwürdig verhalten haben?«, stellte Vanessa fest. In Ermangelung eines konkreten Ermittlungsauftrages hatten sich die verbliebenen Mitarbeiter alle in der als Teeküche genutzten Ecke zu einer Kaffeerunde versammelt. »Nicht nur, dass sie sich die Rosinen aus dem Kuchen picken, lassen sie uns auch hier mit einem Rätsel zurück!«

»Wahrscheinlich ist die Lösung dermaßen trivial, dass sie sich nicht getraut haben, es uns zu sagen. Wir sollen es selbst herausfinden«, vermutete Erik.

»Aber was kann das sein?«, hob Martin die Schultern. »Die einzige genetische Besonderheit stellt bei uns Denise dar, sie hat bekanntlich eine eineiige Zwillingsschwester. Doch das kann es ja nicht sein, denn ihre DNA ist mit der von Bettina Kowalski absolut identisch und nicht gegensätzlich!«

»Wir sind uns sicher alle darüber einig, dass der ›Gefallen‹ von Olaf Trost in der freiwilligen Abgabe einer Speichelprobe bestanden hat«, stellte Jonas eine Theorie in den Raum. »Und das Ergebnis der Analyse, die wahrscheinlich in diesem Moment in Arbeit ist, soll laut Tobias die Lösung bringen.«

Jasmin schlug sich mit der flachen Hand an die Stirn. »Aber natürlich, dann kann es im Grunde nur eines sein!«, hauchte sie. »Olaf Trost ist ...«

»... Wahrscheinlich der Bruder des Toten«, ertönte eine Stimme mit friesischem Zungenschlag hinter ihnen. Rieke Martinen überreichte Martin Weber als dem ranghöchsten Ermittler und stellvertretendem Kommissariatsleiter ein Dokument. »Aus der Analyse geht eindeutig ein Verwandtschaftskoeffizient von exakt fünfzig Prozent hervor«, erklärte sie. »Nach den Gesetzen der Genetik kommt Olaf Trost daher nur als Vater oder als Bruder von Oliver Boss in Betracht, und da die beiden ungefähr gleichaltrig sind ...«

»Hast du auch einen Vergleich mit der Täter-DNA durchgeführt?«, erkundigte sich Jonas, nachdem die allgemeine Verblüffung abgeklungen war. Das war ja ein richtiger Hammer, und Tobias hatte es gewusst oder zumindest geahnt!

»Die dauert noch. Euer Chef hatte mich aber angewiesen, *diese* zuerst zu machen und sofort Bescheid zu geben, was ich hiermit getan habe!« Sprach's und ließ die fünf mit ihren Mutmaßungen stehen.

»Was hattest du vorhin noch sagen wollen, bevor Rieke hereinkam?«, nahm Vanessa den Faden wieder auf, indem sie sich an ihre Freundin wandte.

»Sowas Ähnliches wollte ich auch sagen«, grinste Jasmin. »Alles zusammen lässt nur einen Schluss zu!« Anschließend ließ sie die vier Kollegen an ihren Überlegungen teilhaben, die durch das neueste Analyseergebnis beinahe zur Gewissheit geworden waren. Der Chef hatte recht behalten: Sie waren Kriminalisten, die zu Schlussfolgerungen in der Lage waren, sofern ausreichende Informationen vorlagen!

Kapitel 16

Showdown

Das Aufgebot konnte sich sehen lassen: Für den Einsatz eines SEK bestand zwar keine Veranlassung, da weder eine Geiselnahme vorlag, noch mit einem bis an die Zähne bewaffneten Terroristen zu rechnen war, doch Tobias hatte auf die Schnelle vier Streifenwagen und einen Kleinbus der uniformierten Polizei aufbieten können, die zur Stunde sämtliche Möglichkeiten, das Grundstück zu verlassen, blockierten. Der Rest wartete vor dem Haupthaus auf ihren Befehl. Sie würden alle Räume und die Nebengebäude durchsuchen. Die Befugnis dazu war in Form einer richterlichen Anordnung vorhanden, Richter Biber hatte sie aufgrund der Beweislage ohne zu zögern ausgestellt. Selbstverständlich war auch die gesamte Mannschaft der SOKO angetreten.

Tobias Heller und Denise Malowski waren alleine ins Haus gegangen und saßen in dieser Sekunde der Bäuerin gegenüber. Sie hatte ihnen zuerst die erwartete Szene gemacht und mit Konsequenzen gedroht, sich jetzt aber beruhigt. Tobias hatte ihr unmissverständlich zu verstehen gegeben, dass ihre Verwandtschaft zu seinem direkten Vorgesetzten ihr diesmal nichts nützen würde. Dieser könne nicht weiter die Hand über sie halten, ohne sich in Schwierigkeiten zu bringen. Außerdem sei die Beweislage eindeutig.

»Und was sollen das für Beweise sein, die Sie nach zehn Tagen plötzlich aus dem Ärmel zaubern?«, sagte sie kraftlos. Offenbar hatte sie ihre gesamte Energie verbraucht. »Meinen Mann mussten Sie gehenlassen, weil Sie ihm nichts nachweisen konnten, und mein Sohn kommt ebenfalls nicht infrage. Aber vielleicht war ich es ja!«

»Es kommt noch jemand in Betracht«, informierte Tobias sie und zog ein Dokument aus seiner Lederjacke. »Das ist ein DNA-Vergleich. Er belegt eindeutig, dass der Träger dieser Gene mit dem Brandopfer aus Ihrer Scheune sehr nahe verwandt ist, aus unserer Sicht müssen sie Geschwister sein. Sie wissen, dass der Vergleich bei Ihrem Mann negativ war. Ahnen Sie, wessen DNA *diese* hier ist?«

»Woher soll ich das denn wissen?«, fuhr sie auf. »Sagen Sie es mir!«

»Wie Sie wollen. Es ist die Ihres Sohnes Olaf, der so freundlich war, uns eine freiwillige Speichelprobe zu überlassen. Und bevor Sie fragen: Mit der Täter-DNA stimmt sie *nicht* überein, beziehungsweise nur teilweise, er ist also tatsächlich vom Haken! Jetzt haben wir nur ein kleines Problem. Wenn *seine* DNA passt, die seines Vaters jedoch nicht, ergibt sich daraus eine zwingend logische Konsequenz. Wer ist der Erzeuger von Olaf, Frau Trost?«

Monika Trost war bei seiner Eröffnung weiß wie eine Wand geworden und in ihrem Stuhl zusammengesunken. »Es ... Es war ein Fehltritt«, stammelte sie schließlich. »Ich war schon mit Hermann verheiratet, der aber ständig mit Freunden unterwegs war und nie Zeit für mich hatte. Ich war einsam, und dann ist es eben passiert. Mein Mann weiß nicht, dass er nicht der Vater von Olaf ist.«

»Es war sein Bruder, nicht wahr?«, half Denise ihr aus, da sie anscheinend am Ende ihrer Kräfte angelangt war. »Uns war lange Zeit nicht klar, wie das sein konnte, weil dann ja die DNA Ihres Mannes ebenfalls anteilmäßig hätte passen müssen. Bei Geschwistern ist das nun mal so. War es Michael?«

»Sie vermuten richtig, Frau Kommissarin. Er ist nicht der leibliche Bruder meines Mannes, sondern wurde adoptiert, weil Hermanns Eltern keine Kinder bekommen konnten. Später hatte es doch geklappt, sodass Michael zehn Jahre älter ist, aber natürlich mit ihm nicht genetisch verwandt.«

»Wo ist er jetzt? Wenn Sie ihn bei sich verstecken, machen Sie sich der Strafvereitelung schuldig, da sie als Schwägerin nicht unter den Schutz fallen, den das Gesetz für die Familie vorsieht.«

Sie hob ratlos beide Schultern. »Ich weiß es nicht. Wirklich! Er hatte bis zu dem Feuer bei uns gewohnt, weil er sonst keine Bleibe hat. Ich hätte ihn ja längst hinausgeworfen, doch er drohte immer damit, unser kleines Geheimnis, wie er es nannte, meinem Mann zu verraten. Seit drei Tagen ist er verschwunden. Es kommen jedoch dauernd Lebensmittel weg, deshalb denke ich, er versteckt sich irgendwo hier auf dem Hof. Da gibt es unzählige Möglichkeiten.«

Tobias reichte ihr einen Durchsuchungsbeschluss. »Ich habe insgesamt sechzehn Polizisten, fünf meiner eigenen Leute und einen Spürhund zur Verfügung«, eröffnete er ihr. »Falls sich Ihr Schwager irgendwo auf dem Gelände aufhält, finden wir ihn früher oder später, und wenn wir alles auf links drehen müssen. Das verspreche ich Ihnen!«

»Tun Sie, was Sie für nötig halten. Hauptsache, der Albtraum hat bald ein Ende!«

Monika Trost sollte mit ihrer Einschätzung recht behalten. In den Ställen, den Fahrzeug- und Geräteschuppen, zahlreichen Verschlägen und nicht zuletzt dem labyrinthartig verwinkelten Gewölbekeller des mehr als hundert Jahre alten Herrenhauses gab es hunderte von Verstecken, die zu durchsuchen selbst mit den verfügbaren Kräften keine leichte Aufgabe war.

Die Suche dauerte mehrere Stunden, und schließlich war es nicht der Hund, der den Verdächtigen aufgespürt hatte, sondern Jasmin, deren Adlerauge ein kleiner Verschlag hinten im Schweinestall aufgefallen war, weil dieser innen zwei Meter kürzer war als außen. Darin hatte Michael Trost sich tagsüber versteckt, seit die Polizei auf dem Bauernhof ein und aus ging. Aufgrund des intensiven Geruchs war dem Suchhund dessen Witterung entgangen. Eigentlich clever, aber nicht schlau genug.

In dem dunklen, dreckigen und nach Schweinemist stinkenden Verschlag fanden sie einen verwilderten Michael Trost, der wie ein Tier darin gehaust hatte und auch wie eines roch. Tobias sah die Polizisten Streichhölzer ziehen, wer die zweifelhafte Ehre hatte, ihn abzuführen. Am Ende fiel das Los auf eine junge Polizeioberkommissarin und einen Polizeiobermeister, die sich stumm in ihr Schicksal ergaben.

Jasmin war nochmal in den Verschlag gekrochen und kam mit einem Rucksack daraus hervor, den sie mit beiden Armen weit von sich gestreckt hielt, da er ebenfalls dreckig war. Tobias nickte ihr dankend zu.

* * *

Zwei Tage später

»Bevor wir uns alle in das verdiente Wochenende begeben, möchte ich euch hiermit verkünden, dass der Fall trotz widriger Umstände, zahlreicher Rückschläge und Irrtümer mit dem heutigen Tag als abgeschlossen betrachtet werden kann!«, eröffnete Tobias Heller seinen Leuten. Entsprechend entspannt saßen sie auf ihren Stühlen und lauschten seinen Worten. Vorangegangen waren in den beiden Tagen mehrere Verhöre sowie eine Menge Schreibkram für jeden von ihnen.

»Die Aussage von Manfred Kornelius fehlt zwar immer noch, da er sich weiterhin an nichts erinnern kann«, fuhr er fort, »doch die von uns erbrachten Beweise und Indizien reichen für eine Anklage aus, sagte Staatsanwalt Doktor Stein. Er wird außerdem den Vergewaltigungsfall neu aufrollen und ist sicher, dass er Michael Trost den versuchten Mord an Helena Boss ebenfalls nachweisen kann.«

»Du hast wohl das *Rhein-Sieg-Echo* von heute noch nicht gelesen?«, grinste Vanessa und gab ihrer mit in die Besprechung gebrachten Zeitung einen kräftigen Schubs, der sie bis zu seinem Platz am Kopfende des Tisches beförderte. »Sieht ganz danach aus, als hätte Kornelius uns verschaukelt!«

Tobias nahm sie mit einem Stirnrunzeln zur Hand und schlug sie auf. Zu Zeiten, als Irene Leitner noch für das Schmierblatt geschrieben hatte, wäre er auf alles gefasst gewesen, doch das hatte sich eigentlich geändert, weshalb er auch seit Tagen versäumt hatte, die Zeitung vor den Besprechungen zu lesen. Gleich auf der ersten Seite prangte eine riesige Schlagzeile.

Im Angesicht des Mörders
Ein Exklusivbericht von Manfred Kornelius

»Diese Mistmade!«, rief er erbost aus, nachdem er den umfangreichen Artikel überflogen hatte. Da war nicht nur in allen Einzelheiten beschrieben, wie der Verfasser bei seinen Recherchen in der Brandruine dem Mörder begegnet und von ihm niedergeschlagen worden war. Es wurden ebenfalls Verbindungen des Täters zur Ermittlungsbehörde erwähnt. Der Polizeichef, so Kornelius wörtlich, sei mit der Familie des Mörders verschwägert, und man müsse sich fragen, wie dies mit einer ordnungsgemäßen Polizeiarbeit in Einklang zu bringen sei. Besonders lobend erwähnt wurde hingegen die Leistung der SOKO Rhein-Sieg.

»Der Kerl hat uns eine Schmierenkomödie vorgespielt«, vermutete er. »Das kam mir ja gleich reichlich dick aufgetragen vor! *Bin ich Schriftsteller? Ich glaube, ich besitze eine Katze!*«, äffte er den klagenden Tonfall von Kornelius nach. »Dabei hat er nicht ein Jota von dem vergessen, was mit ihm passiert ist, und als wir fort waren, verfasste er in aller Seelenruhe das Machwerk hier, das er anschließend aus dem Krankenhaus geschmuggelt hat!«

»Vielleicht wollte er aber auch nur die Aufmerksamkeit seiner glutäugigen Krankenschwester noch eine Weile genießen«, grinste Denise. »Sie schien an ihm interessiert zu sein und du musst zugeben, dass sie äußerst attraktiv ist! Wir werden später einfach nochmal dort vorbeischauen und seine Aussage zur Person des Kerls einholen, der ihn niedergeschlagen hat, dann haben wir alles. Das Krankenhaus liegt ja sozusagen um die Ecke. Außerdem hat er im Grunde recht mit den Anschuldigungen bezüglich des Kriminaldirektors, das musst du auch zugeben!«

»Jetzt kann ich mir auch den Termin erklären, den er mir vorhin mitteilen ließ«, knurrte Tobias gereizt. »Er wird das Machwerk ebenfalls gelesen haben. Das verheißt nichts Gutes. Du bist übrigens auch ›eingeladen‹, Denise! Kommen wir jetzt aber endlich zur traditionellen Würdigung der Ereignisse, damit das erledigt ist. Wie ihr alle wisst, musste der Verdächtige zuerst einer gründlichen Reinigung unterzogen werden, bevor man sich im selben Zimmer mit ihm aufhalten konnte.«

»Er hatte tagelang unter Schweinen gelebt«, lachte Jasmin, »und war kaum von ihnen zu unterscheiden, als wir ihn fanden. Geruchsmäßig zumindest!«

»Seine Angst, verhaftet zu werden, war größer als der Ekel vor dem Dreck und dem Gestank im Schweinestall«, nickte der SOKO-Chef. »Es hat zwar eine Weile gedauert, bis er endlich zu einem Geständnis bereit war, doch als wir ihn nach und nach mit den Beweisen konfrontierten, die gegen ihn vorlagen, hat er schließlich gesungen wie ein Zeisig.«

»Er traf am Tag des Scheunenbrandes zufällig mit Oliver Boss zusammen, der nach der anstrengenden Wanderung dort zunächst eine Rast einlegen wollte«, übernahm Denise, die bei allen Vernehmungen dabei war. »Die Scheune lag auf dem Weg zum Hof, den er wohl später aufsuchen wollte, doch dazu sollte es nicht kommen. Michael Trost erkannte er vermutlich sofort anhand des nachbearbeiten Porträts, denn er sprach ihn auf die Vergewaltigung an. Wie der Zeuge Walden bereits aussagte, zeigte er ihm das Bild seiner Mutter. Trost leugnete seine Täterschaft und ließ ihn einfach stehen.«

»Und hier kommt schon das erste Mordmerkmal ins Spiel«, fuhr Tobias fort. »Hinterlist! Trost gab im Verhör nach einigem herumeiern zu, dass er Oliver vorschlug, die Nacht in der Scheune zu verbringen, die er ihm dazu bereitwillig aufschloss. Am nächsten Tag könnten sie in aller Ruhe darüber reden, sagte er. In der Nacht schlich er mit einem Benzinkanister in die Scheune, um diese anzuzünden. Oliver Boss war aber noch wach und stellte ihn zur Rede, weshalb er ihn hinterrücks niederschlug. Hier kommt das Mordmerkmal der Heimtücke ins Spiel. Der Rucksack, den wir in seinem Versteck fanden, war der von Oliver. Er hatte ihn an sich genommen, bevor er die Scheune in Brand setzte. Auch das ist natürlich ein Beweis für seine Schuld!«

»Ein drittes Mordmerkmal können wir ihm erst beweisen, wenn es dem Staatsanwalt gelingt, ihm die Vergewaltigung von Helena Boss und den anschließenden Mordversuch nachzuweisen«, fügte Denise hinzu. »Es handelt sich um ›Tötung zur Verdeckung einer Straftat‹, wobei diese in beiden Fällen dieselbe ist. Wenn Oliver Boss ihn angezeigt hätte, wäre er mit einem Vaterschaftstest nämlich überführt gewesen und Mordversuch verjährt nicht!«

»Somit haben wir auch das Tatmotiv«, fuhr Tobias fort. »Durch die DNA-Spuren an dem Ast, mit dem er Manfred Kornelius in der Brandnacht niederschlug, ist er schon mal der Körperverletzung überführt, die er auch letztlich zugegeben hat. Er glaubte, Kornelius habe ihn dabei gesehen, wie er die Scheune anzündete. Übrigens konnte ihm jetzt auch das Sohlenprofil zugeordnet werden, das sowohl innerhalb als auch außerhalb nachgewiesen wurde. Bleibt abschließend noch zu erwähnen, dass er am vergangenen Dienstag schon wieder unserem Reporter über den Weg lief, als dieser nach seinem erschwindelten Interview mit seiner Schwägerin aus dem Haus kam und fast mit ihm zusammengestoßen wäre. Paranoid, wie er ist, fühlte er sich von Kornelius enttarnt und verfolgte ihn bis zur Scheune, wo er ihn erneut niederschlug. Das kann man wie beim ersten Mal aber nur als Spontantat werten, zumal er das Benzin diesmal aus dem Wagen seines Opfers stahl. Als er von seiner Schwägerin erfuhr, dass Kornelius noch lebte, schlich er in die Intensivstation, um dem gefährlichen Mitwisser endgültig den Garaus zu machen.«

»An der Stelle kommt Albrecht ins Spiel«, schloss Denise den gemeinsamen Vortrag ab. Diese Art wechselseitiger Berichte hatten sie während ihrer Partnerschaft in Donners Kommissariat geradezu perfektioniert. »Der Kriminaldirektor hatte die Tatsache, dass Kornelius diesen Anschlag überlebt hatte, brühwarm seiner Schwester mitgeteilt. Als in der Folge nahezu täglich Ermittlungsbeamte auf dem Hof auftauchten, beschloss Michael Trost, eine Weile unterzutauchen. Er verkroch sich bezeichnenderweise im Schweinestall, wo wir ihn am Ende stellten.«

»Bevor ich unserem Reporter auf die Finger klopfe, möchte ich euch zum Schluss meinen Dank für zwei Wochen unermüdliche und fruchtbare Ermittlungsarbeit aussprechen!«, ergriff Tobis wieder das Wort. »Es gab zwar einige Ungereimtheiten, von denen ich nicht wenige zugegebenermaßen mitzuverantworten habe, doch letztlich habt ihr euch wie immer davon nicht beirren lassen! Ich denke, wir haben es redlich verdient, heute früher in den Feierabend zu gehen!«

* * *

Das Ende einer Ära

»Gehen Sie bitte schon durch«, nickte die Vorzimmerdame. »Herr Kriminaldirektor Albrecht erwartet sie bereits!« Dies war der Satz, den sie immer sagte, aber diesmal zitterte ihre Stimme merklich, und ihre Augen waren gerötet. Hatte sie etwa geweint? Tobias sah seine Partnerin auf Zeit nachdenklich an, Denise hatte jedoch eine betont nichtssagende Miene aufgesetzt. Ihre Anstellung neigte sich dem Ende zu, doch auf die in den vergangenen Tagen mehrfach gestellte Frage zu ihren beruflichen Plänen hatte sie entweder ausweichend oder gar nicht geantwortet.

Der Besuch im Krankenhaus war erfreulich friedlich verlaufen. Manfred Kornelius hatte ihnen gleich gestanden, sie ein wenig verschaukelt zu haben und bereitwillig seine Aussage getätigt. So richtig böse konnte man dem sympathischen Kerlchen sowieso nicht sein. Jedenfalls hatten sie jetzt die Bestätigung, dass es Michael Trost war, den er in der abgebrannten Scheune wiedererkannt hatte. Bei dieser Gelegenheit hatte er ihnen auch von einem silbernen Etui erzählt, das er an der Stelle entdeckt hatte, wo die Leiche lag.

Da die Forensiker es später dort nicht mehr fanden, musste es jemand eingesteckt haben. Und tatsächlich hatte man bei Michael Trost ein silbernes Zigarettenetui sichergestellt.

Dass Tobias ausgerechnet heute, wo der Fall abgeschlossen war, erneut zum Kriminaldirektor gerufen wurde, war womöglich auf den Artikel im *Rhein-Sieg-Echo* zurückzuführen, und er legte sich in Gedanken vorsorglich eine Erklärung für dieses ›Missgeschick‹ zurecht. Aus welchem Grund Albrecht sie dann *beide* sprechen wollte, war ihm jedoch ein Rätsel.

Er warf Denise einen verstohlenen Seitenblick zu. Ob *sie* etwas darüber wusste? Vielleicht ging es ja um ihren Abschied aus dem Polizeidienst, denn das Jahr neigte sich dem Ende zu. Man sagte dem *dynamischen Duo* nach, dass jeder stets die Gedanken des anderen kannte, doch hier versagte diese Kunst zumindest bei ihm. War dies der unwiderrufliche Abschluss einer langjährigen Zusammenarbeit? Das Ende einer Ära? Aber was wollte Albrecht dann von *ihm*?

Drinnen erwartete sie ein ungewohntes Bild. Der Kriminaldirektor, sonst immer korrekt in Anzug mit Krawatte gekleidet, stand in legerer Freizeitkleidung hinter dem Schreibtisch und sortierte einige Gegenstände in einen Karton. Bei ihrem Eintreten hielt er inne und hob den Kopf. »Ah, Frau Malowski und Herr Heller«, rief er aus. Tobias vermeinte Freude herausgehört zu haben, was für Kriminaldirektor Albrecht mehr als ungewöhnlich war. Was war hier los?

»Ich möchte Ihnen zunächst meinen persönlichen Dank für die diskrete Ermittlung aussprechen«, sagte Albrecht, nachdem er sie in seine Besprechungsecke gelotst hatte. »Dafür, dass die Presse trotzdem Wind davon bekommen hat, können Sie ja nichts! Ich habe mich jedoch in Ihnen beiden nicht getäuscht, und das ist die Hauptsache! Weshalb ich Sie zu mir gerufen habe, hat jedoch einen ganz anderen Grund. Ich habe aus dem Ereignis die Konsequenz gezogen und werde den Polizeidienst verlassen, doch zunächst habe ich eine letzte Amtshandlung zu erfüllen. Eigentlich sind es sogar zwei! Wo habe ich es denn bloß?« Er wühlte fahrig in seinen Unterlagen herum, die wild auf dem Tisch verteilt waren.

Tobias sah derweil verstohlen zu Denise, die diesbezüglich jedoch unwissend zu sein schien, denn sie hob nur die Schultern, als sie seinen Blick bemerkte. »Ich hatte diese Tage ein längeres Gespräch mit Frau Malowski«, wandte der Kriminaldirektor sich an ihn, als sei Denise überhaupt nicht hier. »Sie hat mir das Ende ihrer bekannterweise vorübergehenden Einstellung bestätigt, wobei ich jedoch das Gefühl hatte, sie sei einer Fortführung nicht abgeneigt, sofern es in *Ihrem* Kommissariat wäre. Ist das so korrekt?«, richtete er sich an Denise, die verblüfft dazu nickte.

»Wenn Sie das wirklich wünschen, werde ich dem nicht im Wege stehen«, fuhr Albrecht fort. »Ich will auch niemanden dafür abziehen, keine Sorge. Für die von Hauptkommissarin Heller gewünschte Aufstockung ihrer Mitarbeiter wird sich schon bald eine andere Lösung finden.« Er griff zu einem Dokument, das er vorhin gesucht hatte, und reichte es beiläufig Denise. »Hier ist Ihre Ernennungsurkunde, Frau *Erste Hauptkommissarin* Malowski!« Denise war dermaßen überrascht von dieser Geste, dass sie das Dokument mechanisch entgegennahm, wodurch laut Beamtenrecht das gegenteilige Einverständnis bekundet war.

Tobias starrte zuerst seine alte und neue Mitarbeiterin an, und dann den Kriminaldirektor. Es klingelte in seinen Ohren. Was war denn das jetzt? Er sah, dass Denise ihre Urkunde genauso fassungslos bestaunte, und bekam so nicht mit, dass der Noch-Vorgesetzte erneut zu einem Dokument griff. »Sie sollen natürlich nicht leer ausgehen!«, drang dessen Stimme jetzt in seine Gedanken. »Daher habe ich für Sie auch eine Urkunde, Herr *Erster Hauptkommissar* Heller!«

War das alles nur ein Traum? Tobias war versucht, sich zu kneifen. »Aber was … Sie sagten mir doch bei der Gründung der SOKO, eine Beförderung sei nicht drin, und jetzt gibt es gleich zwei *und* eine zusätzliche Stelle?«

»Ich weiß sehr gut, dass ich bei meinen Mitarbeitern als knauserig bekannt bin«, zeigte Albrecht ein ungewohntes Lächeln. »Aber einerseits bin ich von morgen an nicht mehr hier und muss es niemandem mehr gegenüber verantworten, und zweitens bin ich der Meinung, dass es wichtiger ist, zwei talentierte Ermittler wie Sie beide bei Laune zu halten. Und die Beförderungen waren ohnehin überfällig, sodass ich den Herrn Landrat als Ihren obersten Dienstvorgesetzten von der Notwendigkeit, sie jetzt auszusprechen, überzeugen konnte! Eins muss ich aber noch erwähnen: Aufgrund ihres neuen Dienstranges wird Frau Malowski mit sofortiger Wirkung als stellvertretende Kommissariatsleiterin geführt. Sie haben die unangenehme Aufgabe, dies Herrn Hauptkommissar Weber schonend beizubringen!«

Tobias unterdrückte mühsam ein Grinsen. Wie er Martin kannte, war er sowieso froh, diese Verantwortung loszuwerden, zumal es nicht mal extra bezahlt wurde und allenfalls Überstunden bedeutete! Er war ein hervorragender Ermittler, aber auch bequem.

»Ich darf mich dann von Ihnen schon mal verabschieden«, drang die Stimme des scheidenden Kriminaldirektors in seine Gedanken. »Finanziell werde ich sicher keine Probleme haben, denn da ist noch mein Anteil am Erbe unserer Eltern, das ich gut angelegt habe. Und meine Pension ist auch nicht zu verachten. Ich denke, es wird unter den gegebenen Umständen besser sein, auf einen großen Abschied zu verzichten. Ihnen beiden wünsche ich aber für die Zukunft alles Gute!«

»Ich fühle mich ehrlich gesagt ein wenig überrumpelt«, gestand Denise ihm auf dem Rückweg zu ihrem ab jetzt wohl gemeinsamen Kommissariat. »Ich hatte eigentlich mit dem üblichen Gesülze gerechnet, das einem zum Abschied immer aufgetischt wird. *Darauf* war ich jetzt wirklich nicht vorbereitet!« Sie sah ihn mit ihrem typisch sezierenden Blick von der Seite her an. »Du hast nicht zufällig etwas mit dem Artikel von Kornelius zu tun, in dem er Albrechts Verflechtung in den Fall aufdeckt?« Seine Entrüstung vorhin wirkte zwar nicht gespielt, und im Grunde traute sie ihm das auch nicht zu, ausgesprochen werden musste es jedoch im Lichte ihrer neuen Partnerschaft.

»Wofür hältst du mich? Das hat das Kerlchen ganz allein herausgefunden. Monika Trost hat es ihm ja bei seinem ›Interview‹ unwissentlich gesteckt, dass sein angeblicher Boss ihr Bruder ist! Den Rest hat er sich dann zusammengereimt, nachdem er aus dem Koma aufgewacht war. Unser Deal mit ihm galt ja nur für die Ermittlungen.«

»Trotzdem hätte ich nicht gedacht, dass Albrecht so gelassen darauf reagiert und sogar zwei Beförderungen ausspricht, wo er doch sonst immer so geizig war. Nahezu jeden Kugelschreiber und jede einzelne Büroklammer mussten wir begründen!«

»Ja, der gute, alte KD hat auch mich überrascht«, gab Tobias zurück, immer noch überwältigt. »Hauptsache, du bist wieder dabei, wenn auch weiterhin nur halbtags! Und Melanie bekommt endlich ihre neue Kraft, sofern ich Albrecht richtig verstanden habe.« *Und ich weiß auch, wer das sein wird*, dachte er. *Denise ebenfalls. Sie wird es schon von Chrissie erfahren haben, immerhin hat ihr Mann es mir auch gesagt.*

»Dann sind deine Tage auf der Couch ja gezählt«, grinste sie spitzbübisch. »Ich fasse es nicht ... Erste Hauptkommissarin ... Es sieht ganz so aus, als ginge das *dynamische Duo* jetzt doch noch nicht in Rente. Es war wohl letztlich die richtige Entscheidung, wiederzukommen. Sven sagt das auch! Er meinte, wenn mir diese Arbeit Spaß macht, müsste ich dem auf jeden Fall nachgeben! Die Verbrecher sollten sich besser warm anziehen!«

»Na ja, Albrecht hat es dir mit der Beförderung ja auch leicht gemacht«, grinste Tobias. Es hatte sich also ausgezahlt, ihren Mann mit ins Boot zu nehmen. Mit Erfolg, wie man jetzt sah, doch das durfte sie nie erfahren!

»Jetzt muss ich nur meinem Mann möglichst schonend beibringen, dass er sich für nachmittags eine neue Bürokraft suchen muss«, überlegte Denise laut, während sie ihre Wirkungsstätte betraten. »Das wird nicht leicht, er hatte sich schon so daran gewöhnt!«

»Och, ich könnte mir vorstellen, dass Sven darüber bereits nachgedacht hat«, meinte Tobias unüberlegt. Denise blieb wie vom Donner gerührt stehen. »Äh, ich bin jedenfalls froh, dich in meinem … ähem, in *unserem* Team zu haben!«, beteuerte er schnell, als er ihren argwöhnischen Blick bemerkte. Sie entspannte sich gleich wieder ein wenig und er unterdrückte den dringenden Wunsch, sich erleichtert mit dem Handrücken über die Stirn zu fahren. *Uff, das ist ja gerade nochmal gutgegangen!*

»Außerdem bist du in den meisten Fällen sowieso nachmittags zu Hause«, erinnerte er sie daran, dass sie in der Regel weiterhin nur halbtags im Kommissariat sein würde. »Und wenn es einmal später wird, kann Andrea bestimmt einspringen, sobald ihr Kind einen Betreuungsplatz hat. Das klappt schon!« Dem war nichts mehr hinzuzufügen.

Die SOKO Rhein-Sieg kommt wieder!

Die Würfel sind gefallen! Ich hatte Sie ja im letzten Band um Ihre Meinung zu einer möglichen Rückkehr von Denise in die Handlung gebeten. Die Teilnahme war größer als ich dachte, doch das Votum mehr als eindeutig! Ich darf mich daher an dieser Stelle ganz herzlich für Ihre Anteilnahme bedanken und habe mich aufgrund der offenkundigen Beliebtheit dieser ›Protagonistin der ersten Stunde‹ dazu entschlossen, den vielen geäußerten Leserwünschen nachzugeben und eine glaubhafte Lösung zu finden. Dass ich das bereits begonnene Manuskript umschreiben musste, war ein geringer Preis, den ich gerne zu zahlen bereit war. Das hoffentlich gelungene Ergebnis haben Sie soeben gelesen, kommen wir zu aktuellen Themen.

Nach *Heidejagd*, die sicher dem einen oder anderen eine Gänsehaut verpasst haben dürfte, habe ich mich im vorliegenden Buch wieder einem weniger gruseligen Thema gewidmet. Nicht, dass es erstrebenswert wäre, bei lebendigem Leib verbrannt zu werden, doch eine Menschenjagd ist was anderes, weil sie uns im tiefsten Inneren berührt. Man darf jedoch nicht die Augen davor verschließen, denn Elemente, die zu ähnlichen verachtenswerten Gräueltaten fähig sind und andere verfolgen, verstümmeln oder töten, nur weil sie vielleicht eine dunkle Hautfarbe haben oder eine nicht genehme Religion, sind erneut unter uns. Und sie sind zahlreicher als jemals zuvor! Denken Sie

bitte daran, wenn Sie das nächste Mal bei einer ›Kopf-
tuchdiskussion‹ weghören oder gar zustimmen: Ich
habe nämlich bisher nicht herausfinden können, wie
mir die Kopfbedeckung eines anderen einen persönlichen Schaden zufügen könnte! Ich zumindest dulde in
meinem Umfeld keine Intoleranz, mit der daraus resul-
tierenden Einsamkeit kann ich leben.

Selbstverständlich entsprechen alle beschriebenen
technischen Möglichkeiten, polizeiliche Ermittlungsmethoden und die örtlichen Besonderheiten in dem
Buch der Realität, wenn ich auch zugegebenermaßen
an einigen Stellen ein wenig gemogelt, mich aber auf
das Notwendigste beschränkt habe. Es stehen in der
Wirklichkeit nicht immer Scheunen dort, wo man sie
gerne hätte. Und selbst, wenn es so wäre, kann man sie
normalerweise nicht verwenden, da kein Bezug zu real
existierenden Personen hergestellt werden darf. Sie
dürfen sich jedoch darauf verlassen, dass ich mir in
jedem Fall ein Bild über die Örtlichkeiten gemacht und
sorgfältig recherchiert habe!

Ich liebe es, skurrile Charaktere in meine Geschichten
einzubauen. Hier sind es sogar gleich zwei: der Journalist und sein nerviger Nachbar. Diese Randfiguren
werden bewusst total überzeichnet, damit sich nicht
versehentlich jemand darin wiederfindet (sollte dies
dennoch mal der Fall sein, hat derjenige mein tiefstes
Mitgefühl). Ich versichere aber, dass es sich um durch
und durch erfundene Personen handelt. Der kugelige
Journalist Manfred Kornelius löst hier die Sabberhexe
Rita Kimmkorn ab (aus Urheberrechtsgründen unter
ihrem Pseudonym Irene Leitner auftretend), die ich
hiermit in den verdienten Ruhestand geschickt habe.

Ich hoffe, der vorliegende Band der SOKO Rhein-Sieg hat Ihnen gefallen und ich konnte Ihnen einige spannende und unterhaltsame Stunden verschaffen, denn zu diesem Zweck wurde das Buch geschrieben! Wenn dies der Fall ist, habe ich eine persönliche Bitte an Sie: Ich würde mich freuen, wenn Sie den Krimi auf der Produktseite von Amazon bewerten und dort ein kurzes Feedback hinterlassen. Sie müssen sich gar nicht in epischer Breite über den Inhalt auslassen, einige Sätze reichen vollkommen aus. Applaus ist das Brot des Künstlers, heißt es, und er motiviert zumindest zum Weiterschreiben!

Falls Sie auf *Lovelybooks*, *Goodreads* usw. aktiv sind, einen Buchblog betreiben oder Ihre Leidenschaft für Bücher mit Gleichgesinnten auf *Facebook*, *Instagram* oder *Twitter* teilen, würde ich mich auch dort sehr über eine Rezension freuen. Das soll aber jetzt nicht heißen, dass ich um positive Bewertungen bettele, wie man mir schon vorgeworfen hat. Selbstverständlich dürfen Sie Ihrem Unmut bei Nichtgefallen ebenfalls freien Lauf lassen, sofern Sie Ihre Meinung sachlich und vor allem ehrlich vertreten! Und bitte: Ein-Sterne-Bewertungen ohne Text helfen niemandem!

Aus gegebenem Anlass möchte ich diese Leute auch bitten, etwas auf ihre Wortwahl zu achten. Es ist eine Sache, wenn einem ein Buch nicht gefällt, aber gleich zehntausende Leser*innen zu beleidigen, indem man die Krimis als ›eher für schlichtere Gemüter geeignet‹ bezeichnet, ist nicht hinnehmbar!

Abschließend möchte ich alle, die sich über gelegentliche Wiederholungen ärgern, um Geduld bitten. In einer Serie kommen einige Merkmale immer wieder vor, wie beispielsweise die Beschreibung der technischen Einrichtung des Besprechungsraumes, die aber für das Verständnis der jeweiligen Szene von Bedeutung sind. Ich muss jedoch an die »Quereinsteiger« denken: Leser*innen, die durch Neuankündigungen aufmerksam werden und die vorigen Bände vielleicht später lesen. Auch sie haben das Recht, die Handlung ohne Fragezeichen zu genießen. Und es sind wenige Zeilen, die nicht wirklich stören!

Sie haben es bemerkt: Die schon bekannten Kurzbeschreibungen der Protagonisten befinden sich jetzt am Anfang des Buches. Dies geschah auf Anregung einer Leserin, wofür ich immer ein offenes Ohr habe. Ich habe es wunschgemäß geändert, damit vor allem die Kindle-Benutzer nicht vor dem Lesen ganz nach hinten blättern müssen. Ich hoffe sehr, dass dies im Interesse aller ist, da es ein großer Aufwand wäre, für Printausgabe und Kindle unterschiedliche Versionen zu erstellen. Dem gleichfalls geäußerten Wunsch, das Schicksal von Haustieren aufzuklären, die nach der Festnahme eines Täters übrigbleiben, kann ich leider nicht entsprechen, denn es würde den Rahmen eines Kriminalromans sprengen. Ich überlasse sowas aber gerne Ihrer Fantasie und versichere Ihnen, dass unter dem Zustandekommen der Bücher keine Tiere leiden müssen (zwinker).

Zum Schluss möchte ich Ihnen noch eine, wie ich finde, lustige Geschichte erzählen. Sie beginnt damit, dass ich meine Manuskripte von einem Korrektor gegenlesen lasse, was im günstigsten Fall – also bei einmaliger Lesung – eine gute vierstellige Summe verschlingt. Natürlich werden dabei nicht alle Fehler gefunden, denn das ist unmöglich. Ein Korrektorat gilt jedoch als einwandfrei, wenn statistisch auf zehn Normseiten nicht mehr als ein Patzer übersehen wurde. Bei meinen Büchern wären das im Schnitt fünfundzwanzig, die aber bei weitem nicht erreicht werden.

Und jetzt kommt das eigentlich Witzige. Ein offenbar betagter Herr schrieb in seiner Rezension, dass er auf jeder Seite *Dutzende* Fehler gefunden habe. Offenbar besaß er noch einen Vorkriegsduden (und ich meine den *Dreißigjährigen Krieg*). Ungeachtet der Tatsache, dass seither mehrere Rechtschreibreformen stattgefunden haben, hat der gute Mann sämtliche »Fehler« mittels der Notizfunktion seines Kindle für die Nachwelt mit Randbemerkungen versehen, bevor er das (ausgeliehene) Buch zurückgab.

Einmal davon abgesehen, dass das Lesen so keinen Spaß macht, ist es auch Unfug. Wer sagt ihm, dass er sich die Arbeit hätte sparen können, weil all diese Notizen in einer separaten Datei auf seinem Kindle gespeichert werden und dort auch bei der Rückgabe verbleiben? Was ich von Leuten halte, die Bücher mit Randbemerkungen beschmieren, will ich lieber für mich behalten.

Ihr René Falk